世界怪奇实话

第二辑

〔日〕牧逸马◎著　谭春波◎译

天津出版传媒集团

天津人民出版社

图书在版编目（CIP）数据

世界怪奇实话 . 第二辑 /（日）牧逸马著 ; 谭春波
译 . -- 天津 : 天津人民出版社 , 2018.10（2019.8 重印）
ISBN 978-7-201-13892-3

Ⅰ . ①世… Ⅱ . ①牧… ②谭… Ⅲ . ①推理小说 – 小
说集 – 日本 – 现代 Ⅳ . ① I313.45

中国版本图书馆 CIP 数据核字 (2018) 第 176325 号

世界怪奇实话 第二辑
SHIJIEGUAIQISHIHUA DIERJI

出　　版　天津人民出版社
出 版 人　黄　沛
地　　址　天津市和平区西康路 35 号康岳大厦
邮政编码　300051
邮购电话　（022）23332469
网　　址　http://www.tjrmcbs.com
电子邮箱　tjrmcbs@126.com

责任编辑　赵　艺
装帧设计　胡椒书衣

制版印刷　三河市金元印装有限公司
经　　销　新华书店
开　　本　710 毫米 × 1000 毫米　1/16
印　　张　17.5
字　　数　250 千字
版次印次　2018 年 10 月第 1 版　2019 年 8 月第 2 次印刷
定　　价　48.00 元

目 录

铁桶藏尸案

1

在匈牙利首都四英里外，有一个风光旖旎的旅游胜地——津科特，许多人会选择在周末闲暇的时候来这里避暑，光是周围的维斯格拉特、纳吉·莫罗兹、布达佩斯等地方的名胜古迹就已经让人逛到眼花缭乱了。

1912 年，正是入春的季节。一位 40 岁左右的绅士贝勒·科思带着比他小十五岁的夫人搬家到津科特镇，这位身材高大、气质高雅的男人有着一头茂密的黑发以及高高的颧骨，长相带着浓浓的鞑靼混血儿味道。听说他原来是做白铁皮生意，开着一个规模不大的工厂，这会儿才刚刚退休不久。

夫妇俩打算来这里定居下来，于是每天都在津科特镇的巷子口穿梭游走，最终选择在特斯弗洛德街道 129 号落脚。他们都对这栋古色古香的房子很满意，而且前面还有一个开阔的院子，完全像是一个独立的小花园。

夫妇俩在这开始了看似风平浪静的平凡幸福生活。唯一略显怪异的是，男主人贝勒·科思并不天天住在儿，而是每周过来两次左右，一到晚上就会离开。

夫妇俩很少与外界有所交往，男主人出门也是自己驾车过去布达佩斯。但这一点都不影夫妻之间的恩爱生活，他们一有空暇就会一起乘车出门。说起来，男主人科思本身其实有些神秘色彩，总是喜欢和夫人探讨一些心灵研究。此外，他还是个天文爱好者，书柜上大部分都是这一类型的书籍。在丈夫的学术氛围渲染下，连带着他的夫人也对这些神神秘秘的事儿产生了浓厚的兴趣。科思夫人经常模仿罗姆人占卦的方式，一动不动地盯着水晶球，嘴里碎碎叨叨地念着奇奇怪怪的卦语。

这位看似很绅士的白铁皮工厂老板是一名匈牙利人，不过被后人们称为"欧洲第一怪"。当然最初人们都是什么也不知道的，随着事件后来的发展进程，整件事越来越让人不可思议了。尤其是官方都在全面封锁消息，这就显得很离奇了。

2

罗玛·科思夫人出生在匈牙利南部，一个典型的美女云集的城市。她本人长相也是非常精致，韵味十足且又十分多情。丈夫科思因此把她看得很严，不准自己的夫人和其他男性朋友有任何关系的来往，殊不知自己早已被多情的妻子戴上了绿帽子。

科思夫人有一个在布达佩斯的情夫，他是一名长相颇为英俊的画家，名叫保罗·彼哈文。保罗蛮有才气，甚至还是奥通协会的会员，这可是一个聚集艺术家、画家和媒体人士的知名组织，可谓大名鼎鼎。一般来说，两人会在科思外出时约会，他们偶尔会像热恋中的人一样，在罗玛家附近的洋槐林散步、在树林深处闲逛或者在绿地上坐着谈心，有时还会去附近的景点游玩。

他们背着科思交往了半年，直到七月的一个傍晚，科思从布达佩斯回到家，发现家门紧闭，无法进去。他在院子待到了半宿，科思夫人仍然没到家。不得已，科思只好爬窗进去。一进到房间里，他就看到桌子上有一封信件。科思打开一看，才发现这个书信竟然是夫人留给他的分手道别信，大意是自己和情人要远走高飞了，望科思能够宽宏大度，谅解他们的出轨行为。

科思显然是看完后十分生气，情绪异常激动，顺手就把信烧了，紧接着就去了他仅有的朋友银行家利特满家。此时已是深夜，他将利特满叫醒后，就一直在给对方抱怨诉苦。利特满虽然不知该如何是好，只得尽力宽慰他不要太难过。

一个小镇，只要是有什么一丁点消息就会四处流传开来。因此科思夫人和情人私奔的事情在隔天早上就被大家知晓了。小镇里议论纷纷，有人认为这是意料之中的事。

不管怎样，总之从那以后，科思性格更加古怪了。

而就在这期间，世界大战在欧洲各个城市逐步打响。当时的匈牙利选择与德国同盟，复仇的情绪弥漫了整个国家，国民们蠢蠢欲动，青壮年们都拿起武器，整装出发来到战场，准备为祖国殊死拼搏。

科思也入伍了。然而在出发前，他做了一些让人颇为费解的举动。他从工厂买回来了很多铁棍，并用铁棍把窗户封上，堵得死死的，这阵仗，看起来是要防止屋子里的东西被偷窃。但其实在他妻子私奔以后，科思生活单调朴素，清心寡欲，对任何物品都没有特别上心，应该丢了什么东西也不会太在意才对。但他却执着地要给自己空荡荡的房子加固窗户，这一行为也未免太让人觉得奇怪了。但是当人们欢送队伍时看到出征队伍里也有科思时，也就没有再多想，毕竟出征的归期可说不准，也许科思只是不放心吧。

就这样，科思入伍已有一年半的时间了。后来，他又跟随部队到了塞尔维亚。在多瑙河的赛门德里亚战争的间隙，科思给因60岁高龄而免役的朋友利特满写了一封信。

利特满当下就给他回了信，然而所寄送出去的信件都被打了回来。后来知道，科思在战争中小腹中枪，四个月前就已经没有了生命征兆。很快，津科特镇收到了关于科思的死亡通知。镇上的人不禁为这位献身国家的科思感到悲哀。津科特的烈士陵园里也为他本人铸造了墓碑。从此，"贝勒·科思"成为小镇上一个光荣牺牲的烈士。

这个风波还没过去多久，有人在津科特到布达佩斯的途中，偶然经过一片洋槐林时，发现了一具女性尸体，尸首就埋在地下六英尺处。看上去应该是过了一段很长的时间，尸体已经差不多腐朽到快看不出原样了。不过，警方还是在她的手上取到了一枚结婚戒指。

经仔细辨认后，里头的文字信息已经点明了死者的身份。此人生前是一名来自维也纳皮毛老板的正主夫人。就在战火还没燃烧起来的前一年，她就跟着情人出逃了，身上还带着不少重要财物，之后就没人知道她去了哪里。住在维也纳的朋友接受调查时，就说过自己曾经收到过一封从布达佩斯寄送过来的信件，寄件人就是失主本人。而且她的丈夫几乎也在老乡翻了个地，到处寻找她的消息。不过遗憾的是，她的丈夫入伍了没多久就战死沙场了。

为了确定她的真实身份，警察做了很多工作。可是战争时警局资源紧张，所以就没有跟进。结果，这个事情才过去三个多月，警方又接到举报，说在上次同样的地点发现了另一具女尸。这一次警方的调查倒是不费力气，一下子就确定了死者的身份。经鉴定，此人生前是一名重要官员的亲侄女，名字叫伊莎贝尔·科布利兹。不知道为什么，这个亲侄女对灵魂学格外偏爱，离家出走的时间是同年的7月份。

接连发生的事情让布达佩斯的警察不得不开始重视这些事情，因此决定立案侦查。不久，贝路特斯传来消息，一位名叫林尼克尔的瑞士贵妇从洛桑市来到住在布达佩斯的妹妹珍内娃家，10月份左右，她就失踪了，但她在失踪前还给妹妹写过信。根据警方对失踪人物的画像勾勒，她脸上有颗黑痣，走路的时候左脚会有些不便。警方在已经找到的尸体中比对之后，就发现六个月前在索侣玛的废井发现的那具女尸正是这名贵妇。

陆陆续续发现的女性尸体已经引起了警方的怀疑，当地警察厅决定介入这三起失踪人口案的具体搜查工作。由于这几位年轻姑娘的死相十分凄惨，因此警方都把她们作为独立性的刑事案件，而没有把其他女性失踪者联系起来。

3

妻子和情人私奔以后，科思越发不愿意和别人来往，性格越来越古怪，每天魂不守舍，就连生意也不亲自管理了。他还雇用了专业的管理人员，自己过起了与世隔绝的生活。而且，自那之后，他还开始厌恶女性，拒绝交际，苦心钻研精神鉴定学。因为他基本待在家，所以镇上见到他的人微乎其微，只是能看见窗户透出的光。可是镇里的人早就认识他了，所以当他生病时，人们也为他感到担心。有人去探望他，他也不打扮，常常起床披着外套就来接客了。即使他生病，他也不叫医生，因此邻里来照顾，他也欣然接受了。

据去他家探望过他的人说，听他曾经这样抱怨过：

"我的夫人和别人私奔了，多么可笑！搞得我现在跟一个流浪人一样，过着浑浑噩噩的日子，你们说我活着还有什么意思？"

这样的科思完全不像一个男子汉，就像一个受了情伤的女人。人们好言相劝，即使他不愿意，但还是为他请来了医生治病，同时也叫来了一个叫卡门婆婆来帮忙护理。

科思叮嘱卡门婆婆不可以进去妻子罗玛的衣服和鞋子的房间。虽然婆婆心里有点芥蒂，但还是按着主人的话照做了，不离不弃地照顾了他整整三个星期。就在科思身体康复后，婆婆便回去了，单身汉的生活又继续开始了。

之后，科思也出门走动了，常常跑到布达佩斯去。他都是在傍晚时分才出发，然后到了晚上，或者直接在那里过个夜再返家。因为卡门婆婆之前就跟这个性格孤僻的神秘人打过交道，所以时常有八卦的人来找她打听关于他的事情。

于是乎，婆婆就在这个圈子里变得小有名气。

她曾经说过："我呀，可是把他家的每一个地方都打探过了。主人特意叮嘱我，无论如何都不可以去他与夫人之前居住过的旧房间。本来我还是很听他话的，但后面还是偷偷潜进去了。没办法，他越是叫我别去，我就越好奇。结果进去后我才发现，这里面就是一个空房。本来我都打算走了，然后意外地看到，在房间的对面，居然还有一个隐蔽性很强的小房门。这外头的门是被上了锁的。所以我只是从钥匙孔里窥探了一下，隐隐约约地瞧见有五个铁皮制作的大桶一排排地搁置在白墙前，也不知道桶里装了什么。"

"多大的啊？婆婆。"

"要张开双手环抱才行，里面放着些东西。"

"真的放了什么吗？"

其实，在山里头，会有一些人暗地里在制造酒水。当时大家听到卡兰婆婆的描述，皆以为是科思家的铁桶是用来储存酒水，想来也是借酒消愁而已。也有说法称科思其实是私下偷偷酿造拿来贩卖的酒水商人，这个做法在当地是不被允许的。

不久，科思仅有的朋友利特满就听到了这种猜测，他将这种说法将给科思听。他听后笑了笑，说："我就不是爱冒险的人，还秘密酿酒，真是有趣！其实里头都是汽油，给汽车用的，所以就放在二楼的铁皮桶里。这些汽油是我在布达佩斯要倒闭的油厂的朋友买的，我以折扣价购进了五桶，不过好像有点多，估计难以用完。"

利特满说起他私奔的妻子，但是他却好像已经不在意一般，说："只要他们俩过得幸福，我就心满意足了。说实话，我心里也是放不下她，所以是真心希望她能过得开心。我啊，现在就是一个小丑，让大家看笑话罢了。"

这之后，他就转移话题了。

之后这次舆论事件草草结束，不过，科斯倒是经常在津科特和布达佩斯来回往返，小镇上的人都觉得这人的行踪甚是奇怪。

然而女人们都坚信科思会魔法，她们总是相约到一起占卜算命，对自己的命盘和星座运程都非常深信不疑。但是，女人间传播八卦的能力是显著的，科思在她们眼里，依旧还是一个可怕的怪人。

利特满劝说科思请一位女佣，科思最后同意了。女佣赫内拉·比特弗服侍了他两个月，但是没有拿到工资，她向科思索要工资的时候，科思十分恼怒，差点出了人命。

"那一天，我像大多数女生一样盯着桌子上的魔法镜那个镜子看，传说只要盯着镜子看一分钟，就可以看到自己将来丈夫的样子。然后，我感觉背后有人，回头一看，发现科思站在我身后，想用绳子套住我的脖子，我吓了一跳，站起来奋力推开了他。他倒退了两步，眼神十分恐怖，带着杀气，但是他好像记起了什么，给我一个意味深长的笑容。我很害怕，然后他把绳子往旁边一丢对我说是和我玩闹，但是我看他的那个眼神，真的不是在闹，就是想杀我。我吓得撒腿就跑，保住了命，至此，我再没见过那个令人发颤的眼神了。"

卡门婆婆是之前负责照料科思的，除了她之外，他家还有一个负责打扫的老婆婆，每个星期五到科思家打扫卫生。因为大家都在议论纷纷，所以她也想看看那五个桶是什么，但是在偷看的时候被科思发现了，然后就被赶出去。

之后，流言四起，大家都觉得那肯定不是汽油而是私自酿造的酒。1914 年 8 月，世界大战一触即发，许多津科特的青壮年都入伍出征，科思也不例外。日子就这样平静地过着，到了出征那天，他将窗户钉实了。

两年过去了，从科思出征到 1916 年 5 月，房子都没有人进去过。

科思每周去布达佩斯两次，每次回来都是两三点了。此时镇里的居民已经睡着，他那辆旧车在行驶时会发出巨大的轰鸣声，每次都会惊醒居民。抱怨的人多了，警察就介入调查了。负责监视科思的警察因为和他打交道越来越多，因此就慢慢熟络了起来。这位警察发现，科思不像传闻中那样孤僻难交往，而是一个很和善的人。他们俩常常在咖啡店里聊天或者和科思的朋友利特满一同通宵打牌。

密切的交往打消了警察的疑虑，于是科思继续着自己的惬意生活。

1914 年 1 月，科思和一位身着典雅毛皮外套的年轻女子在洋槐林里感受着冬日暖阳。

此情此景真是难得，于是小镇的人又议论纷纷，说他找到了新的情人。不过人们之后也没有看见过他们俩一起了，也再没见到过这个女人。人们猜想她虽然偶尔来布达佩斯，但应该也就那一次和科思漫步森林。

过了几个月，利特满在前往巴科思法的途中，看到科思正在和一个陌生的女人牵手散步。但是科思在和那个女人在忘我地聊着，并没有注意到他，科思那辆满身泥水的车当时就停在附近的树下。

路易莎·路兹特是一个丝绸商的女儿，她和同市杰斯福瓦路区的警察交代了一件怪异的事情。

路易莎说，之前她在索蒙西的戏剧院碰到了一个 40 岁左右的中年男子，他看上去非常随和，邀请她去开车兜风，她想了一下就答应了。男人带她兜了一会儿便把她带去马路加雷特桥旁边的一所公寓，说给她算命。她恰好对算命之类的很感兴趣，于是就答应了。

之后，男人对路易莎戏谑般让她先喝某种黄色液体，她很好奇接下来会发生什么，所以就喝了。之后，男人叫她在桌子前进行水晶占卜——用手捧着水晶球，盯着球看，就可以看到未来丈夫的脸。她很期待，所以就按照要求做了，可是突然她感觉不对劲，她转头一看，发现那个男人站在她的背后手拿一根绿色的绳索，绳子被他绕成一圈，而且通过滑动来改变松紧。男人用绳子紧紧套住路易莎的脖子，之后她晕了过去。

当她醒来的时候，发现自己是躺在伊丽莎白公园树下，身上的钱财和珠宝饰品都不见了。

她向警察描述了男人的长相和公寓地址以后，警察开始了积极侦查，但即使到了公寓进行实地考察后也都没有任何进展。最后警局给出的结论是，路易莎看过很多玄幻小说，她是一个极具浪漫主义色彩的女子，所以一切都是幻想罢了。

三周以后，住在多瑙河对面的弗朗斯·约塞弗河岸的一个妇人报案，也声称自己有相似的遭遇。据她所说，她在特雷法罗斯教堂礼拜的时候，认识了一个名叫弗朗斯·霍弗曼的中年男子，他自称是一名对心灵学感兴趣的珠宝商。经过几次来往，女子到霍夫曼的公寓，也发生了跟路易莎相同的遭遇。

警察又一次搜查了那间公寓，可是依旧一无所获。由于接连有人报案说有类似的遭遇，所以布达佩斯的警察不得不准备采取行动立案侦查。可是刚好那时世界大战开始了，这些案件都因忙碌的战事而被搁置了。

1916 年 5 月，贝勒·科思在贝路格腊德野战医院死于枪伤复发。

战争导致匈牙利石油供求不平衡，因此陆军就发布了命令，强制向民间百姓征集石油，规定全国范围内的石油都必须上缴，即使个人持有的石油也要上交政府。起初这个命令的执行范围只在首都，但是由于收上来的石油数量还是远远没有达到要求，于是三个月后，农村也要求执行。

石油征集员到处收集石油，津科特也不例外。这时候，利特满以及其他科思身边的朋友想起来之前科思说过他房间二楼放着五桶石油，现在科思战死了，那么这些石油还是不应该被浪费的。

征集员知道后就前往特斯弗洛德街科思的家，撬开门窗的铁棒，闯了进去。

当他们走进房间时，征集员很开心地望着上面布满蜘蛛网和灰尘的七个铁桶——因为之前听镇上的人说是只有五桶的，想必一定是科思在出征之前又添置了两桶石油。

当地的居民们猜测，这桶子里装的一定是走私的白兰地而不是石油，所以一个个都端酒杯过来围观，准备打开后就顺便品尝一下。可是当他们打开一个小孔准备装点酒来品尝时，发现这不是白兰地也不是石油，而是酒精。

于是他们就想把整个桶都打开，因为桶很重，所以不得不叫上两个人来一起抬。

人们打开桶盖的时候发现里面放满了女人的衣物，而且桶里放着一具女尸。

由于酒精的原因，所以尸体保存还是完好的，脸部能够清晰地辨认。根据颈部红色淤血可以知道，她是被绳子勒死，手脚反绑，折叠起来放进了酒桶里面。

人们打开了其他六个桶，发现里面都是女尸，即刻选择了报警。警方搜查了房子以后，在科思的抽屉发现了发布在维也纳和布达佩斯报纸上的个人广告的收据。可能他当时还是打算再回来这里的，所以就把这些收据妥善保存。

警察根据这些收据去了解当时的新闻，发现了几则播报了十天的广告：

> 年收入 3000 英镑，40 岁的孤寂商人，希望找到有结婚意愿的气质女性。有意者请寄信至：德·柯勒，瑞斯坦邮政局，奥托丝格兰，布达佩斯。

这是科思在布达佩斯瑞斯坦邮政局的私人邮箱。

至于维也纳报纸上的广告内容，则是这样的：

> 人最应该了解的是自己，如果对占卜决定未来路感兴趣的，欢迎拜访布达佩斯占星学大师，霍弗满教授。

同样，维也纳局的私人邮箱也是用这样的署名，发布的广告全是与征婚或者占卜有关的。

警察于是立马开展调查，经调查发现，有 53 封信件是回应征婚启示的，有 23 封是寄给霍弗满教授请求占卜的。

可见，科思是通过这两种方式来将女性骗至布达佩斯的公寓，然后杀害并谋取钱财，并且将她们泡在酒精里，再等待好的时机将她们埋了。

后来警察在他家庭院搜查时发现地下埋藏了 10 具女尸，至此，科思隐藏的罪恶终于浮出水面。

塞尔维亚和俄罗斯进行了警力援助，对洋槐林进行了全面搜查，最终又新发现了了 26 具年轻女尸。在他家搜查时，还发现地毯下藏着 160 张当票，肯定就是将谋害的女性的饰品拿去典当的收据。根据典当的凭证，警方确定了 14 受害者的身份，她们都是中产阶级的妇女或者小姐。

而且，令人震惊的是，警方在庭院里还挖出了画家保罗·彼哈文以及他私奔的妻子罗玛·科思夫人。当时，人们在寻找彼哈文的时候不见他的踪影，还以为他是想逃役，所以没有找到他也不觉得奇怪。第一个桶内的女尸，正是 1913 年 11 月失踪的津科特宾馆小姐艾米妮·利斯；第二个无法辨明身份；第三个是一名维也纳女性；其余的被害者，都是布达佩斯本地人。

可是最令人感到讽刺的是，不久前，科思还被塞尔维亚追封为烈士。这种荣誉是不可能被撤销的，加上当时正值战时，警力匮乏，就这样草草结了案。

在整个调查过程中，布达佩斯的警官并没有深入调查，而且莱施警官去科思死时的那家野战医院调查取证，所有的死亡证明、军队手册和文件都证实，科思确实因为腹部枪伤死亡了。

莱施和照料科思的护士闲聊道："他死前没有说什么吗？"

"您说的那些事情真让我害怕，没想到，这么出色的一名少年，居然会是职业杀手！"

"少年？你说他是少年？他已经是40多岁的中年男人啦！"

"才不是！贝勒·科思20岁，身材矮小，长相英俊。"

天啊，不是同一个人！

莱施认真查阅了所有文件，都没有发现问题，死在那张床的真的是住在津科特的贝勒·科思。

毋庸置疑，肯定是科思调换了年轻人的所有证件和名字，然后潜逃了。后来经过一系列的查证，证实那个年轻人叫马克里。

野战医院管理混乱，才导致这种调换身份的事情得以实现。

莱施警官急匆匆地跑回去，向整个欧洲发布了一张通缉令，请求欧洲各国的警方协助逮捕科思。有人说他逃往了伦敦，斯卡特蓝德·亚得警官立刻前往巴黎埋伏，可是当保安局执行任务时，却发现那是假情报，贝勒·科思依然逍遥法外。可能，他现在正在繁华都市的某处，正在等待下一个猎物上钩吧。

被绑架的孩子

1

那年 7 月 1 日，美国的东部区域逐渐进入夏季。

费城知名企业家洛斯的家坐落在高级居住区，那是一幢城堡般的豪宅，十分有名。正值夏季，洛斯太太已去往家族所在乡村的庭院避暑。在这里只有洛斯和两个儿子以及他们的女佣生活在这里。

那天，洛斯结束了一天的忙碌，从城市中央区域的办公室回到家中，却只见女佣站在门口，焦急地抽泣着。

洛斯的两个儿子中，老大沃尔特，7 岁；老二查理，年仅 3 岁。洛斯白天上班，儿子们由女佣负责照料。可这天，他回到家时却没有看见沃尔特和查理的身影。女佣告诉他，两个孩子都找不到了，从午餐之后就再也没有看见他们的身影。家里的佣人找遍整幢房子，也不见他们的踪迹。

毫无疑问，两个活泼可爱的孩子是洛斯夫妇的全部，是他们眼中至高无上的宝贝。另外，两个孩子之间的关系相处得也非常融洽，每天都相互陪伴，一起玩耍。

关于孩子的走失，洛斯当然会首先认为是女佣的责任，不过他并没有严厉苛责她们，反而讲了几句安慰的话："他们或许是在你不注意的时候去别处玩儿了，走着走着就迷了路。说不定会有人注意到他们，并帮助他们回家的。我们不妨等一等，晚些时候如果还没有看到他们，我们可以寻求警察的帮助，应该可以尽快找到他们的。"

当时还没有人留意到可能出现的犯罪，他们也不曾预料到围绕此事可能出现的不可控的发展趋势，洛斯不停地安慰自己，会找到儿子的。

但实际上，一个令人感到绝望的悲剧正在背后酝酿着。沃尔特与查理的凭空消失只是故事的开头部分，未来的故事发展更加具有戏剧性，围绕洛斯一家的危险遭遇正在逐渐展开。

当夜色完全笼罩下来，洛斯还是没有见到两个孩子的身影，他变得焦急起来。他先是与警察局联络，说明情况，让警察局派出搜索队；另一方面，他让佣人们向周边住户及朋友询问，看看沃尔特和查理是否在那儿或者曾经去过。两个孩子的年纪都不大，很难想象他们会自作主张去别人家里做客，即使是被邀请，也不太会出现一直待到夜间的情况。

随着时间的推移，两个孩子还是没有一点儿消息，佣人们打听回来的消息，都说没有见过到孩子们，也不知道他们可能去了哪里。

此时，洛斯内心的焦急渐渐变成了紧张。

或许因为洛斯是当地有名望的企业家和市政要员，面对洛斯的报案，警察局还是非常重视的，所以警察局的局长立刻就安排了任务，让手下的得力干将去寻找沃尔特和查理。

然而即便如此，局长还是感到很不放心，他果断地向中央的警察厅详细报告了这一事件，希望能得到更有力的支持。在听到这一消息之后，中央的警察厅也认为应当认真对待这件事。

于是，更多的警察和便衣警察都加入了寻找两个孩子的队伍，警察穿着制服，分成几个人一组，四处搜查，所到之处，都被仔细地查了个遍。而便衣警察则拥有他们的优势，他们更善于挖掘背后的细节，一时间，费城所有的警局都进入十分紧张的状态，桌子上的电话不停地响起来，搜索工作进入白热化。

占警察人数比重较多的爱尔兰警察总是比较粗心的，不过他们却很快就表现出很积极的状态，看得出他们擅长应对突如其来的状况，他们彼此间联络很频繁，也很及时，可以在得到消息的第一时间采取行动。日常办案中，他们与民众有比较好的配合，当关键时刻到来的时候，民众也都会很乐意帮助他们，不管是在信息方面，还是在其他必要的方面。面对洛斯家的案子，他们当然希望能做出些成绩。洛斯是当地的名门望族，他绝对不会对取得成果的功臣坐视不理，如果谁能先找到走失的孩子，必然能得到丰厚的回报。也正因如此，全体参加搜索的警察和便衣们像发掘宝藏那样，务必保证自己全身心地投入其中。

尽管中央警察厅和当地警察局都以最快的速度做出反应，进入工作状态，但临近午夜时，还是一点儿消息也没有。洛斯很焦急，警察局长同样也很焦急。还没有人会想到案件的发展走势会逐步升级，最终成为关系到整个家族命运的大案。洛斯认为两个孩子或许是因为出去玩迷了路，没能及时回家。他们也许会被好心人收留或者带回来，也许会被四处奔波的警察找到。不管如何，他们总是安全的。虽然他内心也曾有过其他的想法，但他还是鼓励自己往好的方面去想，这也是人之常情，在事情没有发展到不可收拾的地步时，人都会尽可能保持一种乐观的态度。

午夜，洛斯的家里仍然灯火通明。当电话铃声响起来时，所有人的心都悬着。

这时，前方执行搜索任务的某位警官报告说，沃尔特已经找到了，具体位置在距离市中心八英里的某条乡间小道上。他哭得很伤心，看得出是受到了某种惊吓。关于自己的遭遇，他说的很难让人听懂，于是他们决定先派人将他送回家，然后留下的人继续寻找查理。

沃尔特被找到是一件值得高兴的事情，他也是两个孩子中年长的那一个。至于弟弟查理呢，似乎还没有什么值得追踪的消息。

鉴于孩子被找到的地点，洛斯的心里产生了一种不妙的感觉。

回到家的沃尔特重新讲述了自己和弟弟的遭遇。

2

时间回到事发当天下午 15 点前后，沃尔特与查理在院门口附近玩耍时，一辆普通的小马车刚好从他们眼前经过。驾车的是两个年轻男子，其中的一个跳下车，诱惑兄弟俩，说要带他们乘车去不远处的公园。

洛斯兄弟对马车很感兴趣，尽管小马车不如自家的汽车那般高级。他们没有多想，就跟着驾车人上了车。就这样，驾车人不费吹灰之力就骗走了孩子们。

一路上马车跑得很快，驾车人似乎在努力让马儿保持一种高速行进的状态。孩子们透过车窗，看到城市街道在两侧掠过，感到很开心，他们还从未以这种方式参观过城市的街道和两边的建筑还有绿地。

不多时，马车渐渐驶离市区，映入车窗的风景很明显地变换成了乡村，而并不像事先讲好的要去公园。意识到这一点的沃尔特开始觉得害怕，他放声大哭。驾车人找不到适当的办法对付沃尔特，又怕他的哭声引来周围人的注意，他们商议了两分钟，便果断地将沃尔特"请"下车，丢弃在路边。

然而查理并没有任何危机感，他仍然兴奋地在马车上挥舞着双手。就这样，沃尔特眼睁睁地看着马车驶离自己的身边，看着查理被人带走。很快，马车就消失在他的视线里了。

沃尔特的讲述虽然不能帮助人们找到查理，但却改变了整个事件的性质。对于洛斯和警察来说，已经不再是简单地寻找丢失的孩子，而是要面对一起有预谋的诱拐案件。

中央警察厅重新做出了部署和说明，警察们意识到事态的严重性，他们重新投入调查和警戒，在整个费城张开包围圈，消息的传递更加频繁和紧迫。他们首先排查了有相似犯罪前科的人，而后又深入到城市角落中的那些涉黑团体盘踞的地带。连续搜索了两天之后，他们还是没能找到查理，甚至都没有得到任何有用的线索。没有人看见标志性的小马车，它载着两个驾车人和一个 3 岁的男孩，消失不见了。

在找到足以追踪的线索之前，洛斯和警察都毫无办法。洛斯一直没有休息，仍然穿着进家门时的那套衣服，执着守在电话前面，希望能有好消息传来。看得出，他很憔悴，脸色有些苍白，眼圈发黑，丢失爱子给他带来了巨大的痛苦。不过他内心深处还是相信查理可以安全归来。他觉得，这类案犯的目的不过是为了高昂的赎金，只要他肯支付赎金，查理就可以获救。所以对他来说，凡是能用钱来化解的危机，都不是什么大问题。他并不缺少钱，凶手也明白这一点，他们会愿意用查理做砝码，来博得更多的金钱。他们不会随意对待查理，也不会将他置于危险当中。

拥有如此想法的时候，他会觉得心里稍微踏实一点。不再胡思乱想，勇敢地面对现在的处境，是他唯一能做的事情。

同时，警察也在思考这一类的事情。比如，罪犯的意图和动态是什么？他们会以怎样的方式联络洛斯或者其他家人？对方会提出多少数额的赎金？会采用什么样的方式拿到赎金？

那时候，接到通知的洛斯太太也急忙回到了家中，与丈夫一起，静候凶手可能发来的联络消息。

很快，洛斯不满足于等待凶手的通知。他采取了主动出击的策略，利用新闻媒体传播的广泛性，向凶手表达自己的想法。那天，费城各大报纸都清晰地登载了洛斯的"紧急寻人"的广告，为了避免让凶手怀疑这是个圈套，洛斯的广告没有在内容上进行过多渲染，只是简单地表示：查理走失，我们一家人万分焦急。如果有人能找到他，我们将给予救助者价格不菲的酬谢。

一时间，查理的失踪也成为普通民众关注的焦点。

洛斯的广告不能说完全没有效果。但是如果站在凶手的角度上想一想，就不难看出其中的难办之处：凶手不可能直接站出来表明自己能够找到查理，或者查理就与自己在一起，这样无疑等同于自我暴露。也因此，凶手并没有及时做出回应，尽管他们应该已经看到了铺天盖地的广告。

另一方面，洛斯也在积极跟警方交涉，希望当他与凶手做成交易的时候，警察可以放过凶手，以确保查理能安全被放回来。

但遗憾的是，警察局不能给出这样的承诺。他们表示：

"我们非常希望洛斯先生的孩子可以平安回来，我们也明白，他身为实业家，完全可以拿出足够的钱来挽救查理的生命。身为孩子的父亲，他即使倾尽所有也可以不在乎。但是站在我们的角度来说，对这类交易保持沉默，并给予凶手安全的环境，毫无疑问是在鼓励类似案件的发生。如此一来，任何人都可以依靠诱拐某个富豪的孩子来得到酬金，这简直会引发灾难性的后果。如果案件可以用钱的方式来解决，不依靠调查，不逮捕罪犯，不必动用法律程序来完结，这听起来真是很荒唐，法律当然不允许这样的事情发生。我们不能允许任何人以任何一种方式亵渎法律。如若不然，整个社会将陷入无序的状态。"

警察的说法当然不无道理。因此，在这方面，洛斯家族与警察之间产生了意见方面的对立。

或许后来事件的走向逐渐失控与他们双方意见不合有直接的关系。也曾有人提出，可以让警察佯装同意不介入，而后当洛斯家族与凶手之间达成交易意向，双方准备交换赎金和人质的时候，将带着孩子出现的凶手抓获，平安地救出孩子。这一策略看起来两全其美，实际上很难真正一步步执行下去的。既然是这么容易就能想到的策略，凶手也必然会想到。所以，不管是洛斯家族还是警方，都觉得这样简单的计划是骗不过凶手的。倘若凶手是精于此道的绑架犯，那么对于此类陷阱，甚至是更加复杂的陷阱都能有所察觉。因为他们经验丰富，很善于摆脱悄悄逼近的危险。他们就像森林中的动物，对周围的一切都很敏感。他们一边按计划行动，一边观察并注意可能出现的状况，随时做好应对的准备。

几天之后，洛斯家族在报纸刊登的广告有了回馈。这原本是未曾想到的结果，洛斯以为凶手会因害怕广告是个陷阱而拒绝回应。可当他看到送来的信时，他的心中又重新燃起了希望。信里表示，查理的确与他们一起，但是不用着急，他们将孩子照顾得很好。倘若他希望查理能平安回家，就用赎金来作为交换，而且要极其丰厚的赎金才行。一旦有人想要找回查理，他们就会撕票。所以，千万不要试图救走孩子，这基本上是不可能的。

这是绑架犯惯用的口气和讲话模式，没有什么好奇怪的。写信用的纸也是随处可见的包装纸，没有任何特色。至于落款或者地址之类的信息，更是不可能找到。

不过洛斯还是无法抑制内心的兴奋之情，得到回应，也就意味着查理可以有更大的机会被救出来。因此，他几乎没有经过任何思考，就决心要答应凶手的要求。他不知道如何与凶手进行联络，只能再次通过发布广告的方式来做出回答。

3

然而此时，警察得知了这一消息，并竭力阻止洛斯的举动。

如今，事情已经达到一种非常胶着的境地。凶手从查理的身上看到了得到巨额赎金的可能性，于是他们乐于按照洛斯的提议来进行交易。为了能让查理平安回家，洛斯家族也愿意付出相应的金钱。所以不管是凶手还是洛斯，都有着迫切想要进行交易的愿望。可以说他们之间的目标与方向是相同的。

而警方的态度则是处在对立的一面，他们代表法律，为了维护法律的尊严和权威，他们不能对凶手表现出任何妥协的态度。如果这样做，无疑会让更多罪犯看到脱罪的希望，从而使得整个社会变得极不安定。所以他们想尽可能劝阻洛斯不要与凶手达成交易，不要轻易向他们低头。

不过洛斯并不想过多考虑警方的立场，对他来说，查理能够回家才是最重要的事情。打一个不太恰当的比喻，这个事件就像一只猎狗引发的棘手问题。这只狗突然抢走了主人家里的稀世珍宝，逃出了房间。一时间，主人无法找到它，也无法采取其他有效的措施。对于猎狗来说，抢走的东西没有任何用处，也没有意义。他只是出于好奇或者一时冲动做出了这件事，珍宝在它眼里就跟平日里的玩具差不多。但是，对主人来说却恰好相反。他不会在乎猎狗是否会被抓住或者杀死，他只怕猎狗忽然将抢来的"玩具"弄坏。所以，主人尽力使用各种方式诱惑猎狗，希望它能慢慢靠近，从而找机会从它口中拿回珍宝。这无疑这是一个比较稳妥的方法，如果此时有另外一个人坚持要对猎狗紧追不放，想要通过抓住猎狗，强行从它口中抢回珍宝，可想而知，这种方法会导致什么样的结果。当猎狗感到恐惧或受伤时，它当然不会再顾及珍宝。很大程度上，它会选择将珍宝摧毁之后逃之夭夭。因此，尽管第三个人的初衷也是想要帮助主人夺回珍宝，但很可能出现最坏的结果。

因此，洛斯不明白什么警方一定要通过对他的严格监控来给他制造更多的麻烦。有很多次，他试图绕过警方发出信息，但都没能成功。他认为警方完全可以更灵活、更变通一些。比如，先让他以赎金满足凶手的需要换回查理，在确保查理平安之后，再对凶手展开追查和抓捕。也许在交易过程中，凶手会露出什么马脚，使得后来的抓捕变得更容易些；或者他可以同意在支付给凶手的金钱上做一点标记，而后当凶手处置这些钱的时候，可以顺藤摸瓜，找到凶手。不论是哪一种方法，都可以先保障孩子的安全，毕竟孩子的命运掌握在他们手里。而他们又不是那么容易被找到的。归根结底，警方都可以将案件侦破，最终的结局与他们所期望的并没有什么分别。

事实上，警方也制订了相应的营救方案，但最终洛斯家族与警方之间也没能达成和解，警方的活动当然也没有停止。

显然，秘密展开行动不是警方的风格。很快，报纸上登载了一篇消息，大意是说，如果有人能提供查理·洛斯绑架案的情报，甚至能进一步协助警方抓住凶手，将会获得官方赠予的25000美金的奖励。

这样的消息，很明显是在向凶手挑衅。

费城警察选择的这一行事方式至今仍然备受诟病，可以说，这则消息改变了整个案件的走势，让事情发展到很难以解决的境地。一旦与凶手公开对立，那么凶手必然会加强戒备，原本恐惧不安的内心会变得更加暴躁。他们或许已经做好了鱼死网破的准备，这个时候，查理的安危无法得到有效的保障了。但对于警方来说，只要他们已经尽力，是否能成功救出查理并不是第一位的。毕竟，警方永远不会向凶手求饶，也不会公开表明"只要还回查理，警方可以对其行为不予追究"这样的想法。

被推到风口浪尖上的凶手显然不会再轻易暴露自己，他们没有再给予任何回应，仿佛人间蒸发一样。

7月24日，洛斯家族才再次收到凶手发来的信件。经过笔迹鉴定，两封书信的笔迹是同一个人的。这一次，凶手的口气也是相当不客气。

　　查理当然还是和我们在一起，所以我们并不害怕警察局的那些饭桶。即使他们在报纸上公开悬赏也无济于事，占据主动权的仍然是我们。我想，你们应当再好好考虑一下查理的安全问题了。我们不知道，作为洛斯家族的主人，你是如何看待警察的行动的。难道25000美金就可以牺牲掉查理的生命吗？这是多么愚蠢的想法，你有过仔细想过吗？

看得出，凶手被警察发出的通告激怒了，但他们并没有给出和解的条件，也没有其他任何说明。从此，他们没有再给洛斯发过信件。

面对这样的结局，洛斯家族十分悲伤。这一事件很快就在整个美国掀起波澜，很多人都在关注事件的进展，同时也对洛斯家族的遭遇感到难过。查理的照片占据各大媒体的版面，一个活泼可爱的 3 岁男孩，就这样悄无声息地被诱拐，令人唏嘘。当有传言说凶手已经离开美国、逃往欧洲的时候，连英国的媒体也开始帮忙寻找。那段时间，很多国家和地区的孩子们都产生了危机感，他们仿佛都感受到来自查理的恐惧和忧伤。许多家庭开始特别注重孩子的安全问题，父母或者看护者们不会轻易让孩子走出自己的视线，他们反复告诫自己的孩子，在任何时候，都不要理会前来搭讪的陌生人，不要接受任何能引起自己兴趣的提议。

事情的发生逐渐走向高潮时，一个细小的环节，为案件的侦破带来一丝光亮。

事情由洛斯太太的梦境而起。某天晚上，洛斯太太梦到了一些很神奇的事情。而后，洛斯家族主动与警方联系，当时负责侦查的纽约警视厅的警探沃林格即刻来到洛斯府邸。

"即使是一个梦境，我也不想错过。尽管这看起来有点不切实际，可能会被人嘲笑。"洛斯太太克制着内心的悲伤，对沃林格讲述，"不过我很担心查理的安全，所以，哪怕只有一丝一毫的希望，我也要抓住它。实际上，我的梦境与查理有关。"

"噢。"沃林格并没有显露出不耐烦或者不信任的表情，但在心里他已经做好了简单应付的准备，"那么请您不要顾忌，详细地告诉我吧。"

职业素养告诉沃林格，此时他必须佯装出严肃、认真的态度，不能再给这位陷于悲伤的太太更多打击。

"在我的梦境里有一条小河，河的尽头是一片有着芦苇丛的水域，旁边有山，有湿地。然后我看见芦苇丛旁边停着一条船，查理就在那里。他的四肢被绳子捆绑着，倒在船舱里，脸上挂着泪痕，小声地呼唤着我。"

"啊？有水和船？"

"对。在梦里我立刻就哭喊着想过去救他，而后就醒了。醒来的时候我还在哭。我感觉梦境中画面很清晰，我仿佛还能清楚地看到那条船，我也不知道自己这是怎么了。"

很明显，沃林格对洛斯太太的梦境感到很惊讶。沃林格警探原是出于礼貌才来到洛斯家，倾听洛斯太太的梦境。没想到会有意外的发现。

"太太，您或许还不知道，您的梦境是如此神奇。其实，几天前我们发现了两个疑似绑架犯的男人，他们一个叫莫斯塔，一个叫道格拉斯。他们并不是职业绑架犯，但是在偷盗犯中还挺有名气。据调查，他们常年活跃在河道附近，善于驾船。您的梦境将使我们更加认真地对待这一发现，我个人认为，莫斯塔和道格拉斯很可能就是带走查理的凶手，而他们正是依靠河道深处的芦苇，利用船只进行躲藏。我相信查理就被他们藏在船上，现在，我会尽快安排人手去救查理。"

能够认证线索中的发现让沃林格感到很高兴，他觉得自己的运气已经来了。

4

警方得到消息已经有两天的时间了，但他们无法确认消息来源是否准确。而今虽然只是一个飘忽的梦境，但毕竟是查理最亲的人的梦境，也是值得相信的。

两天前，有人通报警方，说看到两个带着男孩的成年男子驾船去往波路特摩附近江海交汇处的沼泽区域，那里地形复杂，又满是芦苇飘荡，很适合隐蔽。据看到的人讲，两个成年男人的相貌与莫斯塔和道格拉斯十分相像。当时沃林格已经派出得力干将去调查和搜索。而在得知洛斯太太的梦境之后，他又立即增加了人手，要求务必找到盗贼和男孩。

于是，警方在波路特摩的沼泽区外面张开一张巨型的大网，更多人深入其中，追捕凶手。同一时间，警视厅高层和洛斯家族也焦急地等待着消息，气氛显得异常紧迫。

作为统率赶赴第一线工作的是海邓警探，他是沃林格的同事，也是一名优秀的警察。两天紧张的搜索工作后，他们终于发现了莫斯塔和道格拉斯的痕迹。

据附近其他船上的人报告，有一条船刚刚被两个男人洗劫了一番，目标是船上的食物，他们甚至提出了"加热牛奶"这一看似怪异的要求。这一消息，意味着目前的情况正在向好的方面发展。一来，抢夺食物的举动说明凶手已经成功被困，并且出现了缺乏食物的现象，他们已经坚持不了多久了；二来，特别需要喝"热牛奶"的，只有年仅3岁的查理。也就是说，查理此时仍然是安全的，凶手并没有杀害他的意思。

警方进一步加紧搜索，试图尽快缩小包围圈。不过，即便如此，搜救行动仍然算不上很顺利。沼泽区域的地势很复杂，如果不是特别熟悉的人，很容易就会掉进泥潭无法自拔，十分危险。两个盗贼正是利用这一点，才能与警方周旋。然而，周边地区得知风声的青年团和其他一些打着救援队旗号凑热闹的人特别多。他们既不够专业，也起不到很好的作用，反而有可能打草惊蛇。警方后来才知道，盗贼的习惯是每天都要将船停在不同的区域。也就是说，他们不会连续两夜将船停在同一个地方。当时他们在夜里驾船转移地点时，已经距离警方的搜索队很近了。只可惜，当时警方并没有人察觉到这一点。后来，还是参与搜索的一位警官不经意间拨开一处芦苇，猛然发现藏在其中的木船。当时他没有看到船上的孩子，只看到两个凶手。他的动作也惊醒了凶手，双方几乎是同时开了枪。

时间刚好是傍晚时分，由于事出突然，附近的人没能在第一时间前来支援，当他们赶到的时候，两个凶手已经驾船逃脱。尽管很多人不顾危险跳进河里去搜索，但是全都一无所获。小船借助高高的芦苇和河面上的雾色，很快就消失不见。

不久之后，莫斯塔和道格拉斯就舍弃了小船，从河岸的某处逃上岸，而后借助深夜的优势，成功躲过了警方设置的重重障碍，逃出包围圈。

种种迹象看来，他们应该还是带着查理一起走的。很明显，与警察的偶遇让他们陷入深深的恐惧中。

当天色逐渐亮起来时，一组搜索队的成员在发现凶手几英里之外的河岸边找到了那条看起来破旧的木船。船上已经没有人，只留下一个木雕的玩具船。这个玩具的制作工艺实在算不上很好，只是勉强让它看起来像条船，或者说更像是一个舢板。它被人用绳子与大船链接在一起，独自在周围的水域飘着，看起来很孤独。很明显，这应该是凶手为了哄查理而制作的。在这些逃亡的日子里，它一直陪伴着查理。

洛斯家族的公子，从来不缺少精美的高端玩具，而在被诱拐之后，查理不仅要独自漂泊在河岸附近，还要面对孤独的生活，仅有的一个玩具不过是一块木头。凡是已为人父母的警察，看到此情此景，都难以抑制内心的悲伤。他们不敢想象，如果灾难落在自己孩子身上，会是怎样一种情景。不过，凭借这点，他们也发觉了凶手的一点慈悲心。当孩子感到无聊，哭闹不止的时候，他们并没有以暴力的方式来对待他，也没有伤害他，而是花时间制作了一个玩具船。不管怎么说，凶手也还是保有人性的。

从那以后，搜索队没有再发现凶手和查理的踪迹，而洛斯家族则接连不断地收到过凶手的信。他们以强势的态度要求洛斯家族提供5000美金来交换查理，并且不想再继续拖延时间，他们希望立刻就得到这些钱。当然，还说出一些威胁的话，诸如要杀害查理，等等。

洛斯家族陷入绝望之中，案件的关注度也进一步提升。凶手已经被曝光，他们很难再作出更过分的事，但警方也一直没能抓到他们。

双方这样僵持着，从表面上看，整个事件可以说已经算是有了结果。

转眼间，时间已经过去了五个月，12月14日，贝·里基的瓦恩·布莱德一家深夜里被人惊醒。最先发现盗贼的是管家，那时盗贼刚刚划破玻璃门，还没能进入房子。听到管家呼声后，男主人瓦恩·布莱德带着儿子以及家里其他的男人们拿起武器，与赶到的警察一起，在院子里堵截逃跑的盗贼。布莱德家里的男人比较多，也非常勇猛，他们以窗户为掩护，不停地向凶手射击。当然，盗贼也不想示弱，奋力抵抗。整个枪战进行的时间并不长，在双面夹击之下，盗贼很难一次又一次准确地躲过子弹，终于，两人接连倒下去。

第一个倒下去的人发出了临死前的最后一声尖叫，子弹穿过了他的头颅，已经没有办法再挽救，当场毙命。第二个倒下去的人也受了重伤，立即宣布投降。

胜利的一方没有再攻击，他们小心翼翼缩小包围圈，渐渐来到伤者身前。

倒在地上的凶手呼吸急促，看似有什么想说的话，警察拿来一杯酒，以缓解他的痛苦。

在人生最后的几分钟里，这个男人说了几句话。他的话，揭示了查理诱拐案件的核心秘密。

"真希望上帝能接受我的悔过。"他用尽力气，一个字一个字地说道，"我就是琼·道格拉斯。你们要找的比尔·莫斯塔就倒在那边，看起来已经不行了。几个月之前，是我们带走了查理·洛斯。"

全美国的人都听说过查理被诱拐的案件，这里的人当然也不例外。

警察立刻追问道："快说，你们把查理藏在哪里？告诉我们！你们诱拐他是想拿到更多赎金吗？告诉我们，他在哪里？"

"你们去问莫斯塔，只有他知道。"

"为什么？别骗我们了，说实话吧。"

"我说的，都是真的……莫斯塔……"

那时道格拉斯不知道莫斯塔已经死了，他拼命地指着莫斯塔倒地的方向，想坐起身来。

为了让他知道真相，其他人将莫斯塔的尸体抬到了他面前。

"唉，你们错过了。"道格拉斯摇摇头，"没有希望了。"

"为什么这样说？"

"最初提出诱拐计划的人是莫斯塔。在带走查理之后，我们也曾一度感到很棘手。然而，在那段东躲西藏的时间里，莫斯塔与查理之间却建立了很好的感情。只要是莫斯塔的话，查理都会乖乖地听。莫斯塔也很喜欢查理，就好像他自己真的有了一个儿子。躲过警方的包围之后，我们分开过一段时间，这样我们既能各自做自己的事，也能更好地躲避追捕。查理一直跟着莫斯塔生活，所以只有莫斯塔知道他在哪儿。只可惜，你们打死了他。我很同情洛斯一家，他们没办法再找到查理了。"

随后，来自纽约警视厅的沃林格警探确认了道格拉斯和莫斯塔的身份。整个事件至此算是有了一个结果，只是查理究竟下落如何，没有人知道。

5

从飞来的子弹不幸击中莫斯塔的那一刻起，他与查理的缘分，便已终结。而查理的去向也成为一个永久的谜团。以莫斯塔对查理的感情来看，或许他从未真正想过要将查理送回去，当然，他更不会伤害查理。在他眼中，查理已经成为自己的孩子，他愿意与他一起生活下去，这令他感受到快乐和幸福。而对于洛斯夫妇来说，不论如何，查理都是他们最亲爱的孩子。也因此，他们从未放弃查找查理，即使倾尽一生的时间和财富。

然而，直至走到生命的尽头，他们也没有如愿。

身为哥哥，沃尔特·洛斯后来成为洛斯家族的主人，他也期盼着有一天查理能回到家里。

查理究竟去了哪里？有人认为，或许莫斯塔将他藏匿在某个地方，一处山洞，或者某件小屋。当莫斯塔死后，无人照管的查理也在饥饿中结束了生命，成为散落在泥土中的铮铮白骨。

不过，更多人愿意相信，查理仍然生存在世间的某处，人们想象得出他长大成人之后的帅气模样。他会成为绅士？也许不，跟随莫斯塔成长的查理，更可能成为强壮的街头青年，或许是一副小混混的模样，当年被诱拐时的情景大概已经不会给他留下深刻的回忆了。也许他已经记不起关于洛斯家族的任何情况，也不记得他自己原名叫"查理·洛斯"。

如果某天，他与沃尔特在街上偶遇，会认出彼此吗？他们的成长环境完全不一样，人生之路也已经有了天壤之别，命运跟他们开了一个莫大的玩笑。

消失的查理究竟怎么样了呢？答案只有上帝知道。

河流中的浮尸

1

1913 年的一天，有一个叫约翰·希曲科克的年轻小伙子正结束完拖船工作，无所事事地躺在船舶停靠处打发午休的时间。也就是在这个时候，他的眼睛突然瞥见了在水中漂流着的不明物体，他好奇地上前一看，发现那个东西打着漩涡来到了他的脚下。

从外观上看，这是一个枕巾包裹的东西，不得不说，这枕巾上描绘的花纹和色彩都非常出众，拿在手上时，还有些沉甸甸的分量。看这里面物体的模样，似乎是圆状的东西。约翰观摩了许久，突然伸腿用力地踹了一下包裹。

就那么一下，里面的东西骨碌碌地滚了出来，约翰瞬间傻眼了，两眼干瞪着，好久才惊叫出声，远远地逃离了现场。

这就是碎尸案的发现过程。

这具女性尸体并不是完整的，正确来说，包裹里的东西都是一些尸块，只保留了从肚脐眼到生殖器官处，下肢完全没有。

虽然说这河域确实会有一些漂浮的死尸，但这样的惨状约翰还是第一次见到。随后他怪异的惨叫声把船长都给吓到了，寻着声音来到了碎尸现场，一看到这里头的尸块，也是震惊地退后了好几步。

当下，船长就立刻吩咐手下把附近负责水域的巡逻警官给叫过来，并带上约翰让他说明整个包裹被发现的过程。显然，这出碎尸案已超出了当地警官能够处理的范围，于是大家又立即把这里的一切报告给了纽约市中心的警察厅。当时担任搜查科大队长约瑟夫·A·珐劳特警官就接到了这次案件的追踪调查。

以这么残酷的手段去肢解一个女性的尸体并分头抛尸，不得不说，这样的案件，在当时那个年代还是史无前例的。

2

这个包裹很快被送到了尸体鉴定处，法医伊斯拉尔·法伊巴葛将这些部分尸块进行全面的检验，虽然这些都是零零散散的部分尸体，但还能从中发现不少关键信息。首先，这确实是一名女性，年纪还很小，当然这不是最糟糕的情况。法医法伊巴葛随后发现，这名受害者已经怀孕七个月，再过几个月就能生下宝宝了。从这些尸块来分析，他判断，凶犯很有可能是有着丰富的肢解经验，或者也有存在是一名外科医生的情况。

总之，这起案件的性质非常恶劣，已经引起了当地警官们的重视。

这里就要提及一个破案能手——大队长约瑟夫·A·珐劳特警官，他本人爱岗敬业，非常务实，对每一次案件的追踪都有自己的推理思路，在办公室的工作簿上常常可以看到他多次办案的记录。法医法伊巴葛告诉他，这具女性尸块从死亡到被发现时，前后不到二十四个钟头。所以珐劳特警官当下就觉得，最值得怀疑的下手对象就是受害者的丈夫，也就是未出生孩子的父亲。不管是持有什么不良的动机，到底是钱财纠纷还是感情纠纷，矛头都显而易见地指向了第一嫌疑人。

于是他就揽下了要追踪到真正凶犯的任务，还派了三名辅警共同参与到这起案件的搜查工作，一场轰轰烈烈的追查行动就此拉开了帷幕。

当年美国警官的形象可跟现在不大相同，为了搜查工作的方便，他们大多数都是穿着短衬衣的私服，区别一个身份特征，他们胸前还会挂着一个银色的警徽章。他们抽着香烟假装若无其事地在各个不起眼的地方四处打转，从地下酒吧、巴士车站到小公园，一切凶犯可能会出现的地方都一一去查探了一遍，动员了全部的警力，企望能尽快将凶犯缉拿归案，很难担保这样一个没有人性的杀手不会再向其他女性出手。不过他们的搜查方式也是比较常规的，通常都是从周围的群众收集到最近的一些可疑的动静，看是否能够从中挑出可靠的线索。

尽管法医坚持强调说凶犯极有可能是一名手法娴熟的外科医生，但那派来的三名辅警对并不支持法医的判断。他们的理由是，能熟练用刀的人并不一定是医生，就算是一个卖生肉的屠夫，他的刀法也是十分利落干净的。因此，他们觉得不能茫无目的地找人，觉得要从一开始打捞上来的包裹巾入手会更好，随后，他们也把这个想法告诉了大队长约瑟夫·A·珐劳特警官。

就在这时候，哈得孙河水域的巡逻警官向纽约警察厅报告了另一条重要信息。

　　就在刚才，他们又打捞一个新尸块，不过这次是用一种建筑工程专用的烟油纸包裹着。而这次被发现的残骸是受害者的胸部，是从水域的巡逻警官在河流的下游中看到的，不同的是与第一次打捞到的地点相距甚远。

　　法医从两次被发现的尸块观察，可以清晰地分辨出，这身体部位上的细微毛发都非常相似。这名女性生前的皮肤被保养得非常好，年轻有光泽，皮肤白净、细腻。也是因为怀了孕的缘故，她的胸部会有些硬胀，下方的腹部会微微隆起。最后，法医确定这些尸块都是同一名受害者所有。显然，这第二个尸块也是被切割得十分完整，可以看出，这名凶杀犯背后有着非常厉害的肢解手段。

　　两次包裹尸块的裹巾，一个是色彩鲜艳的枕巾，一个是建筑工程专用的烟油纸，这两个不同的包裹材料让众多警官们对凶手的身份产生了分歧。有些人认为，从第二次的烟油纸来说，这一定是一个从事建筑行业的工人。另一派以珐劳特为代表的警官则认为第一次发现的枕巾会是一个比较重要的线索。

　　他们有这样的底气，也是给出了两个强有力的理由。第一个理由是，一般情况下，很多家庭都会使用素净的枕巾，很少会用这般浓艳色彩的枕巾，这上面还都是一些方格子的花纹。第二个理由是，从它的材质上判断，这一款特殊的高定制枕巾可不是普通家庭能够消费得起，想来这使用者的家庭必是富贵殷实，才能有资格买进这款枕巾。而且说句实话，这种大摇大摆的热烈颜色，只有特殊癖好的人才会喜欢。因此，珐劳特警官初步断定这人应该是十分有个性。"他"爱慕虚荣，就算走在大街上，也是会故意装扮一番，然后特别希望得到大家的目光和欣赏。

"这样的人这么出众，一定能被周围的群众注意到，所以只要我们从中多加询问，广泛收集线索，我想总会被我们捡到一些重要的信息。"珐劳特警官做出了最后的结论。

珐劳特警官的推理得到了多数人的支持和理解，于是他们打算就从第一个被发现的枕巾入手。如果这个路子走不通，再听从法医的建议，从肢解的手法寻找相关的医学人员以及生肉店的老板或者员工等。再不行还有烟油纸，还能彻查一下附近的建筑工人。

3

枕巾调查行动开始了，在此之前，珐劳特警官还将那块色彩鲜艳的枕巾裁剪成了大小均等的小布料，同时还将市内所有开张的床上用品店铺制成了一个详细的名单，让他们分头拿着小布料去各自的门店询问这款布料的来源及购买者。

四个汉子来来回回地穿梭在不同的地方，从白天到黑夜，抓着店里的老板劈头就问。一方面，他们要忍受着媒体的讥笑，讽刺他们说这是一场无厘头的闹剧。另一方面，也有些警官自己也看不下去了，连他们也开始不满，感觉这种搜查行动都是无用功，看起来十分愚蠢。

且不说纽约是一个大城市，光是商业街上的店铺就有好几百个了，更不用说那些在各区域独立的小门店了。一块布料的来源渠道有很多，就算是枕巾，可以从床上用品入手，但也可能会被应用到其他工艺制作中，比如说窗帘、地毯、衣物等等。从供应商、批发商再到零售商，每件商品也会在市场流通中转手多次。所以目前以他们四个人的能力，要

——排除掉这些店铺，也是耗费了不少的力气。几乎是第二天睁开眼睛，就自觉地在各个地方跑来跑去，一点都不敢浪费时间。只要一找到名单上的门店，还要先跟店里的老板及员工好好解释一遍这起女性碎尸案的来源始末。一开始还会好言相劝，到最后都是直接出示名牌，简单告知缘由后，问清对方是否有留意过这款枕巾上的布料。

尽管他们都做了很多次努力，但每一次都毫无所获，总是一脸丧气地打道回府。不得已，珐劳特警官召唤会其他三名辅警，决定重新调整此次调查的行动方向。

在会议上，他始终坚信自己多年侦查案件的敏锐性，他认为，枕巾的来源一定藏着一个特别关键的线索，也许解开了这个至为重要的谜题，他就能顺藤摸瓜，找出凶手。

"嘿！我不信邪了，就算掘地三尺，找遍所有制作工厂，我也要用这一生的力气去查清楚这款布料的来历！"珐劳特警官是一个越战越勇的人，任何挫折都打不倒这个毅力顽强的人。

调查行动的过程并不是一帆风顺的，很多布料商家都表示自己还未接触过这种高级布料。连他们都说，这块枕巾的制作是非常优良的，一般的枕巾用的材料都比不上。也有一个经验老道的老师傅反馈说，这种布料原先可能不是打算用在枕巾制作上，可能是那个富贵家庭的夫人们，选择一款优质的布料去裁剪成枕巾而已。要是如老师傅所说，无疑是加大了调查难度。因此同伴也有善意地给珐劳特警官做出提醒，不过依然还是撼动不了他追踪这条线索的决心，而且经历这么多天的调查行动后，珐劳特警官已经能够对这款布料的制作到销售的整个过程了然于心，一见到人就能说得头头是道，可是掌握了这些要素，也没有真正追踪购买者的身份信息。

这场调查行动持续了一段很长的时间，随着名单上的商户信息一个个减少，他们也渐渐失去了信心，持久战一度陷入僵局。就在他们快终止这次行动时，事情有了一个重大的突破。

一个小型的布料制作工厂坐落于布鲁克林区，也就在发现尸块的哈得孙河的对岸处，当珐劳特警官向老板布什说明调查缘由，并出示一小块包裹上的布料时，老板一下子就看得出这就是自家的制作材料。这一发现，让珐劳特警官心情变得很好。

"说起来，这还是一款滞销品。本来我们为了迎合上流社会的口味，特意选用了这款材质，这还是第一次尝试，什么料子、花纹、色彩都是独一无二的。我们抱了很大的期望在里头，但最终出来的产品貌似不能受到大家的欢迎，他们都觉得这款布料太过艳丽，反而入了俗气，结果都看不上。所以到头来还是自己吃了苦头，这一批布料没有畅销出去，一直就搁置在仓库里头，整整有两年的时间了。后来觉得这样下去可不行，肯定要亏损很多钱，不得已，我们就低价转给了一些小店。"布料制作商老板布什说。

"既然如此，有没有相关的书面交易记录呢？"

"这个卖出去好久了，当时都是直接一手交钱一手拿货，所以不确定还有没有记录存在，得花点时间找找。"于是老板就进了办公室，从一堆文件里四处翻找。

还好，老板布什还存留着一些送货单的复印件，当中这批布料的货源转移地点都写得很详细，珐劳特警官总算觉得事情有了一个完美的转折。

从送货单上可知，这批布料被不同的销售商给拿走，珐劳特警官认为既然包裹是从哈得孙河打捞上来的，那么就把具体的范围缩小，从附近的曼哈顿城区的销售店开始寻找，可以减轻不少搜查工作。随后警官们就在西部居住区集中展开调查行动，这一次并不需要耗费多大的精力，大部分小店依然还囤积着不少布料，数目与当初从布料制作商买进的数量一致。所以很多商家都是进行清仓大甩卖，价格开得很低。当然，也有相反的情况，这款布料在其他销售店反而成了热销，店铺的老板也保留了买家的信息，具体是什么人、哪个时间段购买以及居住地址都写得很清楚。

警官们就根据这些交易记录来寻找背后购买的人，但反馈的结果是这些东西他们都还没有动用过，数目不多不少，也是和刚买的情况吻合。

这都能把买家给找上门来了，可大家回答的结果都一模一样，并没有存在可疑的地方。嫌疑者的特征应该是确切地买了这款特殊布料，但没能说明最终的用处，或者给到一个适当的理由说服警官，这种人才有古怪的迹象。

可随着买家的身份信息一一公开，这里面都没有符合这种情况的人。

看来，这条线索也要快中断了，怕是所有的调查工作都得从头再来。

4

正在珐劳特警官一筹莫展之际，有一个叫乔治·撒奇的老板的出现打破了这种局面。他在西区 8 号街道上卖一些家居用品，对购买这款布料的人印象非常深刻。

这位老板行事非常谨慎，凡事都会记录在本子上，所以珐劳特警官询问起时，他表示自己就只成功地出售过用这款特殊布料制作的两块枕巾。

"您了解到买家都是什么人吗？"

"是的，我都有清晰的交易记录。当时来买枕巾的是一对小夫妻，不知道是不是草草就才结了婚，买东西都很快，一下子就下了单。我记得那个女人长得很漂亮，身边的男人长相就一般了，有一股书香气，长得也比较高壮，没什么血色，看起来有点营养不良，大概也是这个原因让我感觉有些怪怪的。不过他一双棕色的眼睛倒是流光溢彩的，整个过程都很亢奋。因此，我对他们俩记忆犹新。"

撒奇老板对这对新婚夫妻的观察很仔细，他的记录本子上也有相关的送货地址，这里显示是在布拉达斯街道的一栋小楼内，出租的房间号是 3 楼 38 号。因此当时买的东西较多，老板撒奇安排了底下的员工亲自送过去的。

太棒了！终于有一个比较吻合的身份信息，珐劳特警官结束和撒奇老板的谈话后，当下就立马赶去那个小夫妻的家里。

此时此刻，警官们的心情非常激动，持久了 9 天的调查行动终于可以取得一个重大进展，真令人欣慰！

警官们没有立即就去敲响那对小夫妻的家门，而是先找到了这栋楼的管理者。管理者说这栋小楼的租金都不便宜，所以来的人都是有些存款的工薪阶层，像打工的人或者是附近的教师等。而住在三楼的这对小夫妻是从 8 月 30 日就住进来的，确实是刚结婚不久，所以那会他还义务给他们搬过一些行李，不过这之后就没有打过照面了。听说是这两个人都是在外游玩，都不喜欢待在家，把这当成睡觉的地方而已，所以也没有过生活垃圾。其他住客跟警官们反映，他们也都说了一致的情况。

"起初还能见到一两回，偶尔房间的灯也有亮着的时候，但都特别少，最近连开门的声音都消失了。哎，两个人的行径真是有些让人捉摸不透。"一位邻居说。

　　收集完信息之后，警官们就主动上了楼，当他们去敲门的时候，门内果然没有声音回应。珐劳特警官和辅警们对换眼神，心里明白这可能他们苦苦寻觅的案发地点了。

　　于是珐劳特警官想要管理者交出房间的备用钥匙，但小楼的管理者一开始很不配合，说是自己没有权利交出备用钥匙。珐劳特警官见此，就低声恐吓他说，若是不配合警官的行动，他们就只能采取破门方式，到时候赔偿什么的就不管了。管理者一下子就怂了，不敢轻易得罪这些个大人物，只好把房间的备用钥匙给找了出来。

　　当警官们走进 3 楼 38 号房间时，屋里的东西摆放乱糟糟的，女人的衣服和饰品都被随意地丢弃在地上，从床上找到了那剩下一块还未处理的枕巾，与包裹尸块的布料是一致的。随后他们走进了浴室里，发现浴缸中还有些残留的污垢。珐劳特警官判断这里很有可能就是凶犯作案现场，污垢其实就是那名受害者的血迹，只不过被凶犯清理过，但因为没有清理干净，倒是给自己留下了杀人的"证据"。

　　现场的证据倒是有了，可还差落实夫妻俩的身份信息。珐劳特警官吩咐辅警在房间里搜寻一下是否有什么重要的文件。然后有一名叫卡萨撒的警官在一处角落里找到了一个女士手提箱，包包里面就有两张"结婚公证书"以及从匈牙利寄来的书信。第一张公证书的文件上面显示，这对小夫妻是在 6 个月前就领了证书，具体时间是 1913 年的 2 月 26 日，不过信息没有被完全填完，有一个"经办人"的表格一栏暂时还是空缺的。

　　而第二张公证书文件是由教堂出具的，一般都是由公众所承认的牧师来办理。上述信息说明的是一个叫安娜·奥姆勒伊的女性在圣博尼菲斯教堂，按照罗马天主教的仪式举办了一场神圣的婚礼，牧师证明其婚姻证书是被神明保佑且合法通行的。圣博尼菲斯教堂就位于美国纽约市的第二大道处，看来他们真的是结了婚。珐劳特警官一开始还怀疑是因为某些原因，男方不同意女方生下孩子，才引起了男方的杀意，照这两张"结婚公证书"来看，现在倒是有理说不通了。那么既然双方都是在公证处办理了结婚手续，那么怀孕这件事就应当是理所当然的。因此还是要尽快找到那位失踪的丈夫，所以他们在这里搜寻无果后，就立即前往圣博尼菲斯教堂。接待他们有三个人，分别是教堂的牧师 J.S. 布朗，以及他的妹妹和一名女仆。

　　他们会见了之后，布朗牧师就跟珐劳特警官介绍了安娜·奥姆勒伊的来历。

　　"1910 年，那是圣诞节的时候，安娜是匈牙利人，从小就是被自己的亲戚抚养长大，后经伯母的引荐来到了这里，就在她 21 的年纪里在教堂当上了一名女仆，平时也是帮我干干活。这个女孩性格很好，有活力，做事认真，长得也非常好看。大概安安分分地过了大半年吧，她就跟我们说她想离开了，我们很快也同意让她走了。结果两年后，她又回来了，让我们能继续收留她下来，我们看她之前的表现，都觉得这是一个不错的姑娘，所以也没多说什么，就让她一直在这住下来了。直到 8 月 30 日，她突然来跟我们说，自己遇上了心上人，想跟他一起去俄亥俄州定居下来，当天就收拾行李不见人影了。现在我们也不知道安娜到底会去了哪里。听说她在这有一个叫依格拉的表兄弟，可能会知道安娜的一些行踪，我来给你们指引一下他具体的位置吧。"

"这个事情先不急，我还有一些问题想问问您，就是安娜她说要结婚之前，那个男人有没有经常过来这里，像是一些信徒、助理或者传教士的男子？"

"这个肯定是没有的，我可以担保。"一名女仆补充道。她跟安娜是一间房间的室友，所以对她的起居生活都还算了解。

"看来你们对安娜的认识挺深的，不过很遗憾，我们很有可能在哈得孙河打捞到了安娜的残骸，现在这个情况要证实一下受害者的身份信息，所以想说能不能请你们过去辨认一下，看是不是安娜本人？"

"啊……"这生活简朴的三个人刚一听到这个噩耗，一脸震惊，久久不能回神。

"或者你们可以想想安娜有什么典型的外貌特征能够容易分辨的？"

"我想说……那个"女仆回了神，战战兢兢地继续为警官提供线索，"安娜的皮肤特别白，细腻又光滑，连女人看了都很羡慕……而且，我记得她肩膀的右下方有一个伤疤，已经淡化成了粉红色的结疤，安娜本人其实平时都会故意去遮挡它。"

"不错，这个信息很重要，与我们第一次鉴定的结果差不多。如果真的让你们去认尸，能够看得出是安娜本人吗？"

"以我们对她的了解，这个应该是没多大问题的。"布朗牧师说。

"那么，我有一个疑问，安娜居住在教堂这么长的一段时间，她最近会发生什么事情您真的一点都不了解吗？"

"这个……我坦白说了吧，其实在这之前，有一个来自新泽西的男生，从天主教学校中毕业后，就来到了教堂工作，平时也是帮我打点一些事宜。后来，跟安娜认识之后，就开始给她教一些英文用语，结果两个人就擦出了火花，慢慢地走在了一起……"

"抱歉，打扰一下，您看是这张公证书的这位牧师的名字吗？"

"是的没错，但这张公证书很明显不是我办理的。因为真正有效的证书应该是公正牧师，也就是我签字才能生效。"布朗牧师正色道。

这么说来，那位天主教信徒很有可能是因为自己触犯了男女关系的教条，不得已做出了伪造证明。随后布朗牧师也提供了此人目前供职的教堂，就在西一二五街道与哥伦巴士的十字路口，那儿有一间哈雷姆教区，他人就在里面当一名正式的牧师。

5

终于把凶犯的对象找了出来，珐劳特警官不敢多耽误，第二天清早就赶往了圣约塞夫的罗马天主教教堂。今天刚好是礼拜天，里头的信徒们正结束完朝拜，纷纷走出了教堂大门。珐劳特警官带着三名辅警逆着人流走了进去，找到了那名公正牧师汉斯·舒弥特。他本人确实身材高大，面容非常干净，肤色有些发白，一双褐色的大眼睛清透迷人。按照往常，如果平时见到一位如此清秀的苦行僧，他们定不会觉得这人有什么问题。可一想到他的作案方式，就不禁让人感到毛骨悚然。

没有多余的时间再拖延下去了！珐劳特警官大跨一步，拿出了那张由他办理的教堂结婚证书，来到了牧师汉斯·舒弥特面前，询问他这上面是否就是本人的签名。

"是的，这就是我办理的。"舒弥特没有否认，神色镇静，没有被猝不及防给吓到。

"那么，这位安娜的女性也就是您的新婚夫人吧？"珐劳特警官使了眼色，三名辅警立马将他团团围住。

"是的，这就是我夫人。"舒弥特点点头，没有做更多的辩解，"想来各位都是搜查官吧，我知道你们来的目的了，还请给我一点时间收拾一下东西，然后就跟你们走。"

"恐怕你也是不想玷污了这身教服吧，那就动作利落点。不要有坏主意，我告诉你，你已经被我们包围了。"

随后在警官的监督中，舒弥特把牧师的制服脱下，换上了一身干净的私服。正当他走出教堂时，另外一个叫汉特曼的牧师走了过来，看到舒弥特被警官包围起来，被吓到不轻。不知道为何，刚刚情绪还很平静的舒弥特突然一把抱住了身旁的同事，哭诉道："我不愿意成为警官手中的杀人犯，我宁可作为一个天主教教徒，向主坦白自首！我要跟你说，我不是故意要杀死安娜的，只能怪她长得太漂亮了，连世人都不能容忍！可我真的很爱她啊，那么的深爱。可是我怎么能忘记自己的身份呢，我好歹也是个牧师，真的没法割舍掉心中的信仰……神与安娜，天哪，这两个抉择都太让人痛苦了……我爱安娜，真的很爱很爱，可我必须把她带走，你知道我的痛苦吗，啊？"

汉特曼一点都不知道内情，只好顺着他的意思用力地点点头说："我理解，我理解。"

没想到哭诉完的舒弥特一下子又变了脸色，恨恨地推开了同事，轻蔑地说："你这种俗人，怎么能理解，哼！"

随即，他又当做什么都没发生似的，整理一下自己的衣服后，就若无其事地上了外面的警车，神色凛然就离开这里了。

车上有一位警官实在好奇，主动跟舒弥特搭讪："嘿，你这混蛋，要是你真的那么爱她，还能亲手了结她的生命？要么就把教堂的工作结束掉，带着安娜去别的地方生活就好了，何必下这死手？你都能精心给她做一个结婚公证书的伪证，怎么连爱护她的担当都没有？难道她有了孩子让你有所顾忌不成？"

舒弥特显然不想回答这个问题，他只是懒懒地回应道："你们这帮粗人，是永远都不会理解的，我说了有什么用？"

到了纽约警察厅后，舒弥特就承认了自己的犯罪行为，从当时的口供中得知，他是买了一把锯子和刀片在浴室里把安娜进行各个身体部位的肢解，随后就把这些残骸一个个打包，扔进了哈得孙河的河域中。

碎尸案找到了真正的杀人凶犯，而此人的身份居然是一名信徒。这个事件得到曝光之后，纽约市的官方教堂区就除去了他作为公正牧师的工作职务，并表示不承认该凶犯是一名天主教徒，彻底撇清了他与教堂的关系。作为一名教徒，他失去了信仰；而作为一名牧师，他失去了公信力。

一时间这起碎尸案闹得满城风雨，所有人都不敢相信，一个传道者竟然做出这般伤天害理的事情。

后来，舒弥特被送进唐布斯监狱中，还在继续为自己杀人的理由做出荒唐的辩解："这一切都是我的守护神圣伊丽莎白大人的旨意，从小到大我都是按着她的话去做任何事情，我们感情非常坚固，直到安娜的出现，我不由自主地迷了心神。可我的女神生气了，她忌妒了，非得让我二选一，说是一定要把给安娜杀了，作为贡品给祭献上来。我实在不敢得罪女神，我一直都是听她话的呀，我不行动，她就在脑海中不停地催促我：'快了结她！这个该死的女人！快！'我只能跟安娜说，这都是圣伊丽莎白大人在作祟。我很爱她，可我真的没办法了，她快要把我吵得死了，所以我必须把仪式完成下去。按照旨意，我把她切割得非常完整，还搞出了很多的血，女神的要求就是这么苛刻，不见血不可放人，我不得不照做啊。相信我，我真的很爱安娜啊……是圣伊丽莎白大人的炉火燃烧了她，都是她的错！"

租客杀手

1

故事要从1926年的2月14日讲起，在圣弗朗西斯科·萨塔街1137号，住着一位名叫克莱拉·纽曼的老太太。她已经63岁了，目前独居。

那天，她想到要给自己身边空置的房屋找个租客，于是就像很多美国的招租人一样，她将写着"空房租赁"的广告纸贴在临街的窗户玻璃上。

在美国，这样的方式是比较常见的。临街的那些公寓里，时不时地会有人将此类制作精美的广告纸贴出来，路边的行人只要轻轻抬头，甚至无须抬头，便能清楚地看见它们。有意向的租客可以直接走到大门口去按门铃，而后房主询问情况。或许是为更好地表达诚意，或者急于租掉空房间，他们会带这些路人直接进屋，上楼去看房子。

需要租房子的人基本上都是生活在社会底层的工人、学生、外国人等等，他们的生存区域往往是不固定的。当然，有时因为一些不太方便的缘故，房东也只考虑女性租客。这样公开贴出广告招募租客的方式还是存在一定的安全隐患，毕竟陌生人轻易就可以进出的公寓，是比较容易发生罪案的。

那位寻找租客的老太太克莱拉·纽曼便是这么一个倒霉的人，她的尸体是被侄女发现的。

2月20日那天，太阳刚刚落山，侄女为了找到克莱拉，几乎查遍了整座公寓，最后在楼顶的洗手间里，她发现了恐怖的一幕：克莱拉的双手缠绕着绳子，被绑得很结实；头部朝下，没在马桶的水里；脖子上，有一道深红色的环形痕迹，很显然是被人勒过；死者下半身衣衫不整，结合一些小细节，可以看得出，这位63岁的老太太被凶手强奸过。

从专家们的验尸结果来看，毫无疑问，凶手是个性变态。

对于如此残酷的案件，警察的调查行动也加紧进行着，但现实情况并不乐观。那位可能是凶手的神秘租客没有留下任何痕迹。这幢公寓里没有男性，老太太克莱拉常年与侄女、女仆生活在一起。神秘租客出现的时候，原本应该接待这位租客的女仆刚巧出门去了，于是克莱拉便亲自接待了这位租客。事后，克莱拉的侄女告诉警方，神秘租客看起来一副那种好好先生的模样，讲话十分和善。她当时在厨房忙碌着，只是从门缝里瞥了一眼，没有留下什么深刻的印象，也没法提供更多有价值的线索。

正在当地警方感到一筹莫展的时候，距离旧金山不远的一个名叫圣·罗塞的城镇里，同样是一位63岁的女士死于非命，日期是3月2日。劳拉·比尔太太因为想要招募一位房客而贴出了空房租赁的广告，而后凶手以看房为由，走入了她的公寓。

2

比尔太太的死与克莱拉大同小异，她也是被勒颈而死，并且同样被强奸。一位街对面的女士刚好看见一个男人与老太太在门口交谈的过程，男人指了指窗户上的广告，两人聊了几句，就一起进了门。至于那个男人的相貌特征，目击者却印象不深。

找不到有用的证据，警察也是一筹莫展，调查不得不搁浅。

从案件的细节特点来看，两起案件的凶手是同一个人所为，这一点似乎是不需要怀疑的。

案件发生后，当地的报纸《郝斯特新闻》以《神秘的虐杀者》为标题，大肆报道了整个案件。当时的《郝斯特新闻》在美国拥有响当当的名号，受众群体很庞大，这篇报道充分调动了民众的猎奇心理，在社会上引发广泛的关注和讨论。

事实上，在克莱拉·纽曼以这种诡异的方式被害之后，整个事件在加利福尼亚州不断发酵、升级。上一个案件还没有理出头绪，又发生一起相同的事件，民众的恐慌情绪再次走向高潮。很多人不再以张贴广告的形式招募房客，已经贴出去的广告也被主人们纷纷摘下来。

案件在风口浪尖上时，凶手似乎也隐匿起来。整整三个月，都没有类似的案件发生。当人们议论的热潮逐渐过去的时候，6月10日，同样是在圣弗朗西斯科，新的犯罪案件再次发生。

这一次的受害者是莉莲·玛丽，63岁。窗户上的租赁广告还在，而玛丽夫人已经横尸在某个房间的卧室。当尸体被人从床底下拖出来时，所有人不约而同地想起了那位神秘租客。凶手作案的手法跟之前如出一辙，这当然不仅仅是一种巧合，人们都很诧异，不知道凶手为何一再选择63岁的老太太作为目标。

玛丽夫人的死很隐蔽，周围没有什么人碰巧见到过凶手。警察的问询仍然是一无所获。这一次，不仅是警察和侦探，就连那些专门撰写社会新闻的记者也参与其中。

既然凶手是性变态，他肯定是异于常人的，或许还有精神方面的疾病。参与搜索的人沿着这条线，茫然地追查着虚无缥缈的信息，偶尔他们会找到同一个人，或者同一条线，但都没有什么收获。

案件迟迟无法侦破，警察局的压力也可想而知，几乎全美国的警察都在遭受非议。

从第一起案件开始，这位神秘的租客就在美国各大都市寻找目标。他屡屡得手，又屡屡逃脱，后来甚至去往加拿大。在这一系列案件里，美国各地的警察都没有什么作为，很多客观因素也的确是阻碍着调查的进程。虐杀者喜欢在大城市人口稠密的地带犯案，来去匆匆的人们根本无暇顾及身边的陌生人。对于出现在周围的陌生面孔，一般人也不会特别留意，所以即使犯案也不容易被发现，只要稍加注意，便不会留下什么值得追踪的证据。况且，他只是残忍地杀害了那些老妇人，也没有从案发现场带走什么贵重物品，这给调查带来了极大的困难。警察很难判断他究竟是出于怎样的心态，才杀死了这些老太太。

在杀死玛丽夫人之后，那位神秘的杀手似乎离开了圣弗朗西斯科。大约又过了半个月，悲剧再一次降临加利福尼亚。

这一次被杀害的是人到中年的乔治·拉塞尔太太，47岁，因习惯性地张贴租房通告惹上杀人之祸。凶手以租客之名进入公寓，将她强奸，而后勒死了她。两个月之后，凶手又回到奥克兰，在一幢公寓以同样的方式摧残并杀死了玛丽·内斯比特太太，享年 52 岁。

先后有五位中老年女性被残害致死，看起来像是同一个人所为。其实，只有两个案子看似是同一个人犯下的，但也没有确凿的证据能证明凶手是同一个人。

整个加利福尼亚州陷入了恐慌，尤其是想要出租或者已经出租了房子的女性房东们。她们不敢再随便张贴租房小广告，因为所有已经遭遇不幸的女人都是因此而招来了那个凶手，沦为被玩弄而死的对象。

差不多两个月的事件，受害者再也没有出现。

3

好景不长，重新燃起欲望的凶手再次开始了疯狂的杀戮。10 月 19 日、20 日、21 日，隶属俄勒冈州的波特兰，有三个人死在凶手的手上。经过一段时间沉寂之后，这个人似乎急于想要填补内心的缺失，这一次，他改变了在每个城市只犯案一起的习惯，居然在同一个城市连续作案三天。

如此高频率地犯案，使得原本就忙得焦头烂额的警察更是痛苦不已。当然，波特兰的警察们也并没有得到有用的线索，抗议声越来越大。

19 日那天，刚从失败的婚姻中走出来，准备开始新生活的贝亚特·威瑟斯，准备出售现有的房产，她的年龄只有 35 岁，是个美丽的女子。她的尸体是被自己年仅 15 岁的儿子发现的，凶手将她塞进储藏间的一个大行李箱里。那时，距离她在窗户玻璃上发布广告仅仅过去三天。

这一次，房子里折损的不只是女主人的性命，同时还有珍贵的饰品、外衣和一些小面值的现金。

虽然受害人的儿子能讲出的这些情况已经很明显了，但是波特兰警察竟然将案件判定为一起自杀案，真是令人匪夷所思。按照当地警察的说法，这位受害者属于自杀。但人们实在不知道这位美女威瑟斯是怎么杀死自己，又是怎么把自己反锁进狭小的行李箱的。难道说她是先躲进箱子，然后在四肢蜷缩的情况下完成了自杀的壮举？那么，消失不见的贵重物品是谁拿走的，尸体上的伤痕怎么来的？这些细节，没有人给出合理的说明。

在事后相当长的日子，新闻媒体都对当地警察口诛笔伐，针对他们毫不作为又草率行事的态度给予了严苛的讽刺与批评。

警察的糊弄做法也改变不了这些案件发生的现实。在距离威瑟斯死去的房子并不远的地方，59 岁的维吉尼亚·格兰特，被人从壁炉里抬出来。她尸体的伤痕与威瑟斯相似，现场也丢失了珠宝、皮草等相对比较值钱的东西。然而，最令人感到诧异的是，当地警方仍然没有改变他们对案件性质的判断，格兰特太太被判定为"心脏病引发的死亡"，也因此，案件草草收场，再也没有任何调查。

警察对案件毫不当回事的态度，也使得凶手更加肆无忌惮。21 日，玛贝尔·弗卢克的尸体在自己公寓的二楼转角处被发现。她与前两位死者居住在同一个区域，年仅 32 岁。从尸体颈部出现的紫色痕迹来看，显然是被人用绳索勒紧导致的。她手指上的戒指不见了，同样不见的还有一件外衣。种种细节都说明，这起案件与之前两天发生的案件有相似之处，但警察仍然置若罔闻。

现在，我们要重新回到圣弗朗西斯科。

11 月 18 日，圣弗朗西斯科，威廉·爱德蒙兹太太死于家中。当然，凶手采用了他惯用的那些手法：通过租赁广告前去拜访，对被害者进行虐待，性侵、勒死被害者。而后，一位名叫弗洛伦斯·蒙克斯的45岁妇人，也成为这位神秘凶手手下的牺牲者，犯案手法相似。

不同之处在于，这一次的现场丢失了一个十分贵重的宝石，市值达到3000美元。

为了将一系列频繁发生的案件理顺清楚，可以先来按照时间排序，做一个粗略的统计：

编号	时间	地点	被害人	年龄
01	1926年2月20日	圣弗朗西斯科	克莱拉·纽曼	63岁
02	同年3月2日	圣·罗塞镇	劳拉·比尔	63岁
03	同年6月10日	圣弗朗斯西科	莉莲·玛丽	63岁
04	同年6月24日	圣塔·芭芭拉	乔治·拉塞尔	47岁
05	同年8月21日	奥克兰	玛丽·内斯比特	52岁
06	同年10月19日	波特兰	贝亚特·威瑟斯	35岁
07	同年10月20日	波特兰	维吉尼亚·格兰特	59岁
08	同年10月21日	波特兰	玛贝尔·弗卢克	32岁
09	同年11月18日	圣弗朗西斯科	威廉·爱德蒙兹	56岁
10	同年11月24日	夏特鲁	弗洛伦斯·蒙克斯	45岁

警探奥查波鲁德·里奥纳多算得上是波特兰警察中比较勤勉的，他认为夏特鲁的案件与发生在波特兰当地的那三个连续案件是有很大关联的，所以他选择了乘火车去夏特鲁，看看能不能发现点什么。

事实真相往往令人觉得很滑稽。从时间上来推算，这位警探乘车去往夏特鲁的同时，神秘的凶手正乘坐列车离开夏特鲁。如此看来，他们在冥冥之中错过了彼此。这是一场看不见的追逐游戏，警探追寻神秘人的脚步来到夏特鲁，神秘人又刚巧回到波特兰。迟到的警探没能赶上凶手的脚步，于是，在犯下夏特鲁案件之后的两天，11 月的 26 日，回到波兰特的那位凶手再次故伎重演，给这一系列命案又增添了一个牺牲者——布兰奇·麦亚思太太，48 岁。

对于此处案件，新闻里是这么描述的：

此次布兰奇·麦亚思太太的凶案，警察倒是很令人意外地承认了凶手的存在，他们真是很难得地做出了比较准确的结论。那么，为什么警察这一次的态度有了明显的改变呢？不只是由于窗口玻璃上贴着的租赁小广告，还因为尸体被发现的时候，正巧躺在房间大床的下面，头上缠着原本应该铺在桌子上的桌布。按照常理来说，桌布当然应该是用来铺桌子的，而一个人在没有什么特殊事情时，只会躺在自己的大床上。

很明显，文字中带有对警探的讽刺意味。

接二连三地面对杀人事件，又一再地被新闻媒体讽刺，警察们当然也不会任凭事件继续发展下去，愤怒让他们不再坐以待毙。与此同时，波特兰的民众，特别是女人们，对这位神秘的凶手已经害怕到了极点。只要有陌生人靠近自己的公寓，不管是街头小贩还是普通职员，她们都会发出惊恐的叫喊。倘若有租客们想要上门来选房间，那么只要他靠近某幢公寓，就会被周围的人紧紧地盯上。一旦他伸手敲门或者按门铃，房间里的女主人就立刻将电话拨打至警察局。有时候，警察局会频繁收到来自同一个地址的报案，令他们感到无比心焦。尽管他们的行动显得有些迟了，不过搜索仍不会停止。

功夫不负有心人，警察还是循着线索找到了蛛丝马迹。在连续发生的案件中，被偷走的物品无疑是个很好的突破口，值得庆幸的是，警察并没有忽视这一点，他们也将主要精力投入到那些贵重的饰品和外衣上。他们还利用新闻媒体向民众公开这些东西的细节，它们的规格、款式、材质等等，让更多的人注意身边是否发现这些东西。

消息公开后不久，警察们便有了不错的收获。某天，三位老太太带着几件饰品来到警察局，告诉他们整个事件的过程。

时间是 11 月 25 日，也就是夏特鲁案件刚刚发生之后第二天。一个陌生的男人来到三位老太太居住的公寓，自称要租住其中的一个房间。他没有显示出什么异常，也没有马上离开，而是住了下来。在这期间，他拿出几件看起来比较贵重的首饰，以很低的价格转让给了这三位老太太。第二天中午，他不声不响地走出门，再也没有回来。自以为捡到便宜货的老太太看到了报纸上的消息，得知自己手中的物品很可能就是前几起案件中被凶手带走的东西，她们觉得无比后怕，就赶紧到警察局来说明原因，归还这些物品。

不需要经过复杂的调查，警察们便得知，老太太们手中的首饰，正是来自夏特鲁的那起蒙克斯太太的案件。当然，老太太们也详细地将那个男人的相貌特征、服饰特征等信息告诉警察。

事件有了明显的进展，这对一直被嘲讽的波兰特警察来说是个非常好的消息，尽管他们的功劳或许不像表面看上去这么大，但不得不承认，是他们的积极努力让整个事件呈现出柳暗花明的趋势。

得到鼓励的警察继续追踪凶手，以期进一步扩大战果。他们通过各种方式，向民众传播这位嫌疑犯的外貌特征，还表示，只要有人发现这个人，哪怕是他的尸体，都能得到 2500 美元的高额奖金。

信息的传播覆盖了整个美国和加拿大，所有人都认为，这一次凶手应该是逃不掉了，他们只需要耐心地等，总会有人将好消息带来，不管这个男人跑到什么地方，警察们都可以抓到他。后来随着事件的发展，也证明了那时候波特兰警察对凶手的描述还是非常贴近他本人实际情况的。

事件果真按照人们的想象在发展，凶手没有一直沉寂，他还是露出了水面。只是当他再次出现在民众面前的时候，警察也没能真的抓住他，反而又有新的牺牲者出现。

这次，距离麦亚思太太被杀已经过去一个月，地点转移到了艾奥瓦州，也就是由西部转移到了中西部地区。这次的受害者是琼·比尔德太太，死于 1926 年 12 月 23 日，临近圣诞节的日子。死者 49 岁，居住在康塞露·布拉佛斯，被凶手以惯用的手法谋杀。

至此，在 1926 年里，凶手先后在不同的城市里杀死了 12 个女人。

4

尽管有凶案发生，康塞露·布拉佛斯还是在圣诞节的这天照例举行了庆祝活动。与此同时，在距离不远的堪萨斯，一位年仅 23 岁的女士邦尼·佩斯，也没能逃离凶手的魔掌。

之后，凶手并没有离开这个城市，而是在 27 日再次杀害了赫马尼亚·哈宾，这位女士只有 28 岁，同时，家里一个八个月的婴儿也未能幸免。尸体被发现时，人们从婴儿嘴里拿出来很多布条，正是这些布条导致他呼吸困难而死。

一个连婴儿都不肯放过的凶手，一个用如此残忍的手段杀死婴儿的凶手，令所有美国人震惊、害怕。小小的婴儿不可能描述他的相貌，也不会以任何方式告发他，但是他并没有因此而留下活口。可以说，他根本就是单纯地为了杀人而杀人，根本没有特定的谋杀对象。

新闻媒体大肆渲染，给他贴上很多标签，例如"神秘虐杀者""女性残害者""隐形杀人犯"等等。他在1926年全年共杀死15个女人，平均每三周作案一起，这真是一个令人不寒而栗的结论。

在很长一段时间里，这位神秘凶手都成为报纸版面的新宠。发生在各地的女人被谋杀的案件，只要没有找到凶手，人们就会下意识地认为是他干的。

进入1927年以后，他的动静消失了。可以想象，他正躲在某个角落里，以便等待关注他的热度逐渐降温。这样一直过了四个月，他才再一次敲开玛丽·马可雷鲁太太的门。

那天是4月27日，60岁的老太太接待了这位前来看房子的租客，其后的命运可想而知。案件的恶劣影响在不断升级，到处都充满慌乱不安的人。

长久的沉寂使得他的欲望不断膨胀，重新开始的杀戮也显得格外频繁。从5月底开始的连续四天里，他先后在纽约巴法罗、密歇根州底特律、芝加哥，分别杀死了四位女士。

又过了一周，他出现在加拿大的温尼伯，这一次的牺牲者是两个人。

四起案件发生之后不长时间，凶手便远赴加拿大。不知道他是出于一种什么样的目的，不过这对他来说并不是什么明智的选择。

以下是根据此前发生的案件，继续整理的统计表：

编号	时间	地点	被害人	年龄
11	1926 年 11 月 26 日	波特兰	布兰奇·麦亚思	48 岁
12	同年 12 月 23 日	康塞路·布拉佛斯	琼·比尔德	49 岁
13	同年 12 月 25 日	堪萨斯	邦妮·佩斯	23 岁
14	同年 12 月 27 日	堪萨斯	赫马尼亚·哈宾	28 岁
15	同日	堪萨斯	哈宾夫人的婴儿	8 个月
16	1927 年 4 月 27 日	费城	玛丽·马可雷鲁	60 岁
17	同年 5 月 30 日	巴法罗	詹妮·伦道	35 岁
18	同年 6 月 1 日	底特律	明妮·梅	53 岁
19	同日	底特律	阿特塞	29 岁
20	同年 6 月 3 日	芝加哥	玛丽·西兹马	27 岁

结果显示，那个男人选择去往加拿大实在是失策的表现，因为加拿大的地理环境与人文环境都与美国不同，而且加拿大的警察机构管理以及警探们的工作水准都是相当出色的。事实上，后来整个事件的发展，似乎证明了凶手正是想要挑战一下加拿大警方，才做了如此选择。

芝加哥的案件发生之后的五天，也就是 6 月 8 日，在加拿大一个名叫艾玛森的小镇镇郊，一个年轻的男人正从边境线的方向向繁华的小镇走去。

此时刚好是上午，天气还不错，当男人看到有一辆车经过时，便招手示意，想搭个顺风车。车上坐着的是霍恩·汉纳夫妇，他们已经习惯在旅行中遇到这样的事情，所以痛快地带上了年轻男人，向目的地温尼伯出发。

在乡间小路上搭便车并不是什么稀罕事，不管是在美国还是在加拿大，这都是司空见惯的行为，很多人乐于接纳那些徒步行走的人，为他们节省时间和体力。因此，当男人表示有意想要搭顺风车时，汉纳夫妇不仅没有推辞，反而很高兴地答应了。

汉纳习惯性地与旅客搭讪，询问他一些问题。男人看上去只有 30 岁上下，和气地微笑着，穿着一件略有点掉色的藏蓝色毛衣，头上的毡帽是黑色的。他很有礼貌地表达了自己的谢意，说话时眼珠转来转去，很灵巧的模样。在汉纳眼中，他应该是为农家干活的体力劳动者，很可能是想要在附近的农场里谋一份工作。男人告诉汉纳，自己想去温尼伯看看是否能找到合适的活干，这一带似乎已经没有什么人需要帮佣了。言语间，汉纳发现他有些话多，微笑里也透出些许的无奈和茫然。

一路上，他们都走得很顺利，男人在温尼伯如约离开了他们的车，并且一再地表示感谢。他们没有留意到，这个男人很快在美林街上找到一家贩售二手衣服的店铺，主人名叫加可布·卡巴。男人卸下了全身的行头，包括被汉纳注意过的掉了色的毛衣以及裤子、帽子和鞋子。他谨慎地将之前的装扮都留在了店里，转而换上了红色开襟的小外套，暗条纹的黑色裤子。

再次从这家店铺出来的时候，他已经不再是那个因为找不到工作而忧郁的青年，脚上那双表面磨得苍白的靴子也不见了。

随后，他去往史密斯街，在 183 号的凯萨琳·赫鲁太太那里看到了租赁信息。根据房子的外观可以看出，这里并不是高级的出租公寓。

当时大约是午后的 3 点钟，青年敲响了赫鲁太太的门，表示有意想要在这儿租一间房子。赫鲁太太丝毫没有怀疑这个看起来很友善的青年，像往常一样，她带着租客去二楼看房间。

这是公寓里仅剩的一个房间。青年粗略地看过之后表示很满意，还支付给赫鲁太太1美金，作为预订的费用。而后，他做了简单的自我介绍，说自己叫伍德卡茨，在圣博尼费斯的一家建筑商手底下谋了一份差事。

圣博尼费斯距离温尼伯不远，两地之间隔着一条河，而他更喜欢居住在比较安静的温尼伯。

"等老板付给我薪水之后，我再付给你房租好吗，太太？"年轻人说，"我真的是很喜欢这儿的房子，很幽静、很温馨。对于房间我从来都不会马虎的，太太，我一向很挑剔。"

赫鲁太太没有察觉到伍德卡茨有什么异样，但心里仍然觉得这个年轻人与常人有点不同，他讲的话有点怪异，特别是他的目光，令人感到有点不安。

在不久的将来，这位太太在法庭作证的时候说："我也说不清楚他的目光到底有什么不一样，只是感觉有些跳跃。比如当他专注地看着某样东西的时候，会忽然一下子又将目光移开，就像是打算在房间里找东西，目光扫来扫去。"

可以想象得出，凶手当时应该正试图控制自己的情绪，毫无疑问，他的心底正燃起对赫鲁太太的非念。很难想象，赫鲁太太与他在那个空房子里停留了足够的时间，居然没有遭遇意外。或许正因为这样，其实她对这个年轻人的感觉并不是很糟糕的。

名叫伍德卡茨的青年在租出屋里住了一晚上，第二日清晨，他便起床外出，到午后才返回，没有人知道他究竟去了哪里。

不多时，同样是赫鲁太太家的房客——考恩夫妇发现14岁的女儿罗拉·考恩消失不见了。心急如焚的考恩夫妇四处寻觅，周围的人也帮忙打听，但没有罗拉的踪迹。他们忙碌到深夜，不得已向警察局寻求帮助。这天是 9 月 6 日，一个不寻常的周四。

同一天，还有一件悲剧的事情发生在威廉·佩特森先生的家里。佩特森先生在太平洋铁路公司任职，约傍晚 18 点才回到自己在里瓦顿·阿维尼 100 号的房子。

按照惯例，佩特森太太总是会站在门口等候丈夫。但这一天，佩特森先生没有看见自己的太太。他有点困惑地开门进屋，发现房间里也没有人。

起初，这位先生只当做太太是去与朋友约会，或者去朋友家里串门。不多时，他的两个在外面玩耍的孩子嬉笑着跑进门。太太不在家，佩特森只好简单准备了晚餐，便催促孩子们去房间休息。等到 22 点左右，太太仍然没有消息。佩特森察觉到事情或许并不像自己想象的那么简单，他给太太的朋友打了电话，得到的反馈是并没有见到她。他又与家里的亲戚以及太太可能会去的地方联络，但也是一无所获。

这时，佩特森感到有点害怕。他立刻致电给警察局，看看有没有交通事故或者此类的事故发生，接电话的办事员很快便告诉他，这一带不曾发生过这样的事。

时间一点一滴地过去，焦急的佩特森先生打算先在自己家里仔细查看。他一个房间一个房间地寻找，仔细翻看每一件物品，似乎没什么有用的发现。

直到他看见一个旅行箱，像是被人挪动了位置。

5

这个旅行箱是解锁状态的，他轻易就打开了它。他发现，原本放在里面的 70 美金和零散的日用品没了踪影，代替它们的是一把不祥之物——铁锤。而这铁锤，他清晰地记得，应该是属于厨房的。

那一瞬间，惊恐的感觉袭来，佩特森先生心里已经察觉到会有什么恐怖的事情发生。他跪在地上，只求上帝能够显灵。

"其实那时候我已经有所察觉，我觉得太太不大可能是因为出门遇到了什么事情，而是家里发生了什么大事。我甚至没有发觉自己是坐在卧室的大床旁边的，心里只是想着上帝能保佑我的太太不受伤害。等我回过神来的时候才发现，脚边，在我的视线范围内，已经可以看见一条睡裤的裤脚从床下伸出来，那是我再熟悉不过的花色。在这之后，我意识到自己害怕的事情真的发生了，我太太的尸体就躺在我们的大床下面。"

佩特森太太的尸检是由一位名叫卡梅隆的博士来进行的，根据他的判定，佩特森太太大约在中午 11 时至午后 14 时之间被杀害。有人对她进行了伤害，然后将她勒死。她睡衣的上半身已经不完整，衣服的碎片在两条大腿之间被找到。她的脖子、手肘和胯部有淤血和伤痕，指甲的缝隙里发现了微量的血迹，很可能是在抵抗凶手的时候留下的。很显然，她在遭受侵犯的时候曾奋起反击。

现场还发现了不属于这个家的男士红色开襟小外套，还有沾有血渍的衬衫和手绢。尸检临近结束的时候，博士想要借用一支钢笔，佩特森先生才发现自己的一件外套也不翼而飞，他十分肯定早晨出门的时候衣服还好端端地挂在门后面，当然，钢笔也随着外套一起被带走了。最后一件被凶手带走的物品，则是佩特森太太手指上的一枚戒指。

温尼伯当地的警察很快就做出反应，他们于事发的第二日开始了全面的调查和搜索。

又过了两天，赫鲁太太收拾公寓时，随手打开了一间很少使用的房间，14岁的罗拉·考恩被丢弃在这里。女孩的死因与佩特森太太如出一辙，从尸体右侧面颊上的一小部分凹陷的伤口，人们可以想象得到，这个花季少女曾经遭遇到了多么惨无人道的迫害。

连续的两起凶杀案与美国发生的案件相似，所以警察很快就推断出一个结论——那个在美国连续作案的凶手已经跨越边境线，企图到加拿大境内寻找新的目标，而碰巧他最近来到了温尼伯。

现实情况也是如此，那个连环杀人案的凶手确实轻易地从美国一路走向加拿大，或许他已经厌倦了与无所作为的美国警察周旋，也许他更想挑战加拿大警方，但不管如何，这都是他渐渐走向终结的一幕，当然他本人并没有意识到这一点。这是凶手的一次盲目而错误的选择，这无疑加速了他的毁灭。

温尼伯是一座小城市，这里的居民相对比较稳定，几乎没有什么外来人员，也因此这里拥有管理良好的社会环境，民众可以自由生活，无须担心遭遇波折。加拿大传统而朴实的部落风格，使得周边的城市、城镇、村落之间可以形成良好的沟通和戒备。尽管村庄相对独立，散落在不同的区域，一旦遇到紧急时刻，他们便依靠敞篷马车一类旧式的交通工具往来于山间，传递消息，彼此间形成遥相呼应的网络。可以说，在温尼伯及周边区域里，如果有人遇到不熟悉的外来者，会在第一时间做出反应。不发达的村落也有其鲜明的优势，团结起来一致对外，是它们的特点所在，而盲目地闯进这里的凶手几乎等同于在飞蛾扑火。当前交通便利的时代，他如果想要利用夜晚的时间离开美国，有很多方向可以选择。将自己淹没在人口密集的城市，总好过来到加拿大这样人口稀疏又不是很发达的国度。自从他出现在加拿大，在这里犯下凶案，境遇就与之前完全不同，就好像是在没有尽头的旷野里迷了路。从他行走的路线，会发现他已经显露出了不知所措的状态，也许还带着点儿不堪。

加拿大南部地区的情势变得紧迫起来。出现凶杀案的温尼伯仿佛回到旧日的战争时代，时刻保持着警惕。许多人参与到案件的侦破中，除了职责所在的警察和侦探，还包括骑警、铁路公司的调查员，甚至是普通民众也自愿为案件的侦破提供力所能及的帮助。被调查的人群中，最关键的是外来人员，所有的在几周之内出现在温尼伯的陌生人都一一被筛查，不管他们的性别、地位、国籍、职业，没有人能逃脱警方详细的盘问。

此外，在居民的配合下，警方还对公共场所，诸如酒店、小旅馆、出租房和民宿进行了搜索，对可能出现的陌生人进行调查。

从目前的情况来看，那位凶手似乎已经失去了昔日的逃遁本领，他的细致和小聪明已经开始走下坡路。或许是由于杀的人太多，一次又一次地犯下相同的案子而不被找到，使得他对谋杀这种行为已经趋于麻痹，最初犯案时高度的觉察力已经慢慢变得迟钝，他不再紧张，也不再刻意掩饰细节。至此，侥幸逃脱的结局已经很难在他身上继续上演了。

多数连环杀手的身上都会出现这种问题，这与他们内心的变化有很大的关系，一再犯案而不被抓带给他们的信心会不断膨胀，之后他们变得更加放肆、毫无顾忌、不加掩饰，从而慢慢出现破绽。

本次的凶手也不例外，来到加拿大的他，也因为自我的放任，给警方留下了可以寻觅的踪迹，以及无可辩驳的证据。

6

前篇曾提到过，汉纳夫妇在途经艾玛森镇去往温尼伯的时候，遇到过一个陌生的搭车青年。好心的汉纳与青年之间进行过友好的交谈，看似很随意的聊天为整个案件提供了有利的证明。

汉纳清楚地记得青年的穿着打扮，他的衣服、裤子和鞋子，特别是那件褪色的毛衣。警方随后以此为线索，找到了卡巴经营的那家售卖二手衣服的店铺，并且在店铺里找到了青年搭车时穿的毛衣。同时，店主卡巴也向警察详细讲述了青年更换衣服的过程，他从店里买走的小外套，便是后来在佩特森太太的案发现场找到的那件，那件红色开襟小外套的明显特征是缺失了一颗扣子。

可以想象得到，佩特森先生丢失的外套应该是被凶手顺手牵羊，用来代替现场留下的这件。

佩特森案件发生的 6 月 9 日那天，梅英街上 629 号的一家售卖二手衣服的店铺也迎来了一位顾客。大约是午后 13 时，男人走进店里，希望用店里其他的衣服，来替换掉他穿着的一身。

老板山姆·沃路德曼见惯了时常来淘衣服的那些生活在底层的客人，所以对他的要求没有任何怀疑。男人显然是想将自己装扮得体一些，他挑来挑去，才从一大堆各式各样的衣服和配饰里选出自己中意的外衣、西装、靴子、内衣裤、衬衫、裤子，为了搭配西装的款式和颜色，还翻找出一条领带。

当然，他身上的衣物不足以换取这些行头，为此，他又痛快地付给老板 30 美金。而后他走进试衣间，将这套新行头穿到自己身上。或许整个过程对他来说是一种享受，他丝毫没有意识到自己可能出现的失误。

杀死佩特森太太之后，他随手带走的那些零散物品都被他放在一个长方形的纸箱里，换衣服的时候，他可能过于兴奋，临走时又匆匆忙忙，因而没有记得将纸箱一并带走。对他来说，这些战利品是如此重要的东西，它们包含一本《圣经》、一支笔、70 美金，还有佩特森先生为之工作的太平洋铁路公司的资料。

所有这些，都被他遗忘在沃路德曼店铺的试衣间里。

换好衣服，他感觉自己仿佛已经脱胎换骨。刚准备要出门，忽然摸着脸上的胡子，稍稍思考了一下，转而询问老板："这条街上有没有发廊？"

"从我这儿出门不远就有一家。"

沃路德曼显然十分热衷于为顾客服务，他搁置了生意，陪同青年一起到那家发廊，将他介绍给店里的老板尼克·特巴。

细心的特巴在为青年的服务过程中，偶然看到他发丝上粘着的看似血渍的痕迹，他不禁在心里默默地思考着这个人的来历。

服务结束之后，青年付给他 10 美金。

顺着这一条线，神秘青年的行踪轨迹逐渐显现出来。不管他是搭顺风车的底层劳工还是租住赫鲁太太房间的伍德卡茨，或者是沃路德曼和卡巴两人遇到的陌生客人，他的真实身份当然是此前在全美境内疯狂作案的神秘租客杀手，也就是前一年的年底，波特兰警察四处通缉的重要罪犯。他在美国各地疯狂作案，一路与警察周旋，逃到加拿大境内。如今来到温尼伯重拾旧业，而等待他的，则是警察们为他精心准备的铁网。

剃掉胡须之后，凶手认为自己已经脱胎换骨，他计划借助夜色离开温尼伯，从一个城市游走到另一个城市，一直以来他都是这样做的。

他走到附近的电车站，那一趟车的终点刚好是在远离温尼伯市中心的郊区。电车上的人不多，他放纵了自己的好兴致，与身边的一个男人攀谈起来。

据那位名叫赫法的人说，他们谈论的是与宗教相关的问题。

他首先开口问赫法："让我来猜猜你的职业，你是一位神职人员？"

赫法果断地摇头道："你没有猜对，不过我很喜欢教会组织的各种活动。"

"噢，当然，我一见到你，就觉得你会是一位很忠诚于教会的人。我个人也坚定着自己的信仰，我对上帝无比忠诚。但你瞧，我似乎总是很难改变自己嗜酒的毛病，虽然我始终在寻找适当的方式，真希望有人能帮帮忙。"

"我觉得还是应该有所节制吧，每个人都会尽力掌控自己，来应对某些坏习惯。"

"对于有一定文化素养的人来说，邪恶的力量会得到更好的发挥吧。"

"没有素养或者愚笨的人思维方式更简单。"

乘车的过程中，两个男人就这样谈论着不着边际的话题。在后来的回忆中，赫法对一些细节仍然记忆犹新。凶手曾经也对赫鲁太太表达过，自己是对宗教有着执着的狂热或者深刻的信仰，似乎他经常希望别人能将他看作一个对宗教顶礼膜拜的人。他对别人讲述着不知所云的词句，其中有些显得很可笑，没有办法令人相信。

不过单单只是看到他呈现出的这种态度，就会发觉他异于常人之处。他用那些不知所云的词句来安慰自己的内心，他身处黑暗，看不到哪怕只有一线的光亮，于是他不由自主地借助宗教来给自己一个出口。

赫法与那个男人都在终点站下的车，一路谈论的话题使得整个旅程显得不那么寂寞。赫法很自然地与他说再见，可他抓住赫法不放，硬要将自己的一顶礼帽送给赫法。还说，以此作为此次旅程当中两人相识的一份纪念。赫法不知道为什么面前的这个男人会突然摘下自己的帽子送给他，他试图谢绝，但是根本办不到。那顶帽子几乎是被主人果断地丢弃，强制性地塞进赫法的手里。

　　之后，那个男人从随身带着的袋子里掏出款式不同的另一顶帽子，戴在头上。这也是他在梅英街上的一家小店里淘回来的。追查案件的过程中，警察当然也没有放过这样的小细节。

　　电车将他带到赫登格林之后，他继续以搭顺风车的方式去往下一个目的地波鲁塔哲·拉·布雷埃利村。这一次载他去往下一站的好心人是休·埃尔德，他没有怀疑这个陌生青年的身份，只是感觉到这个人有些怪异。在被问及姓名的时候，他告诉休·埃尔德，他叫沃尔特·伍德。一路上，两人之间闲聊的话题依旧没有脱离宗教的主题，这位沃尔特·伍德看起来十分热衷于此。

　　后来在法庭上，休·埃尔德向人们表述了当时的情景，他是这样说的："我感觉这个男人有点神经质，尽管他看起来精力旺盛。他的领带上挂着些廉价的饰品，看起来像粗制滥造的树脂，但显然他并不觉得这样的装扮有什么不好。整个路途中，他的话特别多，谈论的话题又十分跳跃，有时候给人杂乱无章的感觉。前一分钟他还在讲宗教方面的话题，后一分钟又提起自己曾经走遍美国的很多地方，纽约、加利福尼亚等等。他滔滔不绝地讲着此类漫无边际的话，听得我脑袋里乱糟糟的。整个过程中，我最明显的感觉就是他在讲起宗教的时候，会说得特别多，这样的人是不常遇到的。"

他再次出现的时候，时间已经到了 6 月 11 日，那天下午他走在雷金镇的一条名叫洛恩街的街道上，发现 1825 号的公寓里有空房间出租。于是，他自称哈利·哈珀，与公寓的女主人洛维太太接洽租赁事宜。

洛维太太的房间很符合他的心意，他决定租下来，并与房东讨论了价格问题。在这个过程中，他始终与洛维太太待在一个房间里，这对女主人来说是极其危险的一件事。只是公寓中碰巧还有一位 18 岁的少女格蕾丝·纳尔逊，她就住在洛维太太的隔壁。或许碍于有其他人在场，凶手才没有实施暴力。不过，此前也曾有过房东和住客双双被杀死的案例，所以这次两人能够平安无事，已经算是命大了。傍晚时分，男人在楼下院子里与格蕾丝·纳尔逊搭讪，想要接近她。他们两人站着闲谈了一会儿，突然听到洛维太太的吆喝声，她告诉格蕾丝有私人邮件需要去取，邮递员正等在门外。听到喊声的格蕾丝礼貌地与男人道别，跑向大门口。或许是上天的眷顾，令格蕾丝因此而免遭可能出现的意外，洛维太太也算是在冥冥之中挽救了格蕾丝的性命。

第二天，这位神秘杀手似乎预感到有什么不对劲，他放弃了外出的打算，整整一天的时间都躲在房间里，没有露面。

根据他的养母，同时也是他的伯母莉莲·费边太太，以及他曾经在圣弗朗西斯科与之结为夫妇的厄尔·芙拉等熟悉他的人的介绍，证明他个人确实有个奇异的习惯——换装。就是说，他在年幼时就特别喜欢换装，他可以在一天之中变换好几套装束。在追踪他逃跑的线路时，细心的警探们也发觉了这一点。虽然变装可以干扰到警探的调查，但事实上很多时候，他是没有必要改变自己装束的。他换装的次数太过频繁，超出了正常人的思维和范畴，以至于反而被警察盯上了这一特质。也由此，神秘杀手得以逐渐被警察接近，真面目也快要被揭开。

他强塞给赫法一顶帽子之后，他换上在店铺里买来的另一个款式的毡帽，也正是因为这顶帽子，他暴露了自己的行踪。

在洛维太太的房间里沉寂了一天之后，他还是忍不住想要到街上去走走，他找到一家位于布洛多街与第十一街交界处的售卖二手衣服的店铺。这一次他不打算更换全套的衣服，只想与老板哈里·费基斯商量换一个帽子。费基斯先生在反复查看这顶帽子，心里盘算着估价的时候，忽然发现，帽子内侧的标签显示这顶帽子的来自于温尼伯。这不能不让他多加注意，因为事实上温尼伯警方已经对此类店铺进行了全面通告，让他们留意一定来自温尼伯的帽子，帽子里有"谢弗里耶"的字样，那是帽子店铺的名字。如今，自己手上拿着的帽子十分符合警察的描述，费基斯便起了疑心。

"你瞧，这顶帽子还挺新的。"费基斯指着帽子说道，"编织的手工、丝带的质地都很不错，你怎么会想要放弃它呢？"

"啊，我不喜欢它了，对我来说它的款式有些夸张。"

"原来如此，那我将店里的帽子都拿出来给你选吧。"

费基斯从一个大袋子里拿出很多帽子放在柜台前。男人一边仔细查看，一边不时地试戴。

"后面的仓库里还有一些更新的款式，我也去帮你拿来吧。"

费基斯很自然地离开前台，通过一扇小门走到店铺后面堆放物品的空间。那里不只有堆积成山的旧服饰，还有一台电话。他毫不犹豫地拨通报警电话，又匆匆拿着几顶帽子返回前台。但那时，可疑的男人已经消失不见了，显然他已经察觉到了费基斯的小动作，或者仅凭第六感，预知到了危险。当费基斯进到里屋的时候，他就已经跑掉了。

出门后不久，他一头扎进弗雷德·英格兰的饰品店，拿出佩特森案件中丢失的那枚戒指，要求典当。老板仅用 3.5 美金便打发了他。

　　紧接着，他犹如惊弓之鸟，感觉自己已经不能再待下去了。他甚至没有再回到出租屋去打点行装，而是直接到了勒基那镇。而后，他又以搭顺风车的方式拦下戴维森的车，一路跑到戴维村。

　　如此急匆匆地赶路也没有让他停止换装，他在一户村民家院子里顺手牵羊地"拿"走了一件小外衣和衬衫。然后他继续沿路拦下一辆准备去往瓦邦克村的车，继续朝南的方向逃遁。到达阿鲁克拉村之后，他马不停蹄地继续向南，一共走出去三十多英里。按照这样的速度，他可以很快到达加拿大与美国的边境线，然后想办法再回到老家去。

　　只是，这一次的车主伊萨多·西尔弗曼是他旅途中遇到的最特别的一个人，他很喜欢与他闲谈，对方也对他表示出好感，两人很快便成为乡间偶遇的好朋友。友情的突然降临使他放弃了急于赶路的想法，两个人行进到德罗雷英时，停留了一夜。

　　三天之后的 15 日，到达波西维英村的时候，两人才道别，各走各路。看得出，他们的旅途是很愉快的。西尔弗曼从事商业，青年人在路上为他提供了很多帮助，也因此他承担了旅途的费用。他们在落脚的旅店居住在一个房间，青年又为自己找到了新的名字——弗吉尔·威尔森。宝贵的三日对逃亡者来说是不常遇到的，但这也只是一段插曲而已。

　　自从他在费基斯的店铺差点被抓住，警察已经有足够的线索抓捕他。警方看穿了他的逃遁路线，一路向南追过去，很多便衣警察散布在各个村落，只等待他的出现。

　　与好友分别之后的那晚，天色还没有完全黑下来。陌生的青年出现在瓦可巴村的一家小店铺里，接待他的是上了年纪的莱斯利·摩根。他正在挑选自己要买的生活用品和食物，店主摩根同时也在打量着他。这位老伯的确颇具眼光，他几乎是在一瞬间就认出了青年的身份。当时关于这位神秘杀手的一些细节已经在新闻节目和报纸等媒体上反复报道，包括他的相貌、装扮、个人癖好等等，所以摩根对这个可能出现的陌生人已经产生了怀疑。没想到，他果真遇到了新闻描述中的那个人。

面对这个身背 22 条人命的恶魔，摩根强忍狂跳不止的心，小心翼翼地赔着笑脸。他迎合着青年简单地谈论了几乎不着边的话，同时朝着距离门口比较近的女儿露出只有两人才能明白的表情。

或许是青年感觉到店里气氛的异常，他还没有选完想要的东西，就毫不犹豫地走了。

摩根放下店铺里的生意，跟着青年的脚步也出了店门。与此同时，他让女儿以最快的速度去警察局报告这一紧急情况。

老伯紧紧追赶着那个青年，一直到瓦可巴村与巴拿马村中间的路上。他距离目标已经很近了。

当然，青年也很快发觉了后面的"追兵"。他果断地放弃走大路，转而躲进路边密布的灌木丛里，竭尽全力奔跑。

这一紧急事件使得当地立刻进入了高度戒备的状态，瓦可巴村，以及周边的克拉雷村、巴拿马村都有青壮年加入搜索。警察与当地的自卫队相互配合，到处可见他们手电筒发出的光，毫无疑问，每个人的手中都拿着武器。对于如此危险的罪犯，他们不会想要徒手去战斗。留在村子里的妇女和儿童被集中起来，派专人进行保护，整个局面就好像回到了战争时代，人们在漆黑的夜里忙碌着。

温尼伯警方也倾巢出动，趁着夜色赶往当地。

即使是在狼狈不堪的逃跑过程中，凶手仍然无法克制自己的换装嗜好。他试图在瓦可巴村的威廉·艾伦那儿偷鞋子，不过没有得手。

随着天色逐渐亮起来，周围的视线也越来越好，他便很难再躲藏了。

大约在清晨4点钟，他模仿自卫队的男人，手持一根棍子在周围游荡。艾尔弗雷德·伍德遇到了这个看起来有点怪异的人，他甚至想要与伍德走在一起。

在当地，陌生人并不多见，伍德心想，他也许是邻村的某个人。

于是他主动问道："嗨，伙计，你来自巴拿马村？"

青年点点头。

伍德略微放心，随口说："听说温尼伯那边来了很多警察，还带着警犬。嘿，有了警犬，那个家伙就很难跑掉了。"

此时，青年再也无法抑制内心的恐惧。毕竟，想要摆脱警犬的追踪可不是一件容易的事情，他表情惊恐地看着伍德，然后撒腿就跑。这当然也就暴露了他的身份，伍德赶上去，大声喊着"抓住他"。

不远处经过的波斯维印声援团的车立刻停下来，两面夹击之下，凶手再也无处可逃。就这样，这位凶手在距离边境线不到四英里的村落附近，被警察逮捕了。

7

这位神秘凶手的原名叫厄尔·纳尔逊，是美国人，信仰天主教。他生于1897年5月12日，是英国人与西班牙人的混血。

他的身世颇为坎坷，他出生在加利福尼亚的一个名叫纳帕的小镇上。薄命的母亲当时只有20岁，生产之后仅仅过了七个月便离世了。他那在铁路上工作的父亲，也只与他相依相伴了大约一年的时间，也撒手人寰。

伯母莉莲·费边收养了他，成为他的法定监护人。

关于他的怪癖，他的伯母是这样描述的：

"幼年时期的厄尔就有着频繁换装的怪癖，并且他似乎从来不在乎衣服的新旧。有好几次他穿着刚买的衣服出门，回来的时候身上穿着我从没见过的破衣服，他告诉我，新衣服已经被他卖给别人了。大约在他17岁的那年深冬，外面天气很冷，他穿着毛衣出门，却不知道是什么原因，就忽然把身上的毛衣卖给收旧货的人，回来的时候已经冻得不成样子。其实他还有一个比较明显的怪癖，就是喜欢仰望天空。不管是在家里还是在外面，他都会保持这样的习惯，抬起头看着天或者是看着屋顶的某个地方，保持一种脖子微微向后仰着的姿态。这么多年来，他并没有始终跟我一起生活，偶尔消失个几天、几周，甚至几个月的时间都有，我也从未试图寻找。他总是自己会回来，在未知的某一天。至于他究竟为什么出去，出去做什么，他从来不提，我当然并不想多问。偶尔他也会做出一些怪异的举动，以某种愚蠢的方式逗乐周围的人，比如，他很热衷去做的一件事，就是凭借牙齿的咬合力将小型的木质家具拎起来在房间里走来走去。"

温尼伯当地私家医院的阿尔文·阿扎斯博士，负责纳尔逊的精神鉴定医师，还曾询问费边太太，他是否在饮食方面有什么怪癖，他最喜欢的食物是哪一种。

费边太太摇摇头，表示厄尔没有什么关乎食物的怪癖，也没有什么食物是他特别喜欢或者不喜欢的。

"只是当大家围坐在桌旁用餐的时候，他会不分场合地讲一些低级下流的话，令人很不愉快，为此我们很多人都不愿与他坐在一起。还有，他喜欢洗手间或者地下室这样阴暗的空间，经常把自己反锁在里面。除了频繁换装之外，他还热衷于各种各样能挂在衣服上的装饰物。在换装的过程中，他也喜欢扮演不同的角色，比如将自己装扮成街头小贩、办公室小职员、学生等等，但更多时候他喜欢穿着又破又旧的衣服，扮演街头流浪者、建筑工人等等粗鄙的人，他总是对自己的装扮很得意。"

关于纳尔逊的审判，几乎没有耗费力气。他在温尼伯接受了为期五天的审判，对于累累罪行，他拿不出什么有力的证据为自己辩解，只是反复地强调同样的话。

他说："那些女人不是我杀的，我敢向上帝起誓，她们不是我杀的，不是，不是，不是！"

然而那些与他见过面并有过接触的人，包括汉纳夫妇、赫鲁太太、商铺老板、发廊的特巴、赫法、洛维太太、费基斯、西尔弗曼等等这些人，组成了强大的证人团队。他们都证明了他的种种不正常的表现，还有在逃亡路上所表现出的慌乱。他们的言辞压得他喘不过气来，他没有反驳，只是静静地听，仿佛自己拥有强大的可以阻挡他们的气场。

自 1926 年以来，他先后在美国各地和加拿大以同样的手法强暴并勒死了 21 位成年女性和一个八月大的婴儿。

这期间，警察一直很难找到他的踪迹，他将他们玩弄于股掌之间，向他们提出挑战，也因此引发了各地民众的持续关注。审判过程中，不管是在监狱门外、法院门外，还是他可能经过的街道，都有民众看热闹。有些美国人越过边境来到温尼伯，一睹这场重要审判的风采。多数人无法获得坐到法院旁听席上的资格，只能耐心等在门外。纳尔逊在被押解到达法庭时，他穿着整齐，黑色西装搭配宝蓝色的领结，鞋面擦得锃亮。

人群开始骚动起来，他有些害怕，以至于内心生出了强烈的厌恶，好在他很快就被带进法庭旁边的临时囚室。

面对一直"陪"在身边的警探欧塔森，他微微一笑，说道："真是没想到，来了这么多人。"

围观人群的性别比例明显不平衡，女人占据了多数位置。这是一起针对女性的连环杀人案，对她们来说，心中充满了好奇与愤怒相交替的复杂感觉，同时她们也想亲眼看看这个一直躲在阴影里的凶手。于是，在法院外面层层的包围圈里，女性总是尽可能占据更有优势的区域。在看到纳尔逊的一刹那，她们高声叫喊，表达愤怒的情绪。

纳尔逊则露出无奈的表情，还朝旁边的护卫笑了笑。

证人中还有一位特殊的女士，在圣特·梅林医院工作的厄尔·芙拉。她与纳尔逊曾经是法定的夫妇，可怜的是，这位妻子并不知晓丈夫的真正身份，他们结婚时纳尔逊使用的也是化名。

这位女士表示，自己与纳尔逊的婚姻生活只维持了短短半年。

"他是个占有欲很强的男人，对此我觉得十分困扰。在平日的生活和工作中，他不喜欢我与身边的男性讲话。比如当他看见我与男医生讲话，他立刻变得凶恶起来，说如果再发生这种事他会杀了我。即使是乘坐电车时，我因为买票与司机讲话，他都会露出一副黑着脸的表情，他说他希望有一天我能变成一个瞎子，那样就看不见除了他之外的男人了。"

当然，他并不是出于强烈的爱意而做出这些事情，他也并不珍惜这个成为他生活来源的女人。最终，他没有道别就突然离开了家。

"周围总是有人议论纷纷，他在平日与人交谈的过程中喜欢引用《圣经》中的句子，这是很怪异的行为。当然我并不否认，他熟知《圣经》中的内容，其中的句子他都能倒背如流。"

审判过程中，美国警方也将调查结果悉数交给当地法庭，所以对于纳尔逊的判罚几乎是没有争议的，死刑才是他最好的归宿。

可在听到法官读到审判结果的时候，纳尔逊还是稍稍变了脸色，不过很快就恢复如常。他最后的愿望是可以得到一份美食。而后，那起发生在费城的案件中被杀死的马可雷鲁太太的丈夫以及赫鲁太太房客中的考恩夫妇，都提出了想见纳尔逊最后一面。

经过仔细考虑，警察同意了他们的要求。

马可雷鲁先生始终难以忘记夫人惨死的样子，从而对纳尔逊产生了一种莫名的感情。新闻媒体对这次会面也产生了极大的兴趣，还拍到了双方见面时握手的照片。马可雷鲁先生表情平静，他的愿望是纳尔逊能告诉他，他的妻子是如何被害的，他迫切地想要与那些噩梦般的记忆一刀两断。

可纳尔逊没能满足他的要求，不知道他是因为不想说，还是根本就已经记不起来了。除了礼节性的握手，他没有做出其他的回应。

考恩夫妇的会面则显得有些悲伤，考恩太太一直鼓励自己直面这个害死花季女儿的残忍杀手，虽然她清楚这或许会带来更大的痛苦。守卫带他们来到纳尔逊的小囚室，透过小窗户她看见听到动静的纳尔逊站起身。她指着他问："厄尔·纳尔逊？那个杀人犯？"

守卫点点头。

考恩太太没能度过这一关，她只是站在与他一门之隔的位置，精神便已经无法支撑，她的哭声响彻整个走廊。考恩先生紧紧抱住自己的妻子，同样隔着窗口直视纳尔逊，那是一种混合着愤怒、绝望与痛恨的眼光。

不过纳尔逊并不在乎他们的表情或者动作，他向门外的两人施礼，说道："你们都是好心的人。"

清晨的天空灰蒙蒙的，他保持着抬头的习惯，站在绞刑架下，可以看出他还是有些紧张和害怕的。7点41分，纳尔逊被吊起。负责死亡认定的法医马卡撒足足花了 11 分钟来测量纳尔逊的心跳，直到肯定他再也不会醒来。

1928 年 1 月 13 日，清晨 7 点 52 分，31 岁的厄尔·纳尔逊被执行死刑。

小岛公主

1

英国的 4 月，名义上是到了春天，可实际上还是能感受到丝丝凉凉的寒气。

道夫·霍顿回家的时候，天已经是完全黑了下来，湿气浓重，整个布里斯托尔城市外的郊野乡村均是一片寂静，几乎没有行人的影子。

道夫·霍顿是一名小农夫，一家子这会儿才刚刚忙完农田里的活，开始进入晚餐时间。

晚上 8 点多的时候，正在餐桌吃饭的人们突然听到了门外传来细弱的敲门声。

刚刚想起的敲门声似乎只有那么一下就没了，可能是流浪的猫猫狗狗吧，于是大家没有在意，又举起手中的刀叉。

突然，霍顿的妻子出声道："有人来了？"

大家纷纷侧耳倾听，这门外确实有一点细细碎碎的声音。敲门声十分微弱，不仔细听还真得听不出来。

应该是一个比较害羞的客人，犹豫着该不该上前打扰吧。

"这个时间点，会是哪位客人呢？"

"应该是流浪儿吧，我去看看。"霍顿擦了擦嘴巴，准备起身向门口走去。

"还是我去看看吧，这要是奇怪的人，我就大声尖叫，让你们过来。"妻子抢先了一步，果断向门口大步走了过去。

此时，英国正在经历一场世界瞩目的"工业革命"，沉静的城郊野外，大量的手工作坊一夜之间成了蒸汽机器大生产，一线上的手工艺人也因此失业下岗，很多人开始了不务正业、游手好闲的放荡生活，纵火、失窃、抢劫、敲诈勒索等恶劣事件总会陡然发生。这些流浪的人总会不经意到农村里四处骚扰，让人防不胜防，提心吊胆。

在这个黑黢黢的深夜里，敲门的到底是什么人？

妻子深吸了一口气，徐徐将大门打开。

白茫茫的烟雾一下子就被风吹了进来。

"咦？哪位呢？"

房子的外边是湿漉漉的浓雾天气，妻子抬眼望去，几乎都是暗沉的夜色，视野里朦朦胧胧。

她又拔高声音问了一句："你好，请问是谁来了啊？"

这上门的不速之客本以为家里没人回应，正打算转身离开，看到有人开门了，便从远处又折返了回来。她的衣服上下滑动，沙沙的摩擦声由远及近慢慢地传了过来，突兀的声音在这个黑夜里显得格外响亮。

那人最终站定在了妻子的面前，身上穿着十分古怪。

"呀，是个女人。难道我们认识吗？"妻子不自觉地提高了声量，引得众人纷纷赶了过来，"快，看看是谁？"

霍顿率先走了出去，急忙忙地来到门口，他的女儿们也带着好奇心一起跑了出来。

2

站在妻子面前的，是一个怪异的女子。

这个女子看上去还挺年轻，应该是 25 岁左右。令人古怪的是，她脚上穿了一双拖鞋。

她有一张肉乎乎的脸庞，尖尖的下巴，一双大大的眼睛，五官倒是不错，但发黄的肤色却是有些不搭调。她个子小小的，目测身高有五尺二寸多一点，整体来看也是一个长相貌美的女人。

她的黑色丝绸上衣围着一圈毛斯纶的白色领子，刺绣图案上的金线有些脱落，连衣服也是旧旧的，甚至还残留着点点污迹，看得出是穿了很久的衣服，柔滑的丝绸面料已剩下凹凸不平的折痕。

她的肩上还披着两块破了烂的木棉外衫，如果缠在头部，倒有点像阿拉伯的异域风采。这外衫一端被一圈圈地缠绕成一个塔状，衣袖刚好到了手腕处，头上裹着的方巾还露出了金灿灿的装饰品。

她的打扮虽然怪异，但身上每一物件拎出来却都是好东西，想来这人的身份应该是很金贵的大人物。

女子看到有人开门，自己吃了一惊，眼神中尽是惶恐的神色。她小心翼翼地扫过霍顿家里的成员，一脸疑惑，手足无措地呆在一旁。

她眼睛闪闪发光，五官轮廓都挺好，美中不足就是鼻子有点大，嘴唇比较厚实，她一言不发的时候始终都是面带着笑容，很容易就让人卸下心防，给人一种莫名的好感度。她有一头乌黑的头发，眼睛也是黑色的，脖子上还戴着一个类似锁头形状的纪念品，手里拄着一根细长的拐杖，大概是自己削了枝条而简单做了一个木头拐杖。身体下方的裤子和鞋子都是脏兮兮，有些还破了洞，留下了大小不一的伤痕。

大家猜测，这般印式穿着风格的女人应该就是来自东洋或者印度地方的人。一般这种来历的人，大概都是从杂技团里自行偷跑出来的。但通常来讲，杂技团的整班人马只有在年中的重大的节日氛围里才会来这里表演，所以霍顿他们最近也没有收到有杂技表演的咨询或者消息。

那这个女人是从哪里冒出来的呢？

怪异的女人就跟霍顿一家相看无言，冷不丁地，她突然主动关上了霍顿的大门。接着，她搓了搓手，抖了抖肩，孤零零地靠着大门，看着霍顿一家，露出了亲切温和的干净笑容，露出一排光滑洁白的牙齿，顿时让人好感倍增。

气氛突然沉默了不少，霍顿首先开口出声：

"嘿，姑娘，你是谁？哪里来的人？"

他的嗓音带着农夫特有的憨厚和朴素，试探性的口吻给人感觉十分亲昵自然。

然而这怪异的女人突如其来的举动又让大家看不明白了。

那个女人露出微笑后，突然举起晃了晃自己的双手，腕上的铜制手镯叮当作响。

当当！当当！

大家被这突如其来的动作惊住了。

接着那女人嘴唇轻动，一下子说出了不少话，可谁也听不懂她在说什么。

霍顿一家子面面相觑，一双双眼睛干瞪着，脸上都是错愕的表情。

这女人丝毫不懂英语，连最简单的英语单词也不清楚。她接连发出的声音中，仔细辨认还是有点节奏感的。

"你是哪里人呢？"

"啊……"

"这……你说什么？"

"……"

"哎呀，完全听不懂啊。"

大家都陷入了尴尬的处境。

而那个女人还是对大家笑呵呵的，接着又手脚比划了起来，还不停地点点头。

真的是鸡同鸭讲，谁也听不懂对方的语言。

霍顿一家子到最后也只能是苦笑了。

然而，虽然大家语言相异，可神奇的是，只要大家都笑开了，气氛中就没有太尴尬的感觉了。果然，微笑最万能的，也是最有真情实感的表达方式。那个女人笑起来总是让人感到十分舒心，霍顿一家子也就因此放下了心里的芥蒂，看着那个怪异的女人温柔了许多。

女人就像是刚刚从林地里闯了出来，看得出，她这一路走得特别艰辛。

虽然一开始因为语言不通的问题感到有些困窘，但仔细看了她的穿着打扮后，想来这个女人可能遭遇了什么变故。为此，霍顿他们对她的背景感到十分可怜，于是招手把她领进了温暖的屋子里。

这女人指了指自己磨破的双脚，一边又在嘴里念叨着什么，这意思就是说她一路走来很辛苦，也很疲惫；接着她摸了一下自己的肚皮，应该是说自己好久没有进食了；最后又眯了眯眼，把头微微侧枕在双手上，说明她是很累想休息了。

她这三个动作反复做了很久，并始终都是微笑示人。霍顿一家子终于理解到了她的用意，原来她是说自己走了一段非常辛苦的路程，又饿又困，祈求霍顿他们留口饭吃，再帮帮忙给借宿一晚。

当大家都知晓了她上门的目的后，霍顿的妻子热情地拉着她带到了餐桌前，亲自为她拿来了一个干净的盘子。围桌上的人们纷纷给她拿上了美味的食物，而且为了给在外受凉的女人驱寒，还给她倒上了满满一杯自家酿的酒水。

霍顿一家子心地真是善良，把这个女人当成了一位尊贵的嘉宾，家里好吃好喝的食物都端上了餐桌前，非常用心地招待这位远方而来的客人。

然而，女人面对丰厚的食物却一直没有动上刀叉，只是安安静静地坐着，微笑不语，看来她是不想打断大家的盛情。这让霍顿一家子对她更是同情，也不知道要怎么才能好好招待她，一家子急得团团转。

这时候，那个女人轻轻地对霍顿的妻子轻轻地比划了一些东西，好似在说这些食物她不能饮食，想自己下厨房，亲自做一些能吃的东西。

得到霍顿的妻子允许后，她转身去了厨房，她大概是用了自己家乡煮饭的方式，弄了点食物再拌了牛奶就简单应付过去了。

吃完餐饭后，她洗净自己的双手，先是给自己倒了些清水，轻轻地在手背两边抚摸了一遍，整个过程像是在履行某种仪式一样，非常典雅又严肃。霍顿的女儿递上毛巾时，她也只是摇摇头，没有使用，而是自行甩干了手。接着，她又突然跪坐在地毯上，双手放在额头上，一边弓着腰背，一边嘴里还飘出了像乐曲一样的声音，呈磕头状，默默地做着祷告。她把自己的身子放得很低，额头几乎都要直接亲吻地毯了，可模样却依然恭敬虔诚。

时间过去了很久，她才结束了冗长的祷告。

接下来就是准备要入睡了。霍顿一家子又开始有些窘迫了，本来这个家的家具都是非常简陋的，所以也没有多余的床位。不过霍顿还是小心地比划着，表示她可能需要将就一晚，跟他的女儿睡在一起。

然而，女人摇摇头委婉地拒绝了霍顿一家的好意，然后她就利落地脱掉自己的丝绸上衣，把它卷成了一张床单，再卷起丝绸的另一头当成了枕头，直接就铺在了地上。

然后就到了第二天清晨。

3

在 4 月 3 日的这一天，古城里将要举办一场宏大的马会。

塞谬尔·渥乐尔受邀参加了此次的马会活动。他不仅是郡内的一名背景深厚的检察官，而且还是当地城市的贫民救济委员会成员。他的府邸康奈花园也位于这座古城之中，布局都非常精致华美。

此时，他的奴仆威兰达正在准备给主人安排出行的马车，不料，委员会的另一个成员带着农夫霍顿前来，说是要事要紧急求见塞谬尔·渥乐尔。

霍顿神色非常紧张，说是无论如何都得要亲自见面谈一谈，还从委员身后急匆匆地站了出来，把昨天的经历重述了一遍。

"事情是这样的，我们家里昨夜来了一个怪异的女人，看起来应该是东洋一带或者印度那边过来的。我们语言不通，交流起来着实特别困难。"霍顿又上前靠近了一些说，"那个女人昨天突然就敲上了我家的门，我们热情地款待了她。可过了一夜了，这会都到早上了，人还没有离开。我们都担心她这是要长住了，都不知道该怎么处理。"

"继续说。"

"她其实长得还蛮漂亮的，有着一头秀丽的黑发，眼睛也是黑黝黝的。她的皮肤有些发黄，但笑起来特别好看。哎，没办法，我们都听不懂她的语言，所以我就想起来，先生您这里有一个希腊的奴仆，不知道能不能……"

"对，我家刚好有一个来自希腊的下人，他多个国家的语言都能听懂，让他过去给你帮个忙吧。"渥乐尔点了点头。

"那就拜托先生了。"霍顿一下子释然了不少，"我还有个小小的请求，不知道能不能请您亲自过去调查一番？"

其实，自从霍顿家里来了一个怪异的女人后，这一新鲜事一下子就被传开了，很多好事之徒一大早就迫不及待要过来看看。就连渥乐尔夫人都对霍顿家里这个不速之客有着极大的兴趣和好奇，对她特别有耐心，还不时替她驱赶周遭那些看热闹的人群。

那女人好像是喜欢上了霍顿的家，无论如何，她都不肯离开家里半步，也不想去渥乐尔家族的府邸。人们好言相劝，许久，她最终才从霍顿家里走了出来，在康奈花园和主人渥乐尔氏夫妇以及那个希腊奴仆见了面。

渥乐尔氏夫妇俩一左一右用英语问了好些话，但这女人仅仅是微笑示人，默默不语，不过还是努力地比划一些动作，她想说的应该是自己徒步旅行的时候遇到了一些不幸，不过看起来并没有脆弱到不堪一击，她的笑容让人感觉还是十分亲昵。渥乐尔夫人打从心里就喜欢上了她，对她也是感到无比疼惜和同情。

"真可怜，居然从遥远的地方漂流到了这里，一个孤苦无依的女人，话都听不明白，唉……"

然而，来自希腊的奴仆尝试着用各种语言试图跟她对话交流，但全部都无法理解和明白她的意思。到了最后，彼此都面面相觑，相看无言，女人还是笑着化解了尴尬的气氛。

大家还是只能用肢体语言交流，大家费劲想了各种最好的表现方式，一会跺跺脚紧皱眉头，一会伸手指向远方则是说自己累到了。大家像极了哑剧上的舞台演员，做出了各种姿势，还挤眉弄眼地摆弄表情，真是新奇又有趣。女人就像小孩子开始说话一样，断断续续，遇到其他比较复杂的问题时，双方就没办法进行交流了。在场的人心情都很焦急，一遇到说不通的问题，就只能笑笑而过，反反复复。直到最后，大家都认为语言不通实在是没法再交流下去了，再多说也没有意义，只能草草结束了这次的谈话。

不一会儿，大家都累得筋疲力尽了，不过好在也是弄清了她身上一些事情。

那个女人的话意是，自己是从太阳升起的那边，也就是来自东方地区而来。她搭载了一艘远航的船只，中间也在陆地上走了不少路，她的双脚磨损得厉害。旅途上的奔波，不仅弄垮了她的身体，钱也几乎是花光了。

光是上面这点信息，大家便已经耗光了所有精力。

就在霍顿准备带着女人一起离开康奈花园时，渥乐尔夫人还十分大方地支付了一笔费用，承包了那女人留宿期间的所有支出，还妥帖地安排了几个奴仆随身伺候。

不过，比起霍顿的农夫家庭，这个女人好像又爱上了这渥乐尔家豪华贵气的康奈花园。于是她便不愿意跟着霍顿一起回去了，而且还像个脾气倔强的小孩子，不管别人怎么说，非要赖在这里不可了。

大家都一脸好笑地看着耍小孩子脾气的女人。

"都知道这地方好啊。"

"还是有点判断力的。"

"唉，好生可怜。"渥乐尔夫人开了口，"这样吧，她既然喜欢这里，那还是别让她走了，就住在这儿吧，我来看着她。"

其实，渥乐尔夫人会挽留她，也是因为自己对她的来历有着极大的好奇心。所以，那个女人因为夫人这般怜爱之情，顺其自然地留在了康奈花园。

之后，渥乐尔夫人常常给她进行行为举止的培养和辅导，逐步对她产生了了解。渥乐尔夫人平时的爱好就是喜欢到处琢磨人，因此也是抱着一股执着的劲儿，在努力观察着家里那个陌生的女人。

渥乐尔夫人拿起了一支钢笔在纸上写了自己的名字，写完后又把笔转身给了那个女人，示意让她也写下自己的名字。

女人小心谨慎地接过钢笔，似是看到了一个很神奇又很诡异的东西，从上到下一直在偷偷打量着，迟迟没有动手。接着，她也没有按照夫人所说的写上自己的名字，而是把它搁置在了桌子上，扭头找到了一个角落里给孩子使用的画笔盒。她开心地从中取出了一支柔软的毛笔，沾上了点画盘，行云流水地在纸上留下了一串奇怪的文字。原来她不会使用钢笔，对毛笔这种东西倒是得心应手。

渥乐尔夫人拿过了纸，仔细辨认，这文字看起来很像是阿拉伯国家典型的文字书写方式。

这里也没有人能看得懂阿拉伯文的人，所以渥乐尔夫人看了许久，也没有研究出来她到底写了些什么。

突然那个女人自顾自地笑了起来，她指着那一串奇怪的文字，不停地重复着一句话："卡拉布！卡拉布！"

那时候，渥乐尔夫人也不清楚这个"卡拉布"是有着什么特殊含义。

但她还是感觉看到了一丝希望，要是慢慢再引导下去，或许哪天就能够顺利交流了。所以渥乐尔夫人继续带她参观这里的一切，也许能有她熟悉的东西也说不定。

渥乐尔夫人猜得不错，这女人一看到自己喜欢的东西时，就会目不转睛地观摩许久。餐厅上有一幅一对男女的插画，颇有印度式的风格，显然这个女人被这幅漂亮的插画吸引到了，眼睛发亮，不停地比划着，好似想告诉大家，这里就是自己所在的地方，人们就是穿着插画上的衣服。同时，她还指了指旁边的水果插画里的香蕉，很开心地说，这是自己家乡里最好吃的东西了。

到了晚上，渥乐尔夫人想邀请她去客房里睡觉，她也跟上次一样，委婉地拒绝了，接着也是脱掉自己的上衣，准备在地毯上休息。渥乐尔夫人觉得，虽然各个国家社会风俗大有不同，但也不可能不上床睡觉吧，她担心是那个女人觉得床上是有不干不净的东西。于是渥乐尔夫人让自己的女儿安安心心地躺在床上，让那个女人明白，在房间里睡觉很舒服，不会有什么问题。

然而女人只是拼命摇摇头，说什么也不愿意进去房间，非常执着地睡在地上。

"唉，没办法，让她随意些吧。"渥乐尔夫人叹气。

得到夫人的理解后，那个女人在睡觉前又再一次进入了祷告仪式，她规规矩矩地跪坐在地毯上，一会儿朝着东边，一会儿又面向西边，接着又抬头对视上，嘴里还唱着小曲，像是在对太阳之神表示崇高的敬意和膜拜。

渥乐尔夫人在旁边静静地观察了很久，她想，能有这般虔诚的祷告仪式，这人应该是一名教徒无疑。

因此，到了第二天，夫人从教堂牧师那取了一册画集，上面均是一些来自中国、印度等东洋一带流传的宗教风俗图画。女人接过宗教画图一看，这上面都是密密麻麻的英文字母，显然她还是没有看得懂。不过，她倒是对其中印度风俗的内容非常有兴趣，不时地会露出笑容。

看完了插画的她，还在纸上画了一艘船只，应该是在表达自己想要乘着大船回到自己的家乡去。

渥乐尔夫人敏锐地捕捉到了这一细节，然后经常带她去花园里走走，还拿出了来自东洋制造的物品或者带有印度风格的饰品到她手中掂量把玩。

一碰到这些特殊的异国物品，那个女人总会兴奋地爱不释手，时常比划着，表达出这些物品就跟自己家乡有的东西一模一样。

然后她又不停地指着自己，重复着一个单词："卡拉布！卡拉布！"

后来渥乐尔夫人才晓得，原来这个女人的名字是叫作卡拉布。

之后，卡拉布就在康奈花园里长期住了下来。

4

卡拉布是一个身材娇小的女人，她的五官轮廓感明显，性感的厚嘴唇非常迷人。她有一头乌黑秀丽的长发，一双大大的眼睛，黑溜溜的，特别迷人。她敬仰神明，富贵的仪态，散发出非同一般的贵族气息。

尽管语言交流上有些障碍，但也阻止不了渥乐尔夫人对她的喜爱。她就像一个对待孩子的母亲一般，把卡拉布的起居生活照顾得非常稳妥和舒服。

卡拉布住在康奈花园的这一段期间，好多语言学的研究学者都前后上门，想看看能不能翻译出卡拉布的地方语言。最不可思议的是，尽管来了那么多翻译能手，可还是没有人能够解析出她话里的含义。无论是阿拉伯语、印度语、汉语，哪种语言体系都没能跟卡拉布说的话对应得上，甚至有人还说她可能是日本人。然而，没有一个人真正解决问题。到最后，学者们都是一脸无奈地离开了康奈花园。

渥乐尔夫妇也由此放弃了希望，就没有执意去寻找听得懂她的语言的人了。于是，他们转变思路，开始给卡拉布辅导英语，把这最后的期望寄托在学习上，想着如果能把她教会这边的语言，或许就知道她真正的身份和来历了。

卡拉布饮食很特别，她不吃肉食，也不爱喝酒，只要看到餐桌上有这些让她反感的食物的时候，她总会默默地别过脸。她喜欢吃的东西都是一些糕点类、水果和茶水，非常原生态。闲暇时间，她就安安静静地坐在地毯上，不时地微笑，偶尔还会进行严肃的祷告仪式。

这之外，她每天要学习渥乐尔夫妇安排的英语辅导。可时间过了好久，她连简单的单词也没有办法记住。有些人开始有些不耐烦了，对她失去了好奇心，连脾性温和的渥乐尔夫妇也开始有些为难起来。

"哎呀，总不能一直留着她吧？赶紧想想办法吧！"

"可是就这么赶她出去是不是不太好，她一个人，说的话都没人能听懂，也不知道哪里去。"

"但她那天夜里突然就敲了霍顿家里的门，应该是从远处的某个方向走过来的。排除陆地上的一些地方，她会不会是从沿海一带过来的？这一路应该会有些人认识她吧？咱们就从外围开始搜寻一些信息，至少也得弄明白她到底是哪个国家的人。"

离阿蒙兹伯里最近的沿海地方就是布里斯托尔港口了。为了集中精力解决卡拉布的来历问题，渥乐尔夫妇上门委托了港口城市的市长，希望能借助巡警的人力一同协查。

夫妇俩心里是这么打算的：港口上来来往往的人这么多，卡拉布身上穿着怪异，指不定就有那么一两个人对她过目不忘。

于是，他们在港口的沿途上接连走访了好几户人家，但大家都表示没有这相似人物的记忆。看来，大家的猜测或许有些地方出了差错。试想，卡拉布连英语都不懂，孤零零的一个女人，就能从隔岸的伦敦海岸到这边陆地，短短几天的行程就能来到这里？恐怕这种假设的概率极低。

接着，他们又想，也许她中途被抓去了审问处？或者是被当地的官府保护起来了？

是的，应该没错，那应该可以把她转接给当地的妇女之家，请求他们帮忙照料一下卡拉布。如若当中真的能遇到她相熟的人，那就可以安全把她送回去了。

渥乐尔夫妇敲定主意后，就把卡拉布托管在这里，两个人就回去康奈花园府邸了。

可是，没过几天，渥乐尔夫人就听到了那边工作人员传来的消息，说是卡拉布怪异的生活习俗让大家都很不习惯，连饮食安排上也跟大伙不一样。最糟糕的是，因为语言不通的问题，他们没法愉快地跟她沟通交流，所以很为难。

渥乐尔夫人听到卡拉布在那边的遭遇后，好歹她也是跟卡拉布生活了一段时间的人，于心不忍，还是把她接了回来，依然视她为尊贵的嘉宾，好吃好喝地供养着。

为了不让卡拉布一直闲着没事做，渥乐尔夫人有时也会拿着针线给她玩玩。不过。令夫人惊讶的是，她的针线活居然干得特别好，拿过的东西看上两眼，一下子就能原原本本地缝制出来。于是，大家也慢慢地喜欢上了她。而且渥乐尔夫人发现卡拉布很有绘画的艺术细胞，拿起画笔，三下五除二，就能画出一些人物和东西。于是，在后来，除了之前的肢体语言之外，她们之间也会通过画画来进行一些对话交流。渥乐尔夫人看了她的一系列绘画作品后，隐隐约约推测到了她的一部分身世。渥乐尔夫人觉得她是遥远的东方国度的人，家族地位显著，但由于家族突遭变故，卡拉布被诱引上了贼船。大船漂流了几个月后，那些坏心肠的人就把她孤零零地丢在了英国海岸边。

虽然每一次信息的获取都挺困难，但渥乐尔一家子都乐此不疲地探究着她背后的神秘身世。虽然大家并没有完全相信这些推测，但所有人都不敢怠慢了她。这当中有些人也表示过怀疑，也有部分的人只是把它当成了一场闹剧一笑而过。显然没有人对能够推翻这种猜测而提出强有力的证据，因此大家都统一保持了沉默。

大家对她的好奇心逐渐增长，一开始还是小范围的传播，没想到，事件演变得越来越剧烈，居然引发了全国上下讨论的中心话题，卡拉布由此成为大家的聚焦人物，人们都很好奇她到底是什么人。

为此，市长向全国发出寻人启事的调查请求，誓要在整个欧洲沿岸找出懂得翻译"卡拉布语"的人。

之后，有几个表示曾经去过东洋一带的人会见了卡拉布，但对于"卡拉布语"也是不知所措，依然没有成功解读出语言里真正的含义。

毫不夸张地说，"卡拉布语"成了一种神秘的语言体系，谁都没法彻底搞明白。

卡拉布的真正身份是什么？她到底来自哪个国家？

后来，事件终于有了些突破。

5

有一位来自巴斯镇的医生，名字叫博士威尔金森，对卡拉布的身世抱有极大的兴趣和研究态度。

这威尔金森博士原先也是渥乐尔夫妇的朋友，他向两位好友表明来意后，便着手卡拉布的身世调查。

威尔金森博士首先从文字方向入手，费了不少劲才让卡拉布写了两份笔记，随后他把这两份笔记分别送去了两所大学。结果，两所大学的学者均表示无法读懂"卡拉布语"，只能判断有可能是印度语。

然后，威尔金森博士又让卡拉布进行数数。卡拉布一次说了三个单词，博士随后惊讶地发现，卡拉布数出的数字，跟法语的发音十分相似。

后来有一个名叫曼纽尔·爱拉索的人表示要跟卡拉布见上一面。原来他也对这个异乡人有所耳闻，想过来看看能不能帮忙解决问题，但一直不知道具体的地址，如今有一个熟人帮忙牵线，两个人终于见上了一面。

曼纽尔·爱拉索是一名海上探险家，他刚从默里群岛旅行回来，是葡萄牙人。他曾经在默里群岛有过一段短暂的生活，因此他也拥有一身小麦色肌肤，身上随时带着一个旅行包，完全就是一个冒险家的模样。

在渥乐尔夫妇的安排下，他跟传说中的卡拉布见面了。

一聊起来，爱拉索就冲着大家开心地笑了。

"哎呀，难怪你们都没搞明白。"这个葡萄牙人一脸骄傲地说，"这个女人所说的语言可不是一个国家的，而是很多个国家的语言综合在一起，算是一种很特别的口音了。而且她的家乡还是一个盛产香料的岛屿，没准儿在苏门答腊海岸线的西边会有人说这门语言。所以近来可是把你们都折腾坏了吧！哈哈！"

接着爱拉索又继续跟卡拉布说了好些话。在康奈花园里，好多人都纷纷来围观这场奇妙的对话，除了主人渥乐尔夫妇，还有之前收留过卡拉布的霍顿一家子、曾被委托过寻人调查的布里斯托尔市长、妇女之家的工作人员、医生博士威尔金森，还有一些研究学者。

卡拉布和爱拉索被大家围在了中间，尽管大家好奇地盯着他们俩，可他们还是面不改色，一直在微笑地交谈着。大概好久都没能流利地沟通了吧，卡拉布对这个翻译官的到来感到无比兴奋，显得非常开心和激动。她一改之前的沉静，整个人有了些生动的韵律，脸色红润，不停地说着话。爱拉索一直保持着微笑，和卡拉布的眼神对视，不时点头，交谈过程非常绅士礼貌。他们全程都在真诚地交流着，虽然在外人看来很是怪异，但当事人却依然沉浸在愉悦的话题之中，偶尔还传来了两个人的笑声。

现场的旁观者一脸焦急地等待着谈话的结束，好让爱拉索把这个过程的谈话内容给他们如实翻译出来。

"这个女人的名字就叫作卡拉布，她是南洋加瓦斯岛的人，因为遭遇了一些不幸，她就来到了这里。"

爱拉索开始复述他们刚刚的谈话内容。

女人原先是叫苏斯·马杜，后来才改名成了卡拉布。她的父亲叫杰斯·马杜，可是加瓦斯岛上一位赫赫有名的大英雄，亦是掌握军事要领的王中贵族。她的母亲也是来自于默里岛上的名门望族。不过，卡拉布家族突遭了一场重大的变故，父亲在混战中被刺伤，最终医治无效而身亡。卡拉布受到了默里岛的成长环境影响，加之也在其他岛屿长期生活过，所以她说话的时候混杂了两个地方的语言。

在他们那个国家，尊贵的王族都有显赫的身份特征。首先是着装方面，她的父亲在头上会缠着一条金灿灿的方巾，做好的发髻往右侧还会戴着三根孔雀毛，脖子上还会挂着用琥珀玉特别定制的拇指锁头，华丽的服饰价值不菲。而她的母亲更精致了，牙齿熏陶成了黑色，鼻头上挂着钻石，头顶上方还佩戴着一个大金圈，非常雍容华贵。王族们出行也是十分考究，每次都是乘坐着大轿子出门。行人们一遇到卡拉布公主的轿子，都要屈膝跪地。不过，她的父亲妻妾成群，卡拉布不是他唯一的孩子。他父亲的皮肤是白皙的，而母亲是黄褐色，因此卡拉布的模样可以说是融合两个人的所有特点。卡拉布公主殿下在自己家乡的时候，也会按王族的身份，照例在头上左侧方戴上七根孔雀毛。

结果意外的是，卡拉布所在的岛屿发生了一场内乱。那时候，卡拉布公主和几位婢女在庭院外散步，突然冒出了一群海盗，他们火速登上了岸，来势汹汹，一下子就闯进了王宫。卡拉布公主殿下在混乱中应对自如，她非常有胆量，还拔刀砍伤了两个乱贼。然而，公主迟迟等不到手下们的救援，受伤后就被那群海盗给拐跑了，把她给卖到了一艘黑船上。船长是一名叫塔巴·鲍的人，带了40名手下，他的头发被全部扎成了一根又粗又长的辫子。公主因为战乱而得了心悸，生了一场大病，一直都在船上医疗。

从非洲的开普敦到圣赫勒拿，这艘黑船行驶了将近一个月的时间，最后在一个狂风暴雨之夜来到了英国的布里斯托尔沿岸。

卡拉布公主就是借着茫茫的夜色，从这艘黑船里四处狂奔，逃跑了出来。

爱拉索终于把谈话的全部内容一一解释了一遍。

6

没想到，这个女人竟然是尊贵的卡拉布公主殿下！

渥乐尔夫妇一直都觉得她来历不简单，现在知道真相后，对她的照顾比以往更加好了。他们有空就会叫上爱拉索，聊聊卡拉布公主所在国度的风土民情和生活习惯等。经过一段时间的相处，大家对她的行为举止也都十分了解了。卡拉布公主一点都不怕生，凭着出色的绘画造诣，她在大家面前画出了当时英国的航行路线。卡拉布公主依然还记得之前整个的航海过程，从她的国度出发，再到开普敦、圣赫勒拿，那艘黑船的船长一直有条不紊地指挥着掌舵人，途径了多个国家和城市，因此她对这些地方都很熟悉。

现在卡拉布公主更加有名气了，成了一名家喻户晓的大人物。有好多其他地理、科学或者语言学科的研究者，为了能深入了解这个奇妙的国度，都纷纷来到了康奈花园。让人赞不绝口的是，公主的字迹也是非常美观大气。

渥乐尔夫妇给她带来了不少好东西，还把珍贵的布料送给了她，公主也是十分高兴地收下了，开始把这些布料拿来缝制成具有自己家乡特色的衣物。她做出了一件漂亮的衣袄，一颗颗别致的纽扣，袖口上是特殊样式的花纹图案，上边还搭配着白色的蕾丝。

改头换面的她俨然是一幅王族女子才有的优雅姿态，贵气十足，庄重大方。不过很奇怪的是，公主始终都不套上袜子，她始终穿着木制拖鞋。而且，如果是第一次的客人造访，她还用面纱遮住脸庞。她说，这些都是她们当地的生活习俗。

不过，公主殿下没有高高在上的架子，无论对谁，都展现出她与生俱来的亲和力。而且她的才艺也很多，不仅会射箭，还会剑术，连跳舞也是信手拈来。英国的饮食倒是没有她喜欢的，因此她总会亲自下厨房给自己弄食物吃。

卡拉布摇身变成了一位尊贵的公主殿下，这件事也传到了东印度公司，公司里的人开始有了自己的小算盘。原来，这段时间以来，在东洋的航海领域的一些纷争中，英国一直都处于荷兰的下风。如果能把这位诱跑来的公主殿下亲自送回去，说不定会赢得默里群岛以及苏门答腊岛的一众支持，那么英国逆袭的胜算也会大大增加。

东印度公司就是这么看到了一线商机，决意要好好利用一番。

在周全的计划下，他们想着要先把这位卡拉布公主给邀请过来。就在这会儿，医生博士威尔金森和渥乐尔夫妇也一并来到了东印度公司，原来他们也是抱着同样的想法。大家最后协商出一个统一的意见，要以贵宾级的最高礼节，把卡拉布公主殿下安全地送返到她的故乡去。之后，他们便规划起了航行的路线。为此，东印度公司还给公主送来了一堆华丽的衣裳，而渥乐尔夫妇也为她一路的行程准备了丰厚的粮食。

东西都齐全了，公主殿下心里期盼着开始起航的那一天。

结果出乎大家意料，在紧要关头的时候，有两个人同时揭发了这个尊贵的卡拉布公主的真实面目。

其中一个年轻人叫麦克纳马拉，有一回来到了阿蒙兹伯里，突然想要看一下传说中的卡拉布公主。结果令他吃惊的是，这人他在半年前就有过一面之缘。那时候在塞里斯贝依平原，这位卡拉布公主还不是现在这一身华贵的穿着，而是穿了件邋遢的衣服，很像是一名要饭的女乞丐。虽然她说话带着厚重的口音，可却是地地道道的英语。他们俩会相识，是因为卡拉布过来询问麦克纳马拉，想知道这附近有没有雇佣奴仆的家庭。两个人一来二往有了些交情后，还在树底下一起睡了一夜。麦克纳马拉认出她来是在一次晚宴上，这年轻小伙子傻傻地就跑过来说了一通，硬是表明自己曾经见过卡拉布公主。

而另一个揭发的人是住在布里斯托尔的尼尔夫人，她老早就听过了关于这位公主的一些风言风语，后来听过了年轻人麦克纳马拉的描述后，就更加觉得有些古怪了。于是，她找来了亲戚莫鲁特蒙，两个人商议后决定亲自上门验证一番。

不过到了康奈花园，他们俩对主人提出了见面的申请，还说出了很多疑点的地方，然而渥乐尔夫人不以为意，没有接受他们的会见请求。可来的客人却没有放弃，执着地想要亲自见上一面。

没办法，面对来客的执拗，渥乐尔夫人只好带上他们悄悄地去看卡拉布公主一眼。此时，来自布里斯托尔的画家巴德正在给卡拉布公主画像，想要在康奈花园里留下一幅珍贵的纪念。

尼尔终于见到那位尊贵的公主殿下时，不禁嗤笑了起来："呀，居然是你啊！你怎么在这呢？"接着，她神色一变，"梅林！你在做什么？你还是梅林·威尔科克斯吗？还真有天大的本事，穿了奇奇怪怪的服装，还假装自己是东洋过来的公主？你是在做戏给谁看？还真是胡作非为，乱来！"

面对尼尔夫人的一通责骂，这位卡拉布公主在不停的追问下，脸色瞬间惨白，面对质疑，一句话也说不出来，胆战心惊地躲在旁边。

后来她坦白道，原来她是尼尔夫人的一名奴仆，原名叫作梅林·威尔科克斯，在德里郡的威瑟里奇长大。她的父亲只是一个小农夫，所以她从小就是过着放养的生活，在没有父母保护的世界里，她总是四处流浪。随后，她到了豪恩斯洛·赫斯，加入了当地的杂技团。期间，又偷跑了出来，一直在英国各个地方兜兜转转，从来没有出过海。

有一回她流浪到伦敦，曾经在一名东洋的护士的口中听说过那边的社会风俗，也学习了一些奇特的语言。她其实有过三次结婚的经历，最后一任丈夫也分手了，基本的生存都成了问题，所以她才到处行骗。

她凭借着出色的模仿能力，从穿着、语言或者行为举止入手，让自己看起来像足了一名专业的演员。三个多月来，这个女人没有开口说过英语，而且还极力地装出自己听不懂的样子。这个来历不明的女子以自创的语言文字和故作亲切的行为态度欺骗了大家，她还非常享受大家对她的议论，日子过得十分滋润。在这两个人还没被揭发之前，她还打算利用这次航行，去新的地方继续行骗。

等大家彻底弄清楚了这个女人的身份后，知道真相的渥乐尔陷入了痛苦，最后不得不卧床调养。而那个威尔金森医生扛不住舆论的压力，辞职离开了这里。而那个最大的罪人，翻译出"卡拉布语"的爱拉索也表示，自己纯粹是乱说一通，没想到引发了一场巨大的风波。回想起当时两个人有模有样的"对话"，真是让人倍感讽刺。不过后来爱拉索还较劲起来，非得去那传说中的"卡拉布的家乡"，想要探寻整件事背后的线索，从那以后他就再也没有在英国内出现了。

海妖

1

1911 年，法国巴黎有一家报社在当时各大主流新闻媒体中非常有名，不仅其创立时间长，旗下也是人才辈出。

说起它的创始初衷，不得不提起这幕后一个赫赫有名的大功臣——阿尔弗列特·爱德华，此人正是该报社的创始人之一，享有对报社经营事务的实际话语权。

爱德华多是欧洲新闻媒体中的先锋者，他好学，喜欢钻研，以一己之力创办了这家报社，并让它有了今天这般出色的成绩。然而，他也不是纯粹的新闻媒体人，他还十分擅长做买卖，可以说，爱德华多是拥有两种典型身份的非同凡响的大人物，既是一名资深的媒体人，也是一名家财万贯的生意人。

那一年的 7 月，正是酷暑难耐的季节，热情好客的爱德华多邀请了一众亲朋好友一同前往到私人游艇艾美号避避暑气。这是一场上流社会的交际会，能来到豪华游艇上的人身份都不简单。艾美号准备了一系列的奢华服务，宾客们在美食宴餐前流连忘返，喝着香槟，钓钓海鱼，吹着海风，跳个小舞，这日子好不舒心快意！

时间就像是被刻意放慢了一样，游船慢悠悠地向前行驶着。不知不觉到了24日，艾美号来到了莱茵河，夜里，德鲍船长在这附近抛了锚。

本以为又是一个安稳舒怡的夜晚，谁也没想到，一个悲剧突然诞生，一个女人突然间消失，至今死因仍然成谜，这个意外事故甚至还震惊了整个欧洲。

这个意外消失的人名叫珍妮特，是爱德华多年轻貌美的妻子。爱德华多本身也是一名家喻户晓的人物，能力和才气逼人，待人彬彬有礼，备受大家喜爱。然而，他的妻子珍妮特却与他有着截然相反的性格。珍妮特天生就有一身公主病，趾高气扬，做什么事情都要以她的意愿为优先，这固执的脾气，有时候爱德华多也是拿她没办法。

虽说这德鲍船长是游艇艾美号掌舵的人，可珍妮特才是真正下达命令的人。本来按照原先的计划，艾美号应在威依择路停靠，然而出发没多久，遇到了一回恶劣的酷暑天气，火辣辣的太阳直射在水面上，外面没有一丝清风，船舶被太阳晒得发烫。直到太阳落山，也依然还有些热气滚滚而来，大家伙越来越干燥烦闷，像是关在了火炉里头，额头上不停地渗出汗珠，兴致一点点被榨了干，失去了浑身的力气，只好选择趴在甲板上的摇椅上喝着冰凉的酒水透透气。

好巧不巧，那一天艾美号又碰到了涨潮，水流的速度变得又急又快，导致艾美号逆流而上行驶的速度更加慢了，离原先的目标地点还有一段很长的距离。在宁静的莱茵河上，远远望过去，船舶的对岸是一座古老的城市，临近夜色，一排排旧房子的灯光依次被点亮，珍妮特十分迷恋此时此刻的暮色美景，下令德鲍船长必须在此处停留一会儿。德鲍船长以自己多年来的航行经历提醒，这里是河流的中游段，来来往往的船只特别多，船舶在此处抛锚风险极大。他还热心建议艾美号往古城的方向继续航行，最好在丁坝处把船停靠会比较安全。然而珍妮特一想起那丁坝处上肮脏凌乱的穷人聚居地，一旦在那里停留，就要接受那些低贱的平民们过于好奇和无礼的注视，还有那全身上下黑漆漆的劳动雇工以及臭气熏天的工作场地。珍妮特紧皱眉头，瞬间就拒绝了德鲍船长的好心提醒，依然坚持己见。

然而，就是这样一个不专业的糟糕决定，导致了后面珍妮特悲剧的意外发生。

当德鲍船长在急流中抛锚停靠后，天气一下子变换了模样，一阵阵海风袭来，乌压压的黑云逼近海面，像是预告一场暴风雨的降临。没想到干燥的天气过后又遇上了狂风，船体摇晃不已。

正好是晚饭就餐时间，可船上的主人和宾客们已经没有食欲了，草草地跟彼此打完招呼后就各自回房间休息了。而有些人还回到了甲板上的躺椅上，继续展开了些新话题，而这些人除了爱德华多夫妇，还有他们报社中的一名记者查理、保险经纪人科瓦里耶少将、学者老莫法、服装店老板鲍尔·费拉鲁以及来自高等教府的教授德纽博士。

这几个人兴致勃勃，丝毫不受天气的影响。德鲍船长忐忑不安，又上前提出中肯的意见，他始终觉得船舶停靠此处十分不安全，而这一次，大家却不约而同地拒绝了建议，再一次投入到热火朝天的话题中，竟聊起了许多怪异的海上事件。

各种民间传说添油加醋，说得神神忽忽，感觉就跟真的一样。

夜晚的莱茵河上，寂静万分，寥寥的灯光，显得这夜色更加恐怖。奇特的氛围，又刚好碰上了一群好奇心十足的人，大家只是热衷于讲各种不可思议的神秘事件，没想到会把接下来发生的事情联系在一起，可到底还是这种不经意间制造的古怪，让整个事情变得扑朔迷离。

德纽博士后来接受采访说："我们不知道为什么，就在那个奇特的氛围中莫名其妙地聊起了玛丽·希莱特号事件，就像被一种神秘的力量驱使着，不停往那个传说中海上悬疑事件——玛丽·希莱特号事件，在这个怪异的故事中打转。"

当时在场的其他人也证实了德纽博士的说法，而这也给后面的"珍妮特的意外消失"事件添加了一道浓厚的神秘色彩。

2

说起来，"玛丽·希莱特号事件"发生在 39 年前，也就是 1872 年。那时候，学者莫法还是一个年轻的小伙子，几乎在场的人都对那起海上事件都不了解，只有科瓦里耶少将和德纽博士是少数的知情者，他们娓娓而谈，连学者老莫法和德鲍船长都在旁仔仔细细地听起这故事的起源。绅士们故意渲染的奇特氛围，连夫人们也没有心思留恋夜色，不禁抱紧身子纷纷来到了话题人物之间。

事后，科瓦里耶少将描述起这画面的时候，是这么说的："不知不觉，我们陷入了一种奇特的氛围中，仿佛身临其境，把自己也当成了那群神秘失踪的船员们，大家都拥有了一致的怪异体验。"

在 1872 年的一天上午，一艘名为德·葛雷西亚号船舶从直布罗陀海峡前行时，几乎在同一时间，对面方向也驶来了一艘德国货船，这两艘的船员的注意力都关注在了航行在他们中间的一艘由两根巨型桅杆撑起的大帆船。他们感到奇怪的是，这船只并没有任何损坏的地方，可它就像是无人掌舵一般，没有明确的方向感，只见船体迎着海风摇摇晃晃，风帆一会儿鼓起，一会儿又坠落，而甲板上竟看不到任何一个人。

困惑的船员向着巨型帆船打出了一些信号，时间过去好久，帆船始终都没有给出什么反应。德国货船赶着时间，也就不予理会，继续朝着自己的目标地出发了，剩下德·葛雷西亚号仍在试探对方帆船的动静。

看着这一动不动的帆船，博依斯船长心里已经有了好几个假设。难道是因为遇上了恶劣的风暴，船上的人不得不弃船逃生了？但很明显，这船体没有丝毫破损，似乎不会是这种假设。随后他又想，会不会是都进到房间里睡觉了，这信号没有吵醒他们？于是他叫来了舵手阿达姆斯，再一次发出刺耳的警鸣声。可对方船只依然还是无动于衷。

博依斯船长预想到了最坏的假设，他决定带上其他三个人，坐上德·葛雷西亚号的小船，忐忑不安地向前方驶去。一开始，他们还担心这会不会是一艘全员染病的船只，也有可能是有人杀了全部船员，隐藏在暗处，潜伏在里头准备放长线钓大鱼。

所以博依斯船长他们只是先缓慢地靠近帆船，在底下大声呼喊："嘿！上面有人吗？"

他们轮番叫嚷了许多遍，始终得不到一个声音的回复。待确认船上没有危险后，博依斯船长带着手下一同上了帆船的甲板，就在他们陆续登船的时候，博依斯船长留意到了船尾刻着一行字：玛丽·希莱丝特号，纽约。

看来，这就是这艘大帆船的名号。令他们大跌眼镜的是，帆船上的物品都原封不动，大多都是液体物或者玩具，均没有被移动的痕迹，看不出这是为了逃生的乱象。这艘帆船安静得只能听见海风呼啦啦吹的声音，海鸥在蓝色的天空顶上盘旋，虽然是大白天，可这怪异的氛围却让在场的人冷气飕飕，阴森异常。他们不肯就此放弃，又仔仔细细地搜查了一遍，然而这艘船就如同出发之前一样完好无损，船底没有出水，风帆和绳索依然还是合理的位置上，备用物品均保存妥当，桅杆也都一一竖起，就连准备逃生的小船只也完好无缺。

博依斯船长在检查完一系列的细节之后更加惶恐不安了，就怕突然跳出一个可怕的东西。四个人不敢犹疑，加快速度四处翻找，甚至所有的覆盖物都被彻底掀开，角落里来回查看，以为会有尸体的存在，结果发现都只是一堆杂物，并没有其他线索和信息可以提供。

可以看得出，玛丽·希莱丝特号的人在这里生活还是蛮愉快悠闲的，所有的物品都井然有序，船里船外都干干净净，怎么瞧都觉得这都会是特别棒的游船体验。而刚巧就是全体船员莫名失踪的瞬间，有些东西居然还在正常摆放着，感觉只是大家离开一会儿的样子。

博依斯船长发现，外头帆船的绳索上挂着湿漉漉的衣裳，水滴在甲板上聚成了一摊水渍。进入厨房后，桌子上还有没有吃完的早饭，这应该是一个家庭聚餐，有一个在上的座位应该是留给船长的，在他的盘子前面还有被切成两半的鸡蛋，旁边还有一张小凳子，这是留给小孩坐的，他的餐桌前是一个小碗，里头盛着混着牛奶的燕麦片，旁边还放着一瓶止咳药水。

四个人虽然没有上前触摸，却不约而同地觉得，既然这外头的衣裳都滴着水，恐怕这食物大抵还有些热气。事实证明，博依斯船长的推断并没有错。

按理说，进入 12 月以后，大西洋的气候并不时常有这么温顺的时候，偶尔也有极其恶劣的情况。因此，如果是很长一段时间都没有人在的话，大风浪推动船体，势必会引起餐具的移动或者掉落，但这些现象都没有发生。四个人在厨房里还拾到了一把剃须刀，上面还沾有些许毛发。他们在一个貌似船长的房间里面，还找到了一台没有关闭工作的缝纫机，光滑的台桌前放着一件小孩子的衣裳，旁边还洒落着玩具。他们猜测，这应该住的应该是船长的夫人和小孩。想来这位夫人正在专心致志地缝纫衣袖时被人突然叫了起来，于是衣服也没有来得及缝纫完，便冷冰冰地搁置在机子前，人却消失了。

若说是被海盗抢劫，也不通，在船长的房间里，所有财物都好好的，连宝藏箱也紧紧地锁上了钥匙，一个小型书柜上还整整齐齐地摆放着几本宗教书籍。他们又往里走了进去，再一次发现，无论是书柜还是衣橱，都没有被暴力掀开的痕迹。就连其他两名舵手的房间也是出奇一致地整齐、干净。他们的饮用水十分充足，粮食也丰裕，这也不像是被恶劣天气影响的最坏的结果。

随后，四个人还找到了一本残缺的航海日志，时间只是登记到了 11 月 24 日，算起来这已经是十天之前的时间了，往后翻看均是一片空白。而且这里头都是很琐屑的航行日志，并没有特殊的情节记录。

最诡异的是，这唯一的时钟却停止摆动了。

种种假设被推翻，这最不能被解释的就是全体船员到底是怎么失踪的，又是去了哪里。尽管博依斯船长还拿到了一把类似血迹的刀具，但这把常年使用的东西就算有些污迹，也不足以为奇。他们还发现，这艘帆船虽然也有一些被刀具或者斧头砍裂的痕迹，但仅凭这些小细节依然还是没法支撑上述的推论。

而且，还有最后一点，本该吃着水的船舷板也有些稍许脱离的轨迹，这应该是在一种正常情况下突然被意外终止的行为。这是有人故意的呢？还是日常的航海作业？博依斯船长不能轻易做出结论。船上所有的一切都没有任何异常的发生，独独就是少了些生气勃勃的气息。

四个人望着空荡荡的帆船，不由唏嘘感叹：他们原本以为会是一场风平浪静的海上生活，谁能想到，如今却无一人生还，真是造化弄人。

这，也是历史最离奇的幽灵船事件——玛丽·希莱丝特号事件。

3

随后博依斯船长还提供了一条记录，他们发现有一把"带血的长剑"在那个最初船长房间的门口外。

这个幽灵船的事件发生后的三个月，有一名自称是目击者的人在第二年英国杂志上发表了一篇文章，还如此记录道：

"1872 年，在阿泽雷斯群岛周边大西洋海域上，德·葛雷西亚号发现了一艘美国巨型的幽灵船，船尾标记为玛丽·希莱丝特。"

目击者还在记录的来源处说明是取材于直布罗陀的编年史，时间是12 月的 12 日。但往后有人追溯原文的引用时，发现并没有博依斯船长提及的"带血的长剑"的具体信息。而且记载在英国杂志上的这篇文章就跟写故事小说一般，构词间有些夸大成分的嫌疑。

在勘察完全部的细节情况后，博依斯船长决定要将此事紧急给美国领事馆，同时还安排了其他船员将玛丽·希莱丝特号引渡到最近的港口——直布罗陀海峡码头。博依斯船长依据规定向当地的海事局申请了一笔船只援助资金。

就在海事局按照流程向海事法院陈述时，同一时间，他们就收到了来自美国领事馆对幽灵船的认证信息。这艘玛丽·希莱特号重达六百多吨，最初是在新斯科舍所打造而成，而且在联合国的船舶登记中还有明细的记载。这帆船实际归属于威切斯特公司，有记录显示，当年的航行路线是打算从纽约出发，一直前往到达意大利的热内亚。船长叫本杰明·班尼迪克·布里格斯，在一众海上作业者中享有一定的知名度，他本身有着崇高的宗教信仰，性格也十分温厚，人品优良，是许多手下的敬爱的老船长。此次同行的人一共有十二个，这一次的热内亚之行，布里格斯也带上了自己的妻子以及7岁大的女儿一起出海航行。

不久，经过审核裁定后，博依斯船长取得了一千七百英镑的船只援助资金。然而对幽灵船玛丽·希莱丝特号的船员下落，联合国政府几乎发动了大西洋周边各国的领事馆，集中精力搜寻任何有效的信息。尽管动用了大量的搜救经费及时间，依然还是没有结果。后来，一艘英国汽船海蓝达号提供了另外一条信息。与上述目击者的表述相同，海蓝达号的船员也在相同海域位置碰到了玛丽·希莱丝特号。具体航海日志显示，在12月4日清晨的时候，两艘船只相遇时，各自还打出了信号，而且玛丽·希莱丝特号还有明显的"一切无碍"讯号信息。海蓝达号仅说明了这一点线索，便没有更多其他信息的提供了，因此大家也不敢保证这条线索到底有多大的信服力。

碧海蓝天，一艘船在广阔无垠的海域里漂流着，所有食物尚有余温，而布里格斯船长及其他所有船员均不见人影。

玛丽·希莱丝特号的幽灵船事件持续扩散、发酵，很多人听闻此事后，都不敢相信身边竟然有这样离奇的海上失踪案件发生。一时间，所有媒体竞相报道，为争夺最新鲜最有料的素材资源，他们不惜从各方现场人员入手，从第一目击者博依斯船长和他的手下们，再到德·葛雷西亚号的全部人员，上至各国海事管辖馆，下至普通老百姓，几乎那一阵子的头条版面都是关于幽灵船的话题报道。同时媒体还开放了渠道，接受任何信息的投稿，但基本上都没有人能说出事实的真相。

为了能找到失踪人员，美国领事馆甚至对遇难船只玛丽·希莱丝特号进行了长达 3 年的追查行动，各国海事管辖馆提供线索信息进行协助，可至今没有人能准确回答这消失的 12 个船员到底去了哪里。

久而久之，幽灵船玛丽·希莱丝特号变成了一个世界未解之谜。

到现在，关于这艘船，还有各种奇奇怪怪的版本流传出来。有人不禁想象，在这深不可测的海洋深处，隐藏着一只巨型凶猛海兽，这玛丽·希莱丝特号的船员不幸被它给盯上了，才造成了无人生还的迹象。结果，这些民间传说的神奇版本总是被人拿来吓唬小孩。还有人说，这船长神经错乱，手刃了船员后自己也跳海身亡。但很不合理的是，船上并没有明显的打斗痕迹，因此这说法也是相当不靠谱。

自幽灵船玛丽·希莱丝特号返回到原主威切斯特公司，在经过一次南美游行后便被公司公开拍卖。然而受到此次风波的影响，这艘船只很久都没能转卖出去。直到后面，它又被更名为"西提·欧巴·欧哈马"号，自此变成了一艘雇佣船。

玛丽·希莱丝特号的幽灵船事件的演变，可以说产生了不少的后续发展。人们不厌其烦地讨论着，无论在那个年代的欧洲还是船舶的来源处，都引发了公众极大的好奇心。到了 1913 年，这件事依然还有新闻出来，有一位自称是玛丽·希莱丝特号船员的远方亲戚埃尔伯·福斯德科爆出了关于幽灵船的不少花边新闻，然而其所陈述的大多数地方与事实有所区别，到头来人们也只是当作一场噱头的炒作，最后也是不了了之。

4

在玛丽·希莱丝特号事件发生近 40 年后，这一宗离奇的幽灵船事件又在船舶艾美号上。老船长德鲍说出了自己几次航行经历，感叹海洋的神秘莫测，慢慢话题就变了味道，爱德华多、妻子珍妮特、保险经纪人科瓦里耶少将、学者老莫法、服装店老板鲍尔·费拉鲁以及德纽博士，在场的人们莫名地就对海上的怪异故事更加感兴趣了。强烈的好奇心驱使之下，他们竟也没有发觉这讨论的内容有什么不妥。

后来，德纽博士回忆说："其实，细想而来，我们当时对玛丽·希莱丝特号事件特别着迷，以至于没有发现这话题的恐怖之处，更没有人阻止。"

在场的人事后也都表达了与德纽博士的同样的说法。

海上的天空已经完全黑了，船舶内的时钟响起了钟的摇摆声。就连德纽博士在例行通话中，对方在电话里也听到了艾美号上响起的钟声。

此时已经是晚上 9 点整。爱德华多的妻子珍妮特突然起身，离开了话题的讨论中心，回到自己的房间去了。今晚这位夫人的兴致特别高，这回去的路上一边哼着小曲，一边踩着漂亮的高跟鞋，姿态优雅地下楼了。而其他人还在热切地交流着，这会虽然离就就寝时间尚早，但对岸古城里的灯却慢慢地没了亮光。

珍妮特回房后一下子就入眠了，在外的人们都能听见她细小的打鼾声。

"嘿，刚刚是有什么人在叫吗？"

"这声音貌似从珍妮特房间里出来的。"

"她怎么了？"

等大家再仔细听的时候，声音又没了。丈夫爱德华多有点担心，他赶忙从楼梯跑下去，科瓦里耶少将和鲍尔·费拉鲁也跟着他一起过去看看。没想到，爱德华多跑到珍妮特房间时，发现门被上锁了，他猛敲着门，大声呼喊："珍妮特，你还好吗？发生什么事了？"

门内无人回应。这不对劲！三个人对视了一下，一起用力撞开了房门，然而这里头空荡荡的，珍妮特已经消失不见。房间内被收拾得干净，空气里还有些香水味。地毯上放着方才珍妮特穿过的衣裳，但被包裹成了一团丢在了地上。这个房间的格局很简单，一面是房门，其他三面都是白墙，其中一面墙上有一个小圆窗，窗户的大小仅能让人伸出脑袋，往外瞧出去，还能看到泛着夜光的莱茵河。

一间迷你小房间，放了一张小床和一把椅子，一眼扫过去，几乎没有藏身的角落。而房间的主人珍妮特却消失得一干二净，没有留下任何痕迹。

从刚才结束话题的玛丽·希莱丝特号幽灵船事件，到现在珍妮特的意外消失，现场的人都觉得二者之间的发生过程太过诡异。到底是谁掳走了他们？这又是怎样的一股神奇的力量，能让他们的消失无痕无迹？人们每当谈论起这两件事，仍然还是一脸惊奇，困惑不已。不得不说，这些事情来得过于仓促，哪一方面都没有找到一丝可疑的行径，太让人觉得不可思议了。

后来，珍妮特失踪事件也有了一些故事改编。来自法国两名写作者纳多和佩尔蒂埃，延续了法国的典型写作风格，其中便把珍妮特的故事添加了一些桃色新闻，付梓出版。

他们是这么描述的：

"尽管珍妮特已为人妻，但在她依然忘不了情人安东列。她日思夜想，终于有一天，她深情款款地写完了一封情书，而后将房门上锁，卸去了一身华丽衣裳，散开了栗色的头发，低估了一声，坠入了茫茫大海中，告别了生无可恋的世界……"

小说情节的书写显然只是为了推动故事的需要，很多细节都经不住事实的考究。比如说，情人安东列的名字就不是那么出众，再来，就算珍妮特为情自杀，这仅能伸出一个脑袋的小圆窗，如何能钻出去跳海自杀？而且第一发现的三个人里有爱德华多、科瓦里耶少将和鲍尔·费拉鲁，他们都是同一时间到达现场，并没有发现信件的留存。

小说之所以会这么编写，大概也是想到了珍妮特的特殊背景。珍妮特芳龄28岁，在嫁给54岁的爱德华多之前，是一名法国巴黎的剧场演员，她传神的表演被人们冠以名号"魔幻的朗泰尔姆女王"，几乎是家喻户晓的大明星。

1906年，爱德华多在前妻逝世后，便准备了豪华嫁妆，在圣女贞德宾馆迎娶了珍妮特。这场婚礼可以说很隐秘，爱德华多仅邀请了自己的母亲福赛夫人。根据当时的婚姻规定，珍妮特作为爱德华多的合法妻子，享有丈夫一半的财产所有权，上流太太的生活是相当富贵奢华的。而且对于新婚燕尔的夫妇来说，爱德华多也是相当疼爱自己貌美如花的娇妻。艾美号上的宾客们都表示，这一对夫妇看起来十分恩爱，并不存在有什么第三者的矛盾。最重要的是，珍妮特的心情看起来特别好，性格活泼又调皮，在当晚的玛丽·希莱丝特号事件的讨论上，她偶尔也会提问几句，甚至还表达出自己的观点。他们是这么想的：9点的时候，珍妮特突然想到了一些什么事情，起身离开回去了自己的房间。她天生就有一种快乐的感染力，就像一个没有长大的小姑娘一样，哼着小曲，蹦跶着步伐，轻快地下了楼梯。珍妮特怕是有些倦了，于是她利落地脱下了衣裳，并打开了仅能伸出脑袋的小圆窗，好让空气流通起来。珍妮特往窗户外瞧了瞧，一如既往地沉醉在波光粼粼的夜色之中。没想到黑夜里伸出了一只大手，就在电光火石间，夺走了低声尖叫的珍妮特。一股强大的超自然力量带走了娇小的珍妮特。

只有做出这般假设性的结果，所有不合理的现象才能被解释得通。

同样在艾美号上的宾客比卡鲁多夫人是这么描述的："我因为晕船，很早就上床睡觉了。恍惚间，我好像听到珍妮特房间传来一阵呜咽声，这种感觉就是突然被人捂住口鼻，挣扎开脱的声音。随后，就有人惊叫道：'珍妮特消失了！'我一下子就被吓醒了，赶紧起身跑出去看了。那时候珍妮特的房间门口已经站了好些人，我一开始还觉得这只是一个小姑娘的把戏，她只是偷偷把自己藏起来了。好多人都这么说。"

之后，大家都统一了口径，认定珍妮特是在甲板失足，不小心掉入海里身亡。爱德华多还向自己的朋友波尔多博士发出电报，委托对方去往附近的马里安巴姆分局受理这宗失踪案件，并通知朋友能尽快赶到这边的古城里来。

所有的人都同意了上述说话，认为珍妮特是因为失误导致摔倒，身体失衡才跌入了大海中。他们想把珍妮特的意外消失当作一起神秘的失踪案件。总之在场的人们都没想把这件事闹大。然而人言可畏，不知道什么时候开始，到处都在议论这起事件，爱德华多也无法控制事态的发展。事件的演变成了一场巨大的舆论风波，人们深陷在恐怖的猜忌之中，特别是在珍妮特意外消失之前，又刚巧聊到了玛丽·希莱丝特幽灵船事件，这无疑是添加了多重神秘的话题色彩。

一个离奇的幽灵船事件尚未解开谜题，又来了意外失踪的人命案，这些可疑的事件再一次推到了幕前，引爆出公众的谈论热点。

船舶艾美号停靠的地点正是德国的杜塞尔多夫市，由于民众的呼声很高，当地的德高警察迫于压力，于7月26日展开对珍妮特意外失踪事故的调查。

警方第二天就公布了调查结果，说明如下："经调查，珍妮特·朗泰尔姆因个人原因，在甲板上失足后意外掉落进大海中，警方通过彻夜的搜救行动后，目前仍然打捞不到失踪人珍妮特的尸体。自今日将结束调查。"

同时，警方并且还展示了德纽博士例行电话的内容。

然而这样草率的结果并不能得到公众的信服，他们相信，这仅仅是德国警察在敷衍了事罢了。期间，巴黎警察也有相关的调查作为，但也只是找来了在场的人录个口径，便没有进一步的动作。这次事件的发展趋势似乎越演越烈，甚至还危及到了政府方面的公信力。

为此，爱德华多发出了一份正式声明，表示自己并不是法国公民，因此不受限于法国当地的人事管辖权。

就这样，爱德华多在整个事件中摘清了自己的利益关系。据民众爆料，他有这般底气，大概是得到了有关政府部门的默许。显然，这些都是上位者惯用的套路和手法，以不积极的态度和做法，让时间来把这些神秘的事件渐渐掩盖下来，直到民众有了新的焦点话题，转移阵地，这些事情自然而然也就不会有人问津。

不过，以当时的技术条件来说，从头到尾，也没有人能够找出这些离奇案件背后的真正原因。

31 日，爱德华多在拉雪兹墓地为无故失踪的妻子珍妮特举办了一场葬礼。坟墓里头自然是没有主人的尸体，仅放了些珍妮特身前的遗物。墓碑上写着：永远的和平。大意是，珍妮特无论去了哪里，他都希望她能一切安好。

其实，曾经有过航行经历的人们都明白，海上失踪的人口其实并不少见，但没有人能解释这些异常事件发生的原因。

这个事件过去两周后，有人在欧贝鲁·米卢美尼特路的沿岸边，发现了一具漂浮的女性尸体，尸体已经严重腐烂。但是，根据她的衣物特征来判断，死者很有可能就是失踪的珍妮特。

克林本事件

1

在 18 世纪，很多小型医学研究所都是比较粗糙简陋的，没有规范的出入管理或者严格的操作规定，很多雇佣医生就算没有持证也可以上班工作，而且研究项目也都很常见。因此这些小型医学研究所数量颇多，但都是普普通通的规制而已，算是比较低级的类别了。

在英国伦敦波特曼广场 12 号，是一个叫普得雷斯的医学研究所。

这一次故事的主人公是一名典型的职业医师，名叫克林本博士。"博士"在当时还不是一种学位的统称，而只是民众们对这一类专业人才的称呼，言外有着爱戴之意，大抵是尊重他们对科学研究的卓越贡献。

克林本博士本人专攻的是口腔神经学，目前主要跟牙科相关的打交道。他人曾经在日本深造过，专业医术出众，曾公开发表过不少专研结果及论文作品，因此在西方医学界上也是一个佼佼者，算是在这个年纪里有很高名望的一个人。但也由于他的知识储备，才制造了这一起著名的刑事案件——克林本事件。

这个故事的起源还得从头开始。

1910年7月9日上午，一个名叫威廉·罗格的医学设备制造商在大家还没上班的时候，就跑来这里闲坐了。不一会儿，一个男子慌慌张张地就跑了进来，此人正是克林本博士。他身形低矮，傻傻愣愣的，挂着一副高度数的近视眼镜，一双小眼睛，看起来有些莫名的喜感。

克林本博士神色紧张，脸色发青，冲进来没多久就一直在喘着粗气。

罗格除了跟克林本博士是生意上的伙伴，私底下关系也是不错的。看到克林本博士状态不是很好，于是罗格上前问了一句："克林本医生，你还好吗？路上出了什么事了吗？"

"没事，我休息一下就好了。"

然后克林本博士停顿了一下，回头又跟罗格说："我可能需要你帮个忙，你能替我出去买点东西吗？"

罗格在这里也是经常跑腿，所以帮别人买点东西都是常见的事情了，因此他就很快答应了。

"怎么啦？想买什么？"

"都是一些很简单的购置品，我这来得匆忙，怕赶不上时间就没来得及买了。"

随后，克林本博士拿出了纸张，写下了自己要买的东西：一件深褐色的小西装，适合体型较小的人穿着。还需要一项礼帽以及混搭的领带，一双适宜远行的皮鞋，两件成套的内衣。

在这个购买事项里面，克林本博士还注重提及一点：

"这都是我买来给一个年轻小伙子穿的，17岁左右。"

清点完要买的东西后，克林本博士让罗格把东西带到艾路牙科医学协会去。

出了波特曼广场，往前几百米处有一条商业街，罗格按照名单购买完所有的东西后，就直接过去那边去了。

但时间过了很久，一罗格直都等不到克林本博士本人的出现。没办法，罗格就把东西整理好，放在二楼上就走了。

之后，就再也没有人看见过克林本博士了，没有人知道他后来去了哪里。

等到这个案件侦破的时候，他才坦白，等到罗格从艾路牙科医学协会离开后，他就从那里取走了自己要的东西。随后折回半月街，来到自己的家中乔装打扮。为了让别人认不出来，他还取掉了厚重的眼镜，剃光了胡须，刻意消除掉一些个性特征。随后，他还把自己收拾得干干净净，换上新衣服，于傍晚时分上船离开，去往比利时的安特卫普。他的身旁还带着一个年轻清秀的小伙子，据说是他 17 岁的儿子。

两个人准备妥当后，就一起偷偷地走了。为方便行事，克林本博士还为自己取了一个新名字——R.T. 罗宾森。完美装扮后的父子俩计划要先顺利登上一艘去往德国的船舶。航行的路线也都安排好了，将途经安特卫普，再转到布鲁塞尔。他们打算等时间长了再回安特卫普。因此，行动迅速的罗宾森父子俩第二天清晨就已经成功坐船，往大西洋的方向逃了。

2

说起来，这件事一个月前就已经有了些端倪。6月30日，一位名叫纳什的男子来到了伦敦警察厅，说是要报警，当时的搜查队长瓦特·尤迪先生受理了这起案件。

"请问您是？"

纳什先作了一番自我介绍。

"尤迪警官你好，我叫纳什，是一家乐器店的老板。是这样的，我有一个关系不错的朋友，叫克林本。"

克林本这个名字对全局的警官们来说还是很陌生的。但是十天后，克林本的名字已经响彻街头巷尾，甚至还传到了北美洲。

然而在当时，尤迪警官似乎对这个人提不起任何兴趣，最近报案的人特别多，他们都忙不过来。因此，尤迪警官只想着谈话赶紧结束，他的脸上表现出不耐烦的神色，敷衍着回话。

接着，纳什继续说起：

"我想说的是，对于朋友克林本博士，其实我更了解他的夫人贝尔·爱尔莫。她是一名声乐家，因此会来我店里光顾。然而就在几天前，我就突然听到了贝尔·爱尔莫在异国他乡不幸去世的消息。起初有人说是夫人自己一个人跑去美国那边，然后现在遗体已经被火化了，送回来的只是一盒骨灰。我感觉有些不妙，觉得整件事情发生得太过仓促，以至于总觉得有些古怪。我本来想上门拜访一下克林本博士，慰问一番，也好拜祭一下夫人。可博士始终都不肯露面，就在6月29日的时候，我终于碰到了他，便询问了一些细节。但博士回话的时候左顾右盼，神色十分不自然，很多话都说不通，而且他拒绝让我看看夫人的遗骨。我知道自己是个局外人，不好插手他们夫妻的事情。但我直觉告诉我，这里面可能有些可疑的地方，于是我就选择报警，想知道所有的真相。"

尽管尤迪警官也觉察到事有蹊跷，但没打算着手调查，但言语上还是象征性地表示自己会调动警官去上门查探，之后就不予理会了。

但纳什似乎很坚持要追查出事实的真相，每天都来伦敦警察厅里守着，逼得警官们不得不重视起这起事件。

7月8日，也就是克林本博士坐船离开的前一天，尤迪警官带着另一名刑警米歇尔一起来到了当事者克林本博士的家中。

他们敲了敲门。来者并非是本人，而是克林本博士的助理埃塞路·尼维，她对于夫人的遭遇都不知情，因此只是指引他们去另一条街上，他在纽·奥克斯福得街有一家私人牙科诊所，克林本博士当时就在里面工作。

终于和本人见上面了。尤迪警官出示了自己的工作证。在知道对方是侦查员的时候，克林本博士显得有些慌张，回答问题时，眼睛总是四处乱瞟，看起来很不安。一种紧张的氛围在空气中流动，尤迪警官不自觉地咽了下口水，抿了干燥的嘴唇，然后他转身看向身旁的米希尔刑警，没想到他也是精神高度集中。

两人对视了一眼，便开始了以下的对话。

"打扰了，克林本医生，我想知道您夫人的一些事宜。"

"不客气，您有什么想问的？"

显然，这意料之外的来客让博士没有任何心理准备。不知道是不是因为天气的缘故，他的额头渗出了密密麻麻的汗水，他一边应付着警官的询问，一边又拿着纸巾在擦汗，模样有些糟糕。恐怕是最近的处境有些难堪，他垂着脑袋，有些丧气，看上去倒有点丧妻之痛的模样。

场面一度有些冷场，博士就率先开了口："对于夫人的一切事宜，无论什么问题都可以讲的，我都会说清楚的。"

然而他的这一举动并没有赢得警官的好感，反而因为他前后不着调的话，更让警官起疑。

"有匿名者报案，说您的夫人贝尔·爱尔莫在美国去世。那么，是哪一天发生的事情？"

"其实是这样的，没错，我对外说我夫人死了，其实都不是真的。目前来说，她很可能还在世。"

这一番自相矛盾的话让大家都云里雾里。

"所以她本人如今还在美国？"

"对的，她当初走的时候就跟我说是要去那边办点手续，但我现在才知道根本就没有这回事。"

"那你为什么要说她已经不在了呢？"

"我也是一时糊涂，前阵子我收到一个电报，内容写的是我夫人在美国突发疾病，因治疗无效走了，还把火化后的骨灰盒送来给我。这些意外也是我从别人听来的。"

"自始至终你都没有怀疑过整件事情？"

"也许是我过于担忧了，我仍然还是相信，夫人是一切平安的。"

"那令夫人现在的居住地址在哪里？"

透过厚重的眼镜，克林本眼神里闪过一丝精光，简洁明了地回复道："就跟我提及多次一样，她人在美国。"

依然是这样避重就轻的回答。显然克林本博士依然没有说透很多关键的问题，从夫人无故远渡重洋，到克林本博士惊慌失措的反应，整个谈话过程中，前后逻辑不通，且暴露出很多问题。这样的细节骗得了普通人，但隐瞒不了有着多年破案经验的侦查队长尤迪警官。为此，他提高警惕性，认为这件事情存在许多疑点，故以一种下命令的要求让克林本博士去往他家看看。

随后，两个警官对房子的各个角落进行搜寻，克林本博士站在一旁无动于衷，不过奇怪的是，贝尔·爱尔莫夫人的随身物品有些还在她的房间里面。

"是这样的，她一开始是计划暂时留在美国，因此没有带上很多东西。"

"那么，我再一次问你，她具体的位置在哪里？"

"是美国没错的，我敢肯定。"

"克林本医生，我得严肃告诉你，这件事已经不是你们夫妻俩之间的小问题了，夫人的失踪不是小事，为此我们得保证能顺利跟她取得联系，并且还要确切地知道对方是不是本人，要不然，这件事是不能结案的。"

"是的，你们说得有道理。"

"那么请尽快告诉我们夫人所在的具体位置吧？"

"这一点我是真的不知道。可能我们夫妻俩相处的模式跟旁人不同，贝尔·爱尔莫是一个浪漫自由的音乐家，她有着典型的文艺工作者的性格，喜欢无拘无束，而且还特别有自己的想法和安排，是不会告诉别人她真正的想法的。因此，我们俩之间都对双方特别了解，所以都比较宽容。作为丈夫的我，平时对她的活动不会多加看管，所以我确实不知道她在美国什么地方。但我很相信她的为人，她不会乱来的。所以就让我们好自为之吧，不必辛苦你们跑来跑去了。"

警官们在这里没有得到任何搜寻的信息，只好打道回府。

但眼前最重要的事得把失踪的贝尔·爱尔莫找到,为此,博士还提出,可以张贴寻人启事,以丰厚的酬金为回报,扩大搜寻力量。随后,三个人就坐在一起,讨论相关的刊登事宜。

没想到,事发后,克林本博士倒是第一个先跑了,而且身旁还出现了一个17岁的少年。他们俩选择一大清早就坐船离开伦敦,远远地躲开警官的追踪。

这一定是有组织、有计划的一次逃跑行动,在这之前,尤迪警官就察觉到了他的意图。后人在他的工作记录,也有这一段的详细介绍。

为了安全起见,我把克林本博士列为一个重大的嫌疑对象。那么,失踪的贝尔·爱尔莫会去了哪里了呢?我反复看了纳什、克林本以及埃塞路·尼维这几个人的谈话记录,但贝尔·爱尔的去向莫始终成谜。想来,找出这个关键人物刻不容缓。为此,我把这个女人的样貌信息一并传送了其他分区的警察厅,甚至也委托了美国当地警署的协助,集中精力找到这个失踪人口。7月9日,等我再一次上门找克林本博士的时候,被告知,房子的主人已经不在家中了。我回想起之前看他时他惊慌失措的反应,我就晓得,他或许就产生了逃跑的念头。后来案件侦破的时候我才知道,此时的他已经成功坐上了一艘去往加拿大的汽船,然后定居在了安特卫普。

一开始我去他经常去过的地方查探,然后就在博士的工作场所碰到了他的助手弗朗斯博士,以及医学设备制造商威廉·罗格。从他们的口中,我还记录了不少关于他本人的一些事情。其中我留意到一个很重要的线索,罗格跟我提及,就在前几天,他还为博士购置了一些衣物,点名是给17岁的少年穿的。据说这个年轻的小伙子是博士的私生子，但真正的身份没有得到落实。问完一些问题后，我还当着两个人的面一并搜寻了博士诊所里的办公室，但也只是在桌子上发现两件普通的信件，并没有什么突破。

到这里，线索一度中断。我心里始终对这件事耿耿于怀。为此，我把这起事件做成一份报告向上级陈述。上级很快就批复追查行动，并在全国范围下达通缉令。克林本博士错漏百出的谎言以及可疑的出逃行为，已经正式成为大家重点关注的嫌犯对象了。在这期间，我们还加大警力，在各个船舶停靠处排查，拿着本人的照片四处比对，同时对博士可能到达的地方加强看守，封锁嫌疑人出逃路线。这场浩浩荡荡的追查行动引起了媒体及大众们的热切讨论，一时间各大头条版面都是在讲述克林本事件的来源始末。

而我的工作则是负责对博士的家里的搜寻及监视，此次随行的还有米歇尔刑警。

7月13日，我们再一次对克林本博士位于半月街的家中进行了一次大规模的地毯式搜寻。其实之前诊所谈话结束那天，我后来还折返到贺雷德罗布·克雷森特街，单独去过博士的家里。那一次我在房子外的庭院前打转，特别留意了地下室，不过那里只是储存着一些冬天烧火炉专用的煤炭，所以我没有收获。当我们再次来到这里，我的直觉很强烈，总觉得在地下室的地方，有些我没有仔细搜寻的东西。

3

他们来到了阴森森的地下室，很多废弃的物品和旧家具都搁置在了这里，黑漆漆的煤炭被随意放在一处角落里，地板上都铺着砖红色的地砖。

尤迪警官和米歇尔刑警找来了一些挖掘小工具，打算在地板的缝隙里四处观察、敲击，重点检查是否有异常的地方，像是仔细摸索出有没有地方是有着明显松动过地砖或者是掩埋东西的痕迹。

他们工作的时候十分专注认真，好长一段时间都是趴在地上一动不动。不得不说，如果不是尤迪警官的警惕性，很难发现这其中地砖里的怪异。就在他拿着木棍翘起一个不起眼的砖块时，周围的碎土散乱不堪。尤迪警官立即判断，这应该是近期有人刻意翻动过，所以当下就召唤米歇尔刑警去庭外拿来一把铁锹。

这里的土壤很松软，非常容易下手，还没怎么深挖下去，里头就冒出了一些撕碎的纸张，应该是前阵子的报纸杂志，而报纸的下方，已经有些可疑的粉红色裙子显露了出来。

见此，他们控制力度，小心翼翼把旁边的泥土往旁边挪动。大半的时间过去了，一具快要腐烂的尸体一点点地被挖掘了出来。

这大概就是克林本博士的窝藏尸体现场了。尤迪警官不敢耽误，马上又调动了其他同事过来。傍晚时分，法医阿兰·马歇尔博士匆匆赶到现场。此时，这里已经打上了灯光，而两边堆着高高的土堆，中间搁着一些旧报纸，上面放着都是零零散散挖掘出来的一些尸体块。

马歇尔博士戴上消毒手套，借着微弱的灯光，拿着检查工具仔细鉴别尸体的残骸。尤迪警官和米歇尔刑警已经完成了先前的工作，站在一旁默默抽烟。

为了能及时给警方提供最新的医学证据，证实受害者的遇害缘故及身份信息，马歇尔完成了初步的尸检工作，收集完尸体的残骸，他们把这些肢解掉的尸体抬上了架子，先送往法医鉴定所。

马歇尔博士和贝尔博士在第一时间内进行了临床尸检，而后双方出具了鉴定报告，在现场收集的证据指明，尸体的身份正是克林本博士的夫人贝尔·爱尔莫，凶手使用一种致命性的毒药将对方残忍杀死。在法医结束尸检后，贝尔·爱尔莫的尸体被装进了棺材里，接着就运送到了葬场的停尸间。

其他同事陆陆续续也到位了，随后，尤迪警官指挥工作人员封锁了克林本博士的房子，并加派人手对周围进行监视。

当晚的调查工作就暂时告一段落了。

7月14日，马歇尔博士带着另一名专家贝巴重新返回地下室，进行最后的收尾工作。昨天尤迪警官和米歇尔刑警第一次发现尸体的残骸时，深度大概为八英寸，经他们测量，那上面覆盖的地砖约三英寸的厚度，因此，这中间的泥土高达五英寸，而藏得最深的残骸竟然厚度达到了十二英寸。直到这个位置，尸体才被完整地找出了所有的部位。

除此之外，他们在现场也找到了一些物品，分别是烫发火剪、皮具碎料以及一把具有东方韵味的圆扇。

克林本博士苦心积虑营造的假象终究都成了泡沫。从一开始说出夫人远渡重洋，随后又跟身边的亲朋好友放出消息，声称夫人已经不在人世。最后实在瞒不下去了，他就更改身份，替换着装，迅速逃离案发现场。

克林本事件已经成了一场全民轰动的罪犯搜查行动，在英国伦敦的警察厅门口粘贴着罪犯克林本博士的肖像，吸引众多民众上前围观。上级领导们十分重视这起恶劣事件，下令势必要把凶手捉拿归案，为此还调动了各方警力加强巡逻。

尤迪警官在与博士的第一次交手后就明白，此人恐怕早就远走高飞了，便向上级申请，请求扩大搜寻范围，立即发布海外通缉令。

警官们紧张兮兮，连民众也都时时刻刻保持着对克林本事件的关注，一举一动都不能躲过他们灵敏的耳朵。

从警方技术手段来说，这起案件之所以被载入世界犯罪史，是因为在破案过程中引入了那个年代里出现的最新科技——无线电技术。

不过，克林本博士栽在警官手里，有一个重要的人物起了关键的作用。这个人物就是肯特尔船长。

7月12日清晨，在克林本博士和伪装成他儿子的17岁少年登船的那一刻，肯特尔船长就早早注意到他们与常人不同的地方。一个是长相滑稽的47岁父亲，另一个是17岁的少年，少年穿着跟他身子不搭的西装，脸庞白净、娇柔，感觉不像一个少年，倒像是个年轻的少女模样。两个人的年龄不般配也就算了，从上船以来，他们就频频做着各种亲密暧昧的举动。年轻的少年一脸幸福地看向父亲，年老的父亲时不时给身边的"他"整理着装。肯特尔船长多次看向他们，两个人都没有发觉，而且浑身都没有不自在的地方。这些奇怪的迹象，如果说是父子，未免太不可信。肯特尔船长更愿意相信，这是一对新婚燕尔的夫妻，一男一女，乔装打扮后准备远行。

伦敦警察厅在展开凶手的抓捕行动时，除了在陆地上探点之外，在沿线的船舶停靠处都下达了行动通知，还提供了博士本人的照片。

7月11日，在出发之前，肯特尔船长从劳埃德汽船代理店收到了一封电报，这上面提及了最近的重要事项，其中就说到了出海的船员们要多加小心船上的旅客。因此，肯特尔船长对这对R.T.罗宾森父子格外上心，就迅速把这里的情况通过无线电汇报给了公司。

由此可见，无线电的发明及运用，在这次破案的过程中起了一个相当重要的作用。英国一家报刊随后刊登了此次肯特尔船长的致电信息：

这对罗宾森父子不寻常的举动很快就引起我的猜忌，加上最近的传闻，我初步判断他可能就是在逃犯克林本博士。当下我没有及时拆穿他们的身份，而是一直在旁边默默观察着。我怕感觉出了差错，还把此事说给了另一名船员，结果我们都保持了一样的观点。为了船上其他乘客的安全，我们暂时都没有任何行动，依然还是保持周到的服务，暗地里却一直关注着他们的行踪。

克林本博士身旁的少年始终穿着不合身的西装，过于宽大的衣型掩盖住了"他"娇小的身子。可以看出，这西装还被人改良过，有些细节还存在过缝补的痕迹，而且裤子的周围还剩下多余的布料，少年用一个回形针将它用力别起。

这两位当事人还不知外头的风波，海上的游行生活过得还挺滋润，总是形影不离。我们当时也没有把凶手拿下，一来这船已经离岸，想逃生恐怕也是插翅难飞；二来我们也需要考虑其他乘客的人身安全，万一博士知道事情败露，可能会造成无法挽回的后果，我们都无法承受，因此这段时间我们都是安静地观察着他们的一举一动。

为了不扩大影响，我还吩咐比汉，要把所有关于博士的报纸杂志集中收集起来，任何信息都不能被透露出去，免得引起本人的察觉。其实，私底下我们也搞了不少小动作。为确认身份，有一回他们结束午餐的时候把帽子放在了餐桌上，我们偷偷上前查看，结果在帽子里发现一个盖有"杰克逊·诺德大街"的文字图案。而年轻少年的帽子里，里头的商标模糊不清，看来是有意毁坏。不过有个细节倒是蛮有趣的，这少年的帽子因为太大了，在里面塞了不少纸张，目的就是为了方便佩戴。而后，我们还在房间清洁服务中对博士的随身物品进行了谨慎的检查，幸好没有发现有什么危险的物品。我们观察到，登船时候的克林本博士已经跟照片上的他有些不同了，他大部分的时间都不佩戴眼镜，而且每天给自己刮胡须，每天都能看到他光滑的面庞。

罗宾森"父子"的游船兴致很高，整个过程都没有出现晕船的现象。无聊的时候，他们会并肩躺在椅子上，面向大海吹着海风，偶尔还会拿出书籍，假装在看书的样子。我好几回都主动去接触克林本博士，发现他这个人还挺健谈，去过的地方不少，而且还提及这次出行主要是为了儿子的健康，谈话中总会不自觉用到许多专业的医学用词，这可能是他的老毛病了。不过他似乎是有意要让我知道这些，所以才会跟我说起这么多话，而且还偷偷打量我神色的变化，为了就是让我能够信服。其实当下我已经认定他就是那个通缉犯了，但我装作什么都不知情，全程都在配合他的表演。

说起来，我接近这个可疑的男人也是为了确认一个重要的身份信息，我从警官下方的通缉令得知这人的职业身份是一名牙科医生，不过可能是因为年纪牙齿老化的缘由，他自己本人镶了一口假牙。为了知道这人是不是真的跟警官描述里的一样，在谈话过程中，我还三番两次去逗他，引得对方开怀大笑，我下意识地抬头看到了他嘴里的假牙。而那个年轻少年，我猜想极有可能是博士带来的情妇，因为"他"所表现的行为都相当淑女典雅。每次吃饭时，"他"都会低头不语，小嘴巴轻轻嚅动，举止间都展现出一个女性的就餐礼仪。这个少年十分体贴地照顾身旁的博士，不仅亲自为他布菜，还担心博士吃不饱，把自己的食物分了一半给他。这两个人可能处在热恋中，克林本博士对他这个情妇也有着过分的关心，眼神黏腻，一脸宠溺地看着坐在身旁的"他"。

时间到了 7 月 25 日，这天晚上，蒙特鲁兹号准备了一场业余爱好者的音乐演奏会。当晚，博士带着他的情妇一同出席了，两个人都沉醉在美妙的歌声中无法自拔。隔天他跟我碰面的时候，还很开心地讨论昨晚的愉快享受。接着，在音乐气氛的渲染下，我们还谈到了美酒佳肴，他还很认真地跟我介绍说，如果去英国伦敦，一定要去塞尔弗里奇，那儿有一个酒水生产商，里头的酒都特别有美国风味，让我一定得去试试。

这几天相处下来，其实我跟博士已经混得很熟了，如果两个人碰到面，都会亲切地打个招呼。不过，他似乎对自己的新名字不是很习惯，我好几次在身后叫他的时候，他都没有什么反应，直到他的身边人提醒，才恍然反应过来。然后他会不停地跟我解释，说他年纪大了，有些耳背，再加上这海上的大风大浪，他总是一时半会反应不过来，叫我不要见怪。

自从无线电技术被广泛运用后，基本上所有的船舶都会安排师傅管理和检查。博士显然也被这新奇的玩意吓住了，总会心不在焉地抬头看看挂在汽船上的路线，或者等没有人留守的时候，就偷偷来看电信室，每次听到滋滋的火花，总是拍着胸脯胆战心惊地离开。

这案子破了的时候，技工师傅也经常跟我说："多亏这个神奇的东西啊！"

航行的行程在慢慢缩减距离，博士的心情似乎变得更加焦灼不安了。他总是会时不时地看着航海路线示意图，默默地计算这越来越短的航程。不过他身旁的年轻人倒是不受影响。我有时候在想，这个女人真是一个可怜人，如果她知道了这男人的真实面目，处境该是多么不堪！不过这时候她已经深深迷恋上了博士，十分依赖这个男人。想想看，一个年轻少年和一个大叔相拥而至，举止暧昧，整个画面都感觉非常怪异。

蒙特鲁兹号快到贝尔岛时，博士此时已经没有多少耐性了，他总是跑来船长室问我："您知道什么能到达多伦多吗？我赶时间，能不能加快航程速度？"

尽管我能理解他焦急的心态，但也不会因为他而提前结束行程。后来，当我离开船长室时，我们还进行了一番话。他说他想起了以往在美国洛杉矶的日子，不过现在他比较喜欢西部的加利福尼亚，那个地方更适宜度假，并表示自己还在那里买下了一个果园，从此还打算一直长居下来。两个人憧憬着未来快乐的时光，年轻少年挽着伴侣的手臂，笑得一脸满足。说完之后，就一起离开了。

4

对于克林本博士使用毒药杀死自己妻子这一犯罪手法，这还得追溯到之前他跟一位著名的侦探故事家柯蓝·德意路的来往。

两年前，德意路本来计划着一个短期旅行，但在出发之前，他收到了读者的一封来信，信中的内容是这么写的：

前辈您好，我是一名医生，名字叫阿达姆。我特别喜欢您著写的侦探小说，最近我还对其中一个毒杀案件特别感兴趣。不瞒您说，我本身也热衷于一些毒药方法的研究及使用，想来这些实验成果可以成为您下一次写小说时的材料。因此，我想跟您进行一次面对面的交流，把我所知道的医学知识分享给您。希望您能够抽出时间，满足一下我这个小书迷的愿望。请您安排具体见面的时间和地点，我保证一定会按时到达，拜托您了，谢谢！

旅行结束后，两个人就顺利在德沃夏俱乐部约见了。

德意路见到这位阿达姆医生时，发现他是一副乡下医生的打扮，个子不高，留有络腮胡，长得有些莫名的喜感，而最突出的特征是他挂在耳后的高度数的近视眼镜。

阿达姆亲眼见到德意路作者本人时，表现出了极大的热情。

"德意路先生，很高兴能够与您见面，我就是和您来信的阿达姆医生。您著写的每一本故事小说都很精彩，而其中最精彩的是《威尼斯的秘密》。我认为这本书真是千载难遇的好书，能够被人们发现，实在是太伟大了。我最感兴趣的就是其中一章关于毒杀十人会议的描述。想来，为了能在不知不觉中清除掉这十个政敌，主谋者也是在背后费了不少心思。据我了解，这次秘密行动还专门请来了医学师，反复在各种毒药中实验，最后才研制杀死十人会议的秘密处方。而这毒药的研究成果，至今也在威尼斯市的收藏馆中有所完整的记录和保留。"

"的确。这是我一次在斯德哥尔摩旅行时从一家书店淘来的，不过抱歉，这本书我现在没有带来。"

"那还真是可惜啊，其实我就是想来看看您引用的这本书籍，如果我们还能继续见面，恳求您届时能让我阅览一下，谢谢了。"

随后，他们还聊起了很多话题，一个是旅行爱好者，一个是船舶随行的医生，两个人就关于航行的各种趣事展开了丰富的讨论。不仅如此，这位阿达姆医生对一系列大大小小的毒杀案件都十分熟稔，甚至连毒药列表都能够倒背如流。德意路不禁暗暗佩服，此人对毒药的研究，怕是已经到了走火入魔的地步。

当中阿达姆医生还热心跟他介绍了几种他目前研制出来的新型毒药，其中一款尚未命名的毒药的药性十分猛烈。他说，这种毒药关键得在皮下注射，然后可以轻松导致对方心脏猝死，而且还不会被任何人发现。因此，这款毒药可算是非常优秀了。

"不过，这款新型毒药最大的缺点就是臭不可闻。一般来说，它用在死者身上会有三个小时的挥发时间，要是刚好这人是典型的嗜烟者，那么是闻不到这股臭气的。但是也不必过分担心，使用者用一种薄荷丸便可以掩盖一下气味，同时可以遮住注射过的针孔痕迹。这样简单的操作后，无论是哪个专家，都会对受害者真正死亡的原因一脸迷茫，无从下手。"

原来，书迷阿达姆医生已经提前为德意路提供了下一次毒杀故事的材料，他把自己当成下毒者，把有任何隐患和风险都一一考虑清楚了。这是一次完美的犯罪，让任何人都不能抓住他作案的把柄。

德意路只是把他当成一个热心的书迷，听过就算了，并不会当真。于是德意路委婉地拒绝了他的提议："你提出的意见特别好，我领教了，但这恐怕不太吻合小说的发展情节，所以我应该就不会把这个毒药当成素材了。"

阿达姆只是笑笑，不在意。

"我只是觉得，要是能有这么一次绝妙的案件就好了。看来，没有谁愿意相信凶手杀了人还能成功逃脱法律的制裁，想必这才是主流价值观吧。"

不过结束这第一次会面后，他们俩还经常聚在一起，阿达姆依然洋洋得意地说着那些不为人知的毒杀案例，但德意路也始终都是默默听完，然后巧妙转换话题，也没把这些话当成一回事。

后来，德意路再次出发旅行去了，也就没跟阿达姆医生保持联系，不久也慢慢忘记了这位热心的毒药研究爱好者。

直到两年后克林本事件爆发，德意路在大街上看到了阿达姆医生的照片时，才惊觉这人就是那个罪恶凶手——克林本博士。

克林本博士为何要杀死贝尔·爱尔莫？这段孽缘还得从 1889 年的故事说起。

实际上，克林本博士的妻子的真名叫做库尼古德·玛卡莫兹，同时有波兰和德国两个国家的血统。在 17 岁的时候，她认识了克林本博士，两个人陷入了爱河，很快就举办了婚礼，然后就定居在了圣路易斯市。而克林本博士出生于密歇根州冷水村，长大就去了伦敦深造学习，刻苦钻研医术，长达十年以上。学成之后他便返乡，在美国的俄亥俄州克利夫兰市找到了一份眼科医院工作。之后自己也当上了老板，曾经开过两家私人诊所。在 32 岁的时候，他与贝尔·爱尔莫结婚，就在定居的地方重新开了一家私人医院。

克林本博士待人温和，是难得少见的好脾气先生，因此在当地也吃得香,许多人都认识这位有名的克林本医生,还会经常过来到他店里看病。

但这位 17 岁的娇妻似乎不太安分。原来她会甘心嫁给克林本博士,也是因为她心中藏着一个登上舞台的梦想。贝尔·爱尔莫是个音乐家,她喜爱歌剧艺术,每天都能在纽约声乐团报到训练,为了艺术,甚至愿意付出自己的一生。她野心满满,甚至觉得,只要有人给她上台的机会,她就能够一战成名,变成家喻户晓的大明星。为了这一切,她给自己取了一个好听的名字,贝尔·爱尔莫。

不过,即使她的愿望再迫切,到头来也没有等来这样的辉煌时刻。

登上舞台的希望变得日益渺茫后,贝尔·爱尔莫就开始懈怠声乐训练了,反而私底下跟一些音乐家走得很近,其中就有一个人吸引了她的注意,此人便是她后来的出轨对象——布鲁斯·米拉。一开始这位男士就对贝尔·爱尔莫展开了疯狂的追求,他似乎一点都不在意心仪对象已婚的事实,经常会邀请对方一起出席音乐剧典的演出,多次安排约会跟她见面。

由于工作调动,起初克林本博士只身来到了伦敦,在半月街有了自己的居所,并有了另一个新职位,担任了缪雍药品专卖通信公司的第二把手。至此,他的事业也步入了新的台阶,重新开设了一家事务所。克林本的良好信誉也让生意异常火爆,很受当地人的喜欢,大家都对他有着一致的好评,一下子他的人脉也逐渐扩展起来。

他的夫人贝尔·爱尔莫随即也搬来伦敦,两个人风平浪静地相处了一阵子。就在克林本事件爆发的五年前,他们当中还搬过一次家,也就是这次案件的凶手犯罪地点——39 号贺雷德罗布·克雷森街。那儿附近都是住宅区,绿化环境很好,几乎不会被外面街道声音吵到,非常适合居住。然而,就在他们搬家之前,克林本博士因事出差,到外地去了。

就这样一个频繁的亲密接触中，贝尔·爱尔莫终究抵不住这热情似火的追求，在丈夫出差期间，答应了和米拉在一起的请求。后来，她还大胆地跟克林本博士说起了这位情夫，言外之意，就是对自己的丈夫没有多少感情了。

自那时候开始，他们夫妻俩的生活开始走向了下坡路，只要一言不合就会发生口角，无论是冷战还是吵架，这段婚姻生活早已不堪一击，变得十分脆弱紧张。不过，他们对外还是步调一致，让人觉得，这依然是一对感情生活很好的中年夫妇。

贝尔·爱尔莫其实原先也是一个漂亮可爱的小姑娘，一双晶莹剔透的大眼睛，浓密的黑发，左右脸颊是圆滚滚的苹果肌。她从小生活就很好，因此对自己的身材管理很严格，总是维持着适当的体重，不胖不瘦，感觉刚刚好。不过有一点不好的是，她极度虚荣，向往上流社会的生活，总是穿着华丽炫彩的高档服装在各个音乐圈子里交朋友。

在他们关系恶化的期间，贝尔·爱尔莫也失去了对克林本博士以往的耐心和激情，总是喜欢叫上朋友来家中聚会。夫人的冷淡态度和周遭的烦躁，让博士怎么也静不下心认真做研究，对这段婚姻也越来越心灰意冷了。

当博士的世界极度灰暗的时刻，他遇到了一个生命中最重要的一个人。艾瑟鲁·路尼布，就是这位女神拯救了他。这位姑娘可爱、甜美、善良、温和，简直跟他那骄纵的夫人不能相比，她的到来给博士重新找到了恋爱初体验的感觉。路尼布本来是博士工作室招来的助理，在博士刻意制造的工作机会接触中，也对温柔的他有了莫名的好感。不久，他们的感情迅速加温，像熊熊燃烧的草原一般，定下了终身。

克林本博士和贝尔·爱尔莫都有了各自心仪的对象，在生活的交集更加少得可怜，但双方还是保持着一致，没有人察觉到他们夫妻俩的感情已经生变。

后来，贝尔·爱尔莫的心态开始出现问题，她常常会控制不住自己的情绪，一会儿高高兴兴地出门，一会儿又在家里大喊大叫，脾气变得非常不好。到后面她还疑神疑鬼，说是自己对一切任何绿色的东西都无感，甚至是厌恶之极。她只要一看到别人家里是绿色的墙纸，便怎么劝说都不肯入门，还固执说这颜色很不吉祥，看着很扫兴。反而，她还痴迷起粉红色，还大动干戈，把家里大大小小的家具都换成了她喜欢的粉红色。

贝尔·爱尔莫本身是一个很爱虚荣的人，就算她自己没有这样的能力，她也要尽力去满足自己的需要。在准备一场豪华晚宴的时候，她经常需要亲手下厨房干活，同时还要拉上博士去帮忙。朋友光临时，她又立即换上了华丽的衣裳，装作贵妇的样子，出门迎接宾客。贝尔·爱尔莫是一个精力旺盛的人，她喜欢社交，不厌其烦地参加各种名流活动，崇拜精致高级的生活，而她的丈夫更愿意和自己的学术打交道，性格内向古板，不爱说话，沉浸在自己的医学世界，两人始终找不到灵魂深处的共鸣。

当博士站在审判席前，他是这么回忆的："自从妻子出轨后，我们就成了一对表面上的夫妻，人前恩爱，人后分床睡觉。她背叛了我，是她先对不起我们这一段感情……"

但是，感情里的孰是孰非，谁能够真的说得清楚？何况，贝尔已经永久地躺在了棺木里，再也不能为自己说话了。

5

　　不过，有一点相当奇怪，当法庭要传证贝尔的情人布鲁斯·米拉先生时，伦敦警察厅表示，在伦敦各大音乐圈子里，并没有关于这位米拉先生的人员信息。而且贝尔身边的朋友也都说没见过这号人物。博士只是听说了有这么一个男艺人，其他方面也是无从了解。

　　米拉会不会是一个捏造出来的人物？或者是贝尔在失去对丈夫的激情后，自己幻想出来的完美伴侣？不论贝尔是不是这种幻想，但她的目的确实成功了。博士的生活从此变得苦不堪言，婚姻对他来说已不是一种甜蜜的享受，而是坐在牢狱中的痛苦与折磨罢了。

　　贝尔的奢华生活也让这个家庭的正常维持变得有些困难，本来这家里的收入都是靠着博士的收入来提供，可自从博士婚姻变得不幸之后，他的事业也受到了影响，慢慢也陷入了低潮。博士后来换了几份工作，无一例外地都不能长久地走下去。很快他所在的公司因经营不善，一个接着一个倒闭了。不得已，他最后是在一家私人牙科诊所给其他博士当下手。这样一来，他一年的工薪非常有限，勉勉强强能填饱肚子。

　　不过，贝尔似乎不受家里紧张的经济影响，她依然还能收到一堆别人给她送来或者自己花大手笔的高档服装、饰品等等。没有人知道，到底是谁愿意花重金给她创造奢华的生活品质。这样比较下来，她对自己的丈夫也是越发不满。博士每天在家接受她的辱骂，表面上安静得十分可怕，内心却已经是波涛汹涌，堆积着一股怨气。而吵完架的贝尔却可以换完衣服一脸轻松地参加当晚的音乐聚会，丝毫都没把刚才的战火放在心里，踩着高跟鞋开开心心地出了门去。

吵架、抱怨、生气的声音充斥在耳边，路尼布的笑容却令人心驰神往。对夫人的厌倦、憎恶，与对未来的美好憧憬交织在眼前，博士再也不肯冷静地坐下去了。他必须切断与贝尔的一切联系，让这人永远消失。

"反正贝尔·爱尔莫也说自己要去远方了，那不如我来送她一程好了。"

于是他的双手伸向了抽屉。在那个隐蔽的地方，安静地躺着一盒他好久之前买到的一款新型毒药。1910 年，他化名阿达姆，买来一个叫某菲沃斯分子的医学禁品，这款某菲沃斯分子是一种晶体，易溶于水中而且还不会被人发觉。

一切都准备好了，就差一个适当的时机。

很快，他的机会就来临了。有一天晚上，波尔·玛露堤雷特夫妇邀请了克林本夫妇来家里聚餐，当晚大家的兴致都很高，喝了不少酒，贝尔回到家的时候已经醉得不省人事，一点意识都没有，于是博士起身，到厨房给她准备了一杯水。说起来，博士都有给贝尔的床边准备一杯清水的习惯，这也是一种夫妻生活长久以来的习惯了。

当晚贝尔喝下了人生中的最后一杯水，在梦中平静地死去。

6

除掉贝尔之后，博士又安排好了后面的一切。

宴会结束后，博士得知玛露堤雷特夫人身体有恙，还专门去她家中上门拜访。不过接待博士的人是她的丈夫，玛露堤雷特先生知道对方的来意后，特意感谢了一番，然后还问起了贝尔的状况。而博士则表示，夫人很早就出门离开了。

为了让贝尔的离开看起来更加真实，他还使用打字机送出了一封书信，信中是这么写的：

> 亲爱的朋友们，我有一件紧急的事情要处理，此时此刻我已经坐上了去美国的游船上了，抱歉没能及时通知你们，愿我们能很快就见面。再见！安好！
>
> ——你们最好的朋友 贝尔

之后，他还想到，要制造一出贝尔因急性肺炎而"病逝"的意外事件，引出自己伤心难过而决定出门旅行，让自己的"远走高飞"不留下任何疑点。

在这样一个周全的布局中，博士在一个月后给玛露堤雷特夫妇寄出了一封书信。在旁人看来，这就是一个照顾生病妻子的完美理由，言辞间都是关切的词语，并没有不妥当的地方。

不久，整个圈子都知道贝尔已经离开伦敦的事实，有一位叫安妮的朋友还亲自探望了克林本博士。只见他本人一脸倦容，却还是强打精神，跟贝尔的朋友聊起了夫人的病情。安妮看他如此伤心，也不知道该继续说什么好了。

才过了一天，这些人就知接到通知，说贝尔·爱尔莫已于昨夜6点钟病逝。突如其来的打击，让大家不禁对博士产生了同情，纷纷送去了问候。

但当中有两个人起了疑心，一个就是乐器店老板纳什，还有一个就是老邻居莱文斯·斯密司森。他们不止一次地询问夫人出发时所搭乘的船舶名号以及具体的地点，可博士都避而不谈，含糊其辞。

后来，两个人不依不饶，不得已，博士想到了另一条策略。

博士虚拟出一个贝尔的远方亲戚人物，并给贝尔寄了一封书信。

亲爱的露伊斯和罗伯特：

此时此刻，我的心情十分痛苦，提笔写下这封信时我用了很大的力气。想到贝尔一个人孤零零地躺在遥远的地方，身边没有一个人陪伴，我就恨死我自己，要是我跟她一起走就好了，可是现在已经是无法改变这个事实了。就在几个星期以前，贝尔因为远方的亲戚病危，律师委托了她前去加利福尼亚处理一些遗产问题。当时的我实在抽不出时间，只好让她一路小心。完事之后，她又马不停蹄地往回赶，结果路上就生了一场大病。她不肯在路上多花时间，又不肯好好照顾身体，最终得了急性肺炎，总是高烧不退，最后永远地告别了人世间。

得到那边传来的消息，我震惊了好久。我一直都没法原谅自己，总是痛苦问自己，要是当初跟她一起走，说不定就不会发生这种悲伤的事情了。可是这中间我一直都没有收到关于她任何的消息，我刚收到病危通知，十分着急，本来想过去看看情况，可是她之后去了哪里，我一点都不知情！贝尔并没有告诉我她住在哪里。在这之后不久，我就接到了噩耗。这两封冷冰冰的信件告诉我，我亲爱的夫人贝尔就这么匆匆地去了。到这里，我已经不能用什么言语来表达了，我情绪非常糟糕，我迫切得想要见到她的遗骨。然而最终我什么都没有收到，茫茫人世间，我该如何去寻找？我陷入了极度的悲痛之中，恐怕短时间内很难再走不出来了……

克林本

为了让这个"悲伤的故事"有一个完美的结局，不久，博士就告诉亲友们，说自己已经接收了贝尔·爱尔莫的骨灰盒，自己还需要一段时间走出来，让大家切勿挂念，并谢绝拜访。

一个人从撒了第一个谎开始，就要不停地解释更多的缘由来圆第一个谎言。克林本的计划显然是做了万全的准备，为了能够让当中那两个人的疑惑解释清楚，他不惜要搞出一出妻子离家出走而后病逝他乡的大戏。他自导自演，自以为能够瞒天过海，但法网恢恢，疏而不漏，他最终需要为自己的残酷行为买单。

克林本事件曝光的时候，也有很多人在质疑：不爱了可以和平分手，为什么要杀死自己的妻子？总有一万种方法可以选择，但博士偏偏选择对曾经爱过的人痛下毒手。人们议论纷纷，但没有人能给出答案。可能在博士的世界里，痛苦的婚姻对他来说是一种折磨，只有让妻子彻底消失，他才能得到痛快的解脱。他的所作所为已经是不像是个正常人，而是一个极其危险的变态。

7月31日，在肯特尔船长发送的具体位置信息后，尤迪警官和米歇尔刑警赶在船舶停靠的加拿大的法扎海峡，乔装打扮成普通船员，成功拿下了在逃犯克林本博士以及他的年轻情妇艾瑟鲁·路尼布。

三个月后，法院对此案做出了审理。

这次毒杀案有一个最为争议的中心就是博士的杀人手法。严格来说，这种危险品并不在市面流通，只有规范的大药店才有货源，取用者在拿完药品时还需要签名认证。席上，来自圣美林医院的博纳德·史皮鲁贝利博士，讲述了这个毒药的被发现及证实的过程。

"当警官们拿着残骸送到了法医处，我和解剖学者 W.H. 威卢卡克斯以及 A.P. 拉夫博士一起对这些肢解的尸体进行了检验。应该说，在这起案件中我们幸运地找到了一个漏洞，博士在埋葬尸体的时候，将生石灰混入了当中，而恰恰生石灰是一种消毒剂，它能够将药物使用的痕迹保留下来，因而，我们在尸体的内脏中检测到了一种不知名的药物。随后，我们在接下来三天的时间里将药物的具体范围缩小了下来，最后判断受害者生前很有可能是被某药物皮下注射后中毒死亡。为再次确定我们的判断，我们做了一个天仙子碱中毒的实验，发现了这种药物在进入人体后会使人进入亢奋状态，脑子里出现幻想，双眼放大，喉咙干涩，然后扼住人体的呼吸管道，最后彻底死亡。还有一个重要的信息就是，某菲沃斯分子目前还未投入医疗使用，那么，凶犯购买这一款药物时，显然是不怀好意的。"

除了凶犯克林本博士，同行的路尼布也在法庭席上接受案件的审理。路尼布表示自己在知道博士是一名在逃犯的时候也是震惊不已，她以为博士与她情意相合，打算远走高飞，没想到他只是想逃之夭夭。

负责调查此事的巴肯赫德证实了路尼布的说法。

当天下午 2 点半，法庭结束了对凶犯克林本博士的审理，克林本博士按律被处以死刑，而他的情妇艾瑟鲁·路尼布经事实调查，并没有参与到克林本事件当中，最终被当场无罪释放。

博士知道自己的结果，内心毫无波澜，甚至在法医进行举证时，他还能镇定自若，似乎早已接受了这个现实。不过唯一能让他有所牵挂的，依然还是他心爱的女神路尼布。在最后的供述中，他始终都表明，所有的事情是一人所为，路尼布只是被他连累进来了，希望警官能饶恕这位不知情的可怜人。

就在距离自己生日两个星期前，他被送上了行刑台。

知道自己的行刑日期就要来临了，他特意写了一封情书，与亲爱的路尼布永别。

　　亲爱的路尼布：

　　谢谢你拯救了不堪的我。我在这段痛苦的婚姻中挣扎了许久，一度觉得生活没有了希望。是你带着快乐的笑容走入了我灰色的世界中，让我获得了新的生机。感谢上帝把你送到了我的身边，我依然还记得你对我无微不至的照顾，温柔的语气和体贴的态度，真正把我当成了你身旁最可靠的男人。谢谢你为我所做的一切。跟你在一起的日子里，我得到了从未有过的幸福和满足。和你分别至今，我每天都看在你的照片，只有这样，我才能在这空洞无聊的牢狱中回味我们曾经美好的日子里。只有你，才能给我最大的支持和力量。

　　对不起，路尼布，我要跟你永别了。还有两天，我就要永远地离开这里了。我害怕，我害怕的不是那骇人的行刑工具，而是我再也见不到你了。一想到就要与你生死相隔，我就痛苦不已，总是情不自禁地哭泣。

　　没关系，路尼布。我想这是因为上帝的召唤，让我结束这无止境的痛苦和折磨。别担心，路尼布，我将投入到上帝的温暖怀抱去了。这一定是上帝的旨意，他会让我们变得勇敢起来。带着我们美好的往昔，我会笑着离开。

　　亲爱的路尼布，尽管我已经身首异处，请相信，我的灵魂与精神将与你永远相随。

　　　　　　　　　　　　　　　　　　爱你的克林本

保险柜的秘密

1

威廉·路克去往安加·雷·班湖旁边的白色洋房时，正值巴黎的夏季，骄阳似火的天气，令人感到有些难熬。只是再炎热的天气，都不会影响人们对聚会的喜爱。

此次，邀请他来享用午餐的是萨拉·贝鲁拉路。远远望去，颇有气势的洋房与湖水中的倒影交相呼应，形成一幅美丽的画面。

安加·雷·班湖拥有著名的美景，与路克同行的还有两位先生，以及一位名叫玛丽·德鲁尼克的小姐。四人到达洋房时，时间尚早，他们不想错过游湖的机会，便找到一条小船，一起划了出去。

被三位绅士围绕的玛丽·德鲁尼克自然是其中的焦点，她的黑色长发随着微风飘起，恰到好处地显示了少女特有的魅力。此前，路克与这位少女只有一面之缘，他们在一位双方共同朋友的家中见过。不过这并不重要，很快他们就被湖边旖旎的风光所吸引，沉浸在醉人的景色之中。

威廉·路克可不是普通的人物，很多人在提及《蒙特·卡洛的秘密》、《通向胜利之路》等作品的时候，会赞不绝口。身为知名作家，他在探险类的推理小说中所表现出的写作能力和技巧赢得了许多读者的称赞。他本人也喜欢四处游玩，是一位视野非常开阔的英国绅士。

午餐时，主人以及受邀的嘉宾才彼此见面，路克被安排在艾米路·泽拉太太旁边就座，他与泽拉太太相熟已经很久了，当时她年事已高，颇受尊重。

路克没有特别注意坐在自己右边的贵妇，她身材矮胖，全身上下穿着华丽，但略有堆砌之感。看得出，她似乎很想结交路克这样的绅士，整个用餐过程中，她时常寻找话题与路克搭讪。听起来，她的法语并不是标准的巴黎腔，而是夹带着些许乡间的口音，让人感到有点滑稽。由于她没能得到正式的引荐，看起来又不像是出身高贵的太太，而且稍显愚笨，所以路克并不在意她，只是以自己惯常的方式草率应对。

另一边的泽拉太太兴许是感觉到两人之间的隔阂，她探过身，对那位胖贵妇说："不好意思，忘记向你引荐这位绅士，或许你听说过冒险探案作家威廉·路克的大名，这个人就是他，是我的老相识了。"

名气的光环立即起了作用，胖贵妇看向路克的眼神都变得不一样了，她丝毫不顾及围坐在桌前的其他宾客，向路克频频献媚。

据泽拉太太介绍，胖贵妇是特勒莎·文贝鲁特太太。

路克没有听过她的名号，也不喜欢她谄媚低俗的表现，也因此对她仍然颇为冷淡。交际圈的沙龙或者聚会中会遇到各种各样的陌生人，对他来说再平常不过。邀请他来到这里的萨拉·贝鲁拉是刚刚从美国回来的知名艺人，上层社会的宾客们几乎都围绕着她寻找话题，她无疑是本次午宴的主角。而对于这位文贝鲁特太太，路克觉得她不过是一个小角色，没有什么文化底蕴，只是很富有而已。

文贝鲁特太太似乎不甘心被冷落，她考虑了一会儿，像是发现了什么新大陆似的对路克说道："啊，真是久闻您的大名，我刚刚一直在回忆，从见到您的那一刻起，我便有一种似曾相识的感觉。果然，我曾经与您的父亲见过面，真是一位友善的绅士。后来萨拉又多次跟我提到您，向我讲述您的那些著名的作品。艾米路也是我的好友，她可真是令人敬佩，不知道您的写作之路是否仍然走得很轻松，我希望能尽早见到您有新作上市。每当提及作家这个职业，都让我感觉很兴奋。上午我还看到您陪伴我妹妹，噢，也就是玛丽·德鲁尼克游湖，她可真是个精灵，不是吗？如果您与她相熟，那么您应当可以记起我的身份吧。"

可惜的是，即使文贝鲁特太太进行了如此长篇大论的描述和恭维，路克仍然对她一无所知。

她，这个乡间的村妇，原本是一个帮佣，但获得了与主人之子结婚的机会。两人婚后摇身一变，成为巴黎上流社会尽人皆知的富豪。他们的触手遍及整个巴黎，想办法挖掘别人的口袋，尽管她几乎身无分文，却一心想着要追求豪门的奢华。在长达二十年的时间里，这个村妇所获得的一切震惊了整个巴黎。在历史上的诸多诈骗案例中，这也是相当有名的一个案件，人们不得不佩服她伶俐的口齿与聪明的头脑，从一无所有，到与众多上流社会的绅士、太太、小姐们平起平坐，在他们之间恣意周旋，几乎成为交际圈的传奇。这真是一件令人感到匪夷所思的事情。

2

午宴之后，宾客们照例要去院子里的草坪上放松一下身心。路克礼貌地向泽拉太太提起文贝鲁特太太，希望从她那里得到某些答案，泽拉太太倒是没预料到路克会对文贝鲁特太太感到陌生。

"噢，你居然没有听说过那位夫人？这真是有点太大意了，我想你可以看得出她很有钱，她那已过世的丈夫弗雷德里克·文贝鲁特也是很有来头的，你听说过前司法官员古斯塔夫·文贝鲁特吧，他已经去世五年了。我想你已经猜到他们之间的关系了，没错，他们是父子。可想而知，文贝鲁特太太会有多富有，她几乎可以算得上是巴黎甚至是整个法国最富有的女人。她的别墅是很多上流贵族向往的地方，能去那儿参加一场宴会，是很多人梦寐以求的愿望。不过我想你也已经发觉了，这位太太的确不够高贵，也不曾有过拿得出手的特长，她只是很有钱。"

经过泽拉太太的一番介绍，路克认为自己应当为最初表现出的冷漠态度做一个适当的说明。于是他走近文贝鲁特太太，并对她说："请原谅我此前没有留意到您的名号，夫人，尽管我与您的妹妹已经是第二次相遇了。"

泽拉太太的介绍并没有过分夸大文贝鲁特太太的名气，她的确是巴黎尽人皆知的女富豪，人称"格兰达路梅街的女皇"。新闻媒体也对她的花边消息十分感兴趣，她举办的那些极尽奢华的社交宴会都被一一记录下来，并大肆渲染和描述。那些社会名流吸引着巴黎人的目光，不管是高级官员还是艺术家、知名律师、演艺界名人等等，都曾在她的府邸出现过。

除此之外，文贝鲁特太太还拥有两处城堡，分别在威斯吾路的夏特奥·德·威勒库西欧和蒙特·卡罗和博纽间的德·西库拉门的维拉利。不管她身在何处，都离不开盛大的沙龙和聚会。她几乎代表了整个巴黎的时尚前沿，她的奢靡与富有始终是被人津津乐道的话题。

关于文贝鲁特太太已故丈夫的身份，据艾米路·泽拉太太说讲述的是一种说法，还有人说弗雷德里克·文贝鲁特只不过是托鲁吾兹镇一家店铺老板的后人，也有人声称他是当年镇上的一位崭露头角的司法工作者，三种说辞来自于不同的渠道。不过几乎能肯定，他应该与那位司法官员没有任何血缘关系，或许他真的是某家店铺老板的儿子，或者是年轻的司法工作者吧。

当时21岁的村妇特勒莎·德鲁尼克急于为自己寻找一个理想的男友，只可惜她既没有良好的家庭出身，也没有很好的职业。特勒莎生于一个普通的农户家庭，成年之后她与多数生活在底层的村妇一样，去别人家里做帮佣。当然，她拿不出什么嫁妆来吸引未来的丈夫。

当时在法国，出身卑微的女人是很难找到结婚对象的。对她们来说，几乎注定了一生的平凡和动荡不安。可对于特勒莎来说，她显然不愿接受这样的命运。几年之后，她摇身一变，跻身法国上流社会，成为路人皆知的文贝鲁特太太。这些光环当然不是依靠勤奋努力得来的，特勒莎·德鲁尼克身上所表现出的"欺骗女王"的特质，在她年轻时就已经有所显露。

按照常理来看，热衷冒风险的、有野心的女人，都拥有自己独特的长处，比如迷人的相貌、聪明的头脑、高贵的气质、征服男人的能力等等，这些是她们制胜的法宝。然而对于特勒莎·德鲁尼克来说，她似乎没有什么值得称道的优势。不论从哪个角度来看，她只是个普通的村妇，青春没能成为她的资本，她的相貌和体型，在同龄人里，连中等水平都算不上。从她言语和为人处世的方式来看，她的粗鲁特征也展露无遗，不仅毫无素养，有时还会显得很粗俗。

当然，她也并非没有自己的优势，她的思维很敏捷，天性喜欢表演，并且很容易让人产生信任。她擅长看穿别人内心的想法，这一点尤为重要，她的目光似乎可以洞穿身边的每一个人，不管是男人还是女人，都会轻易被她一眼看透。同时，她拥有疯狂追求财富的野心，这一变态的心理促使她以同样的方式四处散布内容相近的谎言，以此换得想要的生活。可以说，她的确是一个说谎专家，凭借这种能力，她实现了自己从普通村妇特勒莎·德鲁尼克到文贝鲁特太太的巨大转变，在格兰达路梅街称霸了 20 多年。而所有这一切，都如她本人一样，是一个不折不扣的"美丽骗局"。

特勒莎·德鲁尼克似乎从未想过自己会因为贫穷而无法结婚，她已经在心里为自己编造了一个不错的故事。在这个故事里，她的一位虚构的伯父扮演着重要的角色，伯父是托鲁吾兹镇的农场主，生意经营得小有名气，当然资产也很可观。某天，这位伯父带着遗憾突然离世，由于膝下子女不多，临终前，他在法定继承人的名单里加入了特勒莎的名字。如此一来，特勒莎便继承了 30 万法郎的遗产。拥有富豪伯父的特勒莎无疑是幸运的，现在她不仅有了结婚的资本，还有了挑选丈夫的余地。

当这个故事编织成型时，特勒莎自己几乎都已经相信了这个谎言。她在心中反复讲述，并不停地修正一些细节，直到最后，她完全认为自己就是那个麻雀变凤凰的幸运女孩，至于她的那位富豪伯父——他从未出现，便已经进入了坟墓。

世界上最精妙的谎言，是连说谎者自己都会毫不迟疑地相信自己的谎言。她编织了这个谎言之后，将自己的小秘密告诉了几个朋友，几天之后，消息已经传遍全村。几天之前，她还是一个穷困潦倒的女佣，几天之后，她已经不得不面对接踵而至的求婚青年。虽然与一位相貌平平、粗鄙低俗的村妇结婚原不是他们的本意，但谁都无法拒绝 30 万法郎的诱惑。如果未来的妻子能带着一笔数目不菲的遗产走进婚姻，那也是相当不错的结局了。

经过精挑细选，特勒莎相中一位不到 25 岁的优秀青年，他的名字是弗雷德里克·文贝鲁特。两人之间的结合，还经历了一段小插曲。遵照当时的法律规定，25 岁以下的年轻人不能自由决定自己的婚姻，要征得父母的认可才行。又因为文贝鲁特的父亲已经不在世，他的母亲便成为特勒莎唯一需要征服的目标。

果然不出所料，那位聪明的母亲在见到特勒莎之后，随即提出了想要查看一下她成为遗产继承人的凭证。

"当然没问题，夫人。"她说，"明天我去巴黎银行拿回那些票据给您。"

特勒莎的表现相当镇定，她心里早有打算。

第二天，特勒莎自信满满地踏上了去巴黎的火车。为了强调自己富豪继承人的身份，她还刻意精心装扮了一番。当然她不可能真的去巴黎，她的目的地是距离不远的另一个村子。那里有一位有钱的中年男人修兰克，他曾是特勒莎拒绝的求婚对象。特勒莎并非是看不上他的钱，而是考虑到他的年纪与生活状况无法满足她想要去巴黎发展的梦想。

虽然修兰克没有成功博得特勒莎的芳心，不过这并不影响两人之间的情谊。特勒莎清楚地了解修兰克的资产情况，她希望修兰克能像大多数法国人那样，将资产换成证券放在家里保管。

事实证明，特勒莎的运气很不错，她不仅证实修兰克手中有她想要的东西，她还成功说服对方借给自己 30 万法郎。当然，这些票据是用来哄骗文贝鲁特母亲的。

这位母亲没有理由阻止一段看起来很划算的婚姻，她立刻同意了两人的婚事。

特勒莎并未打算将自己的真实身份隐瞒到底，她还是坦诚地面对了自己的丈夫弗雷德里克·文贝鲁特。

这无疑是一个爆炸性的消息，对于弗雷德里克来说，要接受 30 万法郎并不存在的事实，是需要一点时间的。不过两人之间的感情十分稳固，夫妻生活也很美满。再加上弗雷德里克是一位略显胆小、懦弱的男人，对于特勒莎的欺骗，他最终也坦然接受了。

想尽办法找到结婚对象之后，特勒莎就已经在盘算着下一步的行动了，她想要离开乡村去巴黎的愿望变得越来越强烈。在她看来，只有到巴黎，才能真正有机会摆脱村妇的身份。凭借她的聪明才智，完全有可能跻身上流社会。她苦口婆心地劝说丈夫，向他描述了巴黎遍地黄金的美好愿景，只要有足够多的智慧，他们完全可以改变现在的生活状态。

闪闪发亮的巴黎打动了弗雷德里克，他接纳了妻子的建议，于是两人很快便收拾行装，动身前往巴黎。

年轻的文贝鲁特与他的太太在巴黎生活得风生水起，文贝鲁特太太很快就凭借她过人的诈骗能力，过上了令人刮目相看的生活。她充分发挥了自己所有的创造力、意志力和聪明的头脑，掌握着巨额财富，游刃有余地成为交际圈里人人羡慕的对象，被所有华丽的光芒所笼罩着。

最令人感到疑惑的是，文贝鲁特太太的巨额财富究竟是从何而来？一位相貌平平、没有任何突出特质的村妇，是怎样拥有庞大的资产的呢？

实际上，文贝鲁特夫妇最初在巴黎的生活还是窘迫的，他们没有什么家底，没有足够的钱财支撑他们在巴黎的日子。懦弱的弗雷德里克想要回到乡村去，但无奈遭到了太太的坚决反对。好容易能在巴黎落脚，文贝鲁特太太当然不会轻易认输。

令人惊奇的是，她很快便倾尽所有积蓄在巴黎的高级住宅区欧贝拉街租了一幢豪华公寓，她的华丽人生由此展开。

整个骗局的核心，也是文贝鲁特太太赖以生存的工具，是一个厚重的保险柜。一无所有的文贝鲁特太太将其放置在家中颇为明显的位置，生怕前来做客的朋友们看不到。人们都清晰地记得自己见到那个保险柜的第一印象——坚固、复杂、封条。文贝鲁特太太的保险柜比普通家庭使用的保险柜略大，看上去很结实，它共有三个锁扣，每个锁扣有相对应的钥匙和打开方式。为了确保没有人会打它的主意，文贝鲁特太太亲自为每个锁上都贴了封条，可谓是万无一失。

1902 年 5 月，文贝鲁特太太的诈骗案件东窗事发的时候，有很多人因上当受骗而遭遇灭顶之灾，其中不乏不明不白死去的人。若要追溯源头，这个保险箱则是最为关键的物品。可以说，文贝鲁特太太之所以能过上她梦寐以求的生活，之所以能创造诈骗案史上的奇迹，与这个保险柜是分不开的。当它进入文贝鲁特家时，整个诈骗案已经生根发芽。

3

回到故事的一开始。

威廉·路克从艾米路·泽拉太太的宴会上回家后，不到一周的时间，文贝鲁特太太惯用的精美信笺就飘飞而至。

路克并不感到惊讶，那天的午宴，他已经切身感受到了来自文贝鲁特太太的好意。

聚会在文贝鲁特太太的府邸，也就是阿贝纽·德拉·格兰达路梅街的那一幢。尽管心里有所准备，路克还是没想到，这一著名的府邸会如此豪华，简直可以与皇宫媲美。房间各处用当季名贵的鲜花装点，沙龙会场以时尚前沿的精美服饰做陪衬。到场的嘉宾都是各界名流，包括艾米路·泽拉太太、官员安里·拉莫路、艺术家琼路·乔等等。

看起来又瘦又高，年近半百的拉莫路先生显然十分乐于谈论关于保险柜的话题，他看着泽拉太太和琼路·乔，似是希望得到他们的支持。路克对这种略显不合时宜的谈话表示不解，他原以为这应当是一场与艺术有关的沙龙。

由于他是初次来到这里，所以并不知道有关文贝鲁特太太保险柜的事。

"嗯？关于各位正在谈论的保险柜，我还不太明白。"他适时地表达自己的想法。

没想到，拉莫路露出了极其惊讶的表情，就好像此时此刻站在他身边的路克是外星人。

"居然还有人没听说过文贝鲁特太太的保险柜。"他说，"这个名声在外的保险柜里面的财富足足有400多万法郎呢。来，跟我来。"

拉莫路有点迫不及待地牵着路克的胳膊，向放置保险柜的房间走去。

那是一间同样装饰很奢华的房间，尽管比沙龙所在的房间稍小。正有几位宾客坐在阳台上呼吸新鲜空气，在如此炎热的天气里，长久地待在房间里还是会感觉到憋闷。拉莫路用手指着阳台对面的角落，路克只是稍稍转移了视线，就看见了那个传说中的保险柜，因为它实在太大，太明显了。那一瞬间，路克就确定了它备受关注的原因——超乎寻常的尺寸、一道又一道的锁扣以及复杂的封条。

如果说这里面装满了现金或者证券，那么文贝鲁特太太的确拥有令人羡慕的财富。保险柜的大小足以成为房间的装饰品，但很明显，它的笨拙姿态又使其无法成为装饰品，而因此显得尤为突兀。不过这或许才是文贝鲁特太太的本意，她希望让尽可能多的宾客看到它——看到上面那坚固的锁扣和封条，看到填满锁孔的红蜡，看到捆绑锁扣的真丝飘带。看得出，飘带历经岁月的洗礼，已经变了颜色，但它们都是财富的见证者，它们都是文贝鲁特太太奢华生活所不可或缺的组成部分。

路克并不羡慕这大号的保险柜，相反，他认为保险柜放置的场所分明是带着些许讽刺之意。碍于拉莫路先生，他也不好讲得太直接，只得像其他人那样恭维了几句，又询问保险柜的来历。

拉莫路先生的神情却像是要公布一个天大的秘密似的，他一本正经地告诉路克，保险柜里放置的财产是多数人倾尽一生都无法见到、甚至无法想象出的天文数字。

这样的说法倒是牢牢地吸引了路克，谜一样的传说激发了他身为侦探小说作家的好奇心，他忍不住想要发掘其中可能藏有的秘密，在那个异常炎热的晚宴里，这样的想法始终环绕着他。

文贝鲁特太太的聚会从来都是名流聚集的，路克遇到几位熟人，也看到了知名检察官瓦鲁德克·卢松教授、伊库里大使夫妇等广为人知的社会名人。可以说，文贝鲁特太太举办的任何一场沙龙都是近年来法国最高端的名流聚会。

整个秋季，路克都是在文贝鲁特家族的古堡里度过的。威勒库西欧的景色很美，那位黑发美少女马德蒙泽路·玛丽·德鲁尼克与哥哥罗曼也加入其中，罗曼比妹妹年长三岁，性格乐观开朗，很讨人喜欢。那段时间，共有17个人住在古堡，他们去往夏奥特的林地里狩猎。在这期间，路克表现出了极高的狩猎技巧，收获颇丰。毕竟他年少时热衷探险和狩猎，也有过不错的成绩。

这看似无忧无虑的生活，其中隐藏着不为人知的欺骗。

整个谎言都是特勒莎·文贝鲁特凭空编造出来的，可谓是二十年来最严重的诈骗案。案件真正暴露之前，没有人会相信它的真实性，但它就那样存在着，在格兰达路梅街那幢有名的府邸中的大型保险柜里。那里面的东西，带给人们的无尽畅想，帮助文贝鲁特太太"换来"了200多万英镑。这是板上钉钉的现实，不是依靠漫无边际的想象创造出来的故事。

身为案件的主角，一位毫无素养的村妇，没有任何优势，也并不高贵的女人，居然要得许多名人们团团转。或许正是她平庸的特质，让人们误以为她不会做出什么惊天地泣鬼神的大事，才更容易相信她。也因此，她将这一骗局保持了足够长的时间。多数受害人都是贵族、企业家、律师、官员等大人物，他们不乏聪明智，也经历过人生的波折，可谓是见多识广。然而当他们面对文贝鲁特太太的骗局时，却丝毫没有抵抗力，这也证明了文贝鲁特太太善于了解人心的特质，她懂得如何让人们相信她的话。

后来法庭的记录里显示，每一位不幸上当的受害人都有相似的经历。很明显，文贝鲁特太太刻意为他们订制了圈套，在面对不同的人时，她只需要稍加调整，就能让猎物准确地掉进陷阱。

4

格兰达路梅街府邸的保险柜广为流传，凡是见过它、听说过它的人，都会产生强烈的好奇心。大作家威廉·路克的心里也产生了强烈的好奇心，究竟是什么样的财富，才需要这样一个巨大又结实的保险柜？每个人都在猜测，每个人都渴望得到答案。于是，它成为巴黎人的话题，时常被提及，被谈论。当然如此重的好奇心也轻易就会被利用。

事发之后的调查显示，特勒莎·德鲁尼克的家乡是波塞鲁村，在托鲁吾兹旁边的某个地方。她父亲德鲁尼克自称是因普鲁士战乱而流落乡间的伯爵，这位老先生穷得一无所有，只得设法艰难度日。附近的村里人对他的遭遇并不觉得好奇，因为战争，很多贵族都有此噩运。

事实上，德鲁尼克不可能真的是伯爵，他只是随意胡言乱语而已，特勒莎的欺诈能力也可能是来自他的遗传。父亲去世时，特勒莎便声称家族里有一处落座在塔伦的马路科特的古堡是父亲留给她的遗产。据传，她也曾经以此来诱惑弗雷德里克·文贝鲁特，让对方甘心情愿与自己结婚。前文中也提到，她是使用欺骗的手段用别人的票据博得了文贝鲁特母亲的好感，这样的情节应该更准确一些。

而在夫妇两人去往巴黎之后，有限的生活费迫使特勒莎不得不与丈夫租住在普罗旺斯街的廉价公寓里，弗雷德里克在律师所谋到一份差事，而特勒莎则像平民的家庭主妇那样打理生活。即使如此，她也从未放弃那座深埋在心里的古堡，她有意无意地将这些秘密消息告诉身边的人，以期他们能帮助她传给更多人。

功夫不负有心人，经过一段时间之后，街道上的小商贩都开始相信她的话，在售卖物品的时候她便可以赊账。事实上，弗雷德里克几乎都对她所描述的古堡坚信不疑，可见特勒莎欺诈的技术已经修炼得登峰造极。为了避免空口无凭，特勒莎甚至还准备了一套古堡的主人所拥有的官方文件，当然这些文件都是假的。不过正是这些文件加上特勒莎的一张嘴，他们才终于借到一些钱，住进蒙旧街。借助莫须有的古堡骗局，他们还轻松地以赊账的方式换回很多家居用品。

　　只是，看不到钱的商贩们是不会轻易上当的。果真，好景不长，当某位商人利用出差的机会亲自去塔伦寻找一番之后，一切都清楚了。所谓的"马路科特古堡"只是空穴来风的谎言，这世上从未真正存在过这样一座古堡。那段时间里，特勒莎被债主们逼迫得焦头烂额，但即使是面临如此艰难的境地，她都没有想过要放弃。过了不久，关于特勒莎·文贝鲁特太太的新闻传遍整个巴黎，传言的内容是，特勒莎·文贝鲁特太太巧遇一位外国富翁，并讨得富翁欢心，从而得到了一笔8万英镑的遗产。

　　与此同时，文贝鲁特一家快速住进高级街区的豪华公寓，而后那个传说中的保险柜随即出现。

　　从那以后，很多进进出出的宾客都会留意到这个保险柜，他们通常会说："这个保险柜可真是气派啊，太太，究竟有些什么重要的东西，需要这样一个保险柜？"

　　与房间整体装饰格格不入的保险柜所带来的效果，是文贝鲁特太太早就预料到的，每当这时，她就会装作轻描淡写地回答："啊，把它放在这里真是太煞风景了，你一定是这样想吧。可实在是没有办法，自从继承了国外的遗产，我就非得需要这样一个保险柜不可。1000多万法郎的财产真的是太多了，只有它才能装得下。可它实在太重了，没有人愿意帮我把它挪到二楼的房间里去。"

与文贝鲁特太太轻松随意的神态形成鲜明对比的，是听到这一消息的宾客们大为吃惊的神情。根据汇率换算，1000 万法郎相当于 400 万英镑，可不是传闻中说的什么八万英镑。宾客们丝毫没有怀疑其中的秘密，他们眼中只有对文贝鲁特太太的羡慕。

在那之后，文贝鲁特夫妻购买了阿贝纽·德拉·格兰达路梅的豪宅作为府邸。

事情沿着特勒莎期望的方向发展，很快文贝鲁特夫妇成为巴黎当之无愧的富豪。很多有钱、有地位的名流聚集在他们身边，想要博得一丝好感。特勒莎也特别挑选了诸如艾米路·泽拉夫妇、萨拉·贝鲁拉路这样拥有财富、地位和人气的人结交。丈夫去世之后，文贝鲁特太太更加肆无忌惮，她挥霍无度，几乎引领着整个巴黎的交际圈。

结识威廉·路克之后，她很快也将他放置在了好友的名单里。

至于人们整日里惦念的那个大型的保险柜，就那样搁置在房间里，没有人真正看见文贝鲁特太太打开过它。那么，身为"巴黎女皇"的文贝鲁特太太的生活来源究竟是怎么回事，保险柜里的秘密又是什么呢？

时间追溯到特勒莎婚后的第二年，9 月的天气仍然闷热，一辆开往贝鲁艾路的火车上，乘客并不太多。年老的富翁独自坐在某节车厢里，享受着由巴黎去往贝鲁艾路的旅程。车厢是密闭的空间，几乎没有空气的流通，加之火车暴露在乡野轨道上时，艳阳的炙烤与地面升腾的热气，使得车厢里的空气越来越稀薄，越来越憋闷。当一阵阵眩晕感袭来的时候，克洛弗德感到自己很难再勉强支撑，经过蒙斯吾路之后，他便不由自主地晕倒在过道里，发出轻微的求救声音。

恰巧特勒莎·文贝鲁特也在这列火车上，更巧合的是，她刚好在隔壁车厢听见了克洛弗德的求救声。起先她透过门上的玻璃窗张望，试图确定究竟发生了什么。后来她看到了倒在地上的克洛弗德，但不清楚他到底是出了什么状况。她用力敲窗户，但是没有得到回应。

接下来，她做了一个大胆的决定。身轻如燕的特勒莎从窗户爬出去，经过两节车厢间的通道，又通过老富翁所在车厢的窗户进入内部。此时，老人已经奄奄一息。

她急忙找到随身带的药，放到老人鼻子底下给他闻了一会儿，又将他扶到椅子上，帮他做辅助的按摩。经过特勒莎及时而又无微不至的照顾，老人终于脱离危险，清醒过来。克洛弗德表示自己心脏不太好，出门在外时始终加倍小心。可没想到巴黎的天气实在太过炎热，才令他旧病复发。他十分感谢特勒莎为挽救他的生命所做出的努力，两人像是许久未见面的朋友那样开心地聊天，直到火车到达最终的目的地。

克洛弗德再次表达了对特勒莎的谢意，并在道别之前完整地记录了她的姓名、地址等信息。

末了，他对特勒莎说："今天真的非常感谢您，太太。我想我们今后会有再相见的机会。只是您也看到了，我的心脏不太好，年纪又比较大，很难说还会不会遭遇此类情况。倘若我们无法再次相遇，我将会以我的方式向您表达真诚的谢意，届时请您不要惊讶，也请您坦然接受。当您对我施救的时候，或许没有注意到我随身带着的一笔数目不菲的现金，又或者您已经注意到，但并未在意。事实上，如果碰到那些图谋不轨的人，金钱是小事，恐怕我的性命都要搭进去。所以，太太，您的帮助尤其值得称道，您救了我的性命。请相信我会牢牢记住您的举动，并且会在适当的时候，向您表达我最诚挚的谢意。"

据说这位老富翁还将自己的信息留给了特勒莎，而后就彼此道别，他还要去往阿维尼·德湾森路去处理一些事务，所以不能耽误换乘火车的时间。

两年之后，特勒莎·文贝鲁特自己都已经记不清那个"美女救英雄"的事件究竟是怎么一回事了，却突然收到来自纽约的一个律师函，里面清楚地说明了那位老富翁去世时已为她准备了一份丰厚的遗产，以此来报答她曾经的好意。很快，8万英镑的遗产继承事件便传得沸沸扬扬。

这一场意外的遭遇被说得绘声绘色，不管它究竟是否真的发生在特勒莎的旅途中，都已经被她很好地利用起来。一次与芝加哥富翁罗伯特·亨利·克洛弗德的生死之旅，幸运的文贝鲁特太太成为众人瞩目的明星，富翁对她的回报成为"摇钱树"，与那个大型保险柜息息相关。

特勒莎的欺骗能力的确天赋异禀，其他听众都沉浸在她的说辞中不能自拔。

当然，所谓火车上的偶遇以及千钧一发的救助，都是特勒莎·文贝鲁特精心编制的一个故事。芝加哥的富翁中根本没有名叫罗伯特·亨利·克洛弗德的，甚至整个芝加哥就没有这样一个老人。

然而传言总是千变万化的，在人们不断地想象与描述中，最初的8万英镑很快又变成了100万英镑，接下来随着人们高涨的热情，这一数额又成功升至400万英镑。

随后长达二十年的时间里，文贝鲁特太太的资产都是巴黎的热门话题。人们不知道文贝鲁特太太究竟拥有多少资产，但传言只会越来越夸张。似乎法国人坚信，只要履行过必要的法律手续，文贝鲁特太太接手庞大资产是不成问题的，人人都崇拜这位幸运的女人。也有人说，当时文贝鲁特太太债台高筑，被债主们逼迫到走投无路，才编造出一个芝加哥富翁罗伯特·亨利·克洛弗德，而后又因此将自己打造成"被上帝眷顾的女人"。自此，特勒莎想尽办法让更多人相信这一虚构的故事，并编造一整套情节让它继续延伸下去。不管是火车上的幸运偶遇、救人于危难，还是后来从天而降的法律文件，都是文贝鲁特太太从一开始就准备好的说辞。她甚至准备好了老富翁罗伯特·亨利·克洛弗德的遗书和其他按照美国与法国法律所需要的相关文件，厚厚的一叠官方文件让整个事件看起来更有说服力。

遗产事件让特勒莎·文贝鲁特太太一夜成名。原本一无是处的她成为受人尊重的女人。鲜花与掌声缠绕着她，她无疑已经成为人群中的焦点，"名副其实"的女首富。

只是，特勒莎的故事编造得再精彩，她都不可能拿出现金。为此，她需要寻找一个恰当的理由来说明这一情况。按照文贝鲁特太太的说法，老富翁的两个侄子要求与她同时分享这笔资产，也就是说，他们各自期望能得到三分之一的数额。文贝鲁特太太当然不肯轻易放手，于是两位侄子借助美国法律提出诉讼，试图讨回他们认为的公道。面对来之不易的庞大资产，文贝鲁特太太要好好想想应对的方法了。她多次向周围的朋友讲述这突如其来的遭遇，只是看起来并不沮丧，她似乎对自己的官司还是比较有把握的。她对朋友们说："我在美国聘请了精于此类案件的著名律师，他告诉我，即使是侄子，也没有权利分得我的这一份财产。因此如果他们一定要诉诸法律，必然是会失败的。不过既然他们已经走上这条路，在法院给出最后的结论之前，这笔财产我还是不能使用。保险柜被封印得很牢靠，没有人有权利破坏封条，这多少会让人感觉不愉快。不过我从来不会为官司感到忧心，我当然会打赢的，这只是时间问题罢了。"

针对官司的问题，人们也想到过最坏的结果。即使文贝鲁特太太没有打赢官司，她至少也还能留下这笔巨额财富的三分之一，也就是1333333英镑，这也已经是不小的数目了。所以，不管官司的结果如何，文贝鲁特太太都不会吃亏的。

文贝鲁特太太编制出的一系列复杂情节和厚厚的法律文件令人感到眩晕，人们都失去了分辨真假的能力，巴黎人都相信她的确是遭遇了一点点挫折，但无碍大局。很多人都见过那些堆积如山的资料，包括富翁侄子的口供、代理律师的文件、身份证明、死亡鉴定等等。二十年以来，没有人怀疑过这些文件的真伪。

凭借精心炮制的故事，文贝鲁特太太瞒过了诸多巴黎顶级的人物。有人为她支付着高昂的律师费，有人甘愿为她提供临时的开销，也有人乐于帮助她过上奢靡的生活。那些富豪、名人、官员、艺术家纷纷向她抛出橄榄枝，与她成为挚友。当然，他们的付出并非是不求回报的，文贝鲁特太太答应他们，当她可以随意支配这份遗产的时候，将加倍偿还他们的钱。

文贝鲁特太太无愧于"女皇"的称号，她不仅拥有坚强的意志力，还拥有绝佳的演技。对于普通人来说，恐怕维系一年的虚假人生都需要付出莫大的天赋和努力，像她这样整整维系二十年，简直犹如天方夜谭。想必她也是度过了数个难眠之夜，实在是非常不易。特别是当她成为交际圈的女王，格兰达梅路街的神话之后，奢华到极致的生活状态，服饰、宴会、度假、狩猎等等贵族般的生活令她倾尽钱财。可她似乎根本不在乎，这些钱财对她来说一点都不是负担，它们像是从天而降，唾手可得。那些借款人手持一份借据，就敢于将自己的一部分积蓄拱手让给文贝鲁特太太，实在是不可思议。

都是那个大型保险柜惹的祸。他们太过相信文贝鲁特太太收入囊中的财富，那个早就在她身边的、具有魔力的保险柜。二十年以来，文贝鲁特太太始终让人们相信她无时无刻不在努力，想要早点得到打开保险柜的许可。她甚至主动将那两位与之争夺财产的侄子告上法庭，而后法庭根据相关情况做出了有利于文贝鲁特太太的判决。巴黎的新闻媒体一直都在追踪这件事，所有人都等待着关键时刻的到来。然而，所有这些紧张的情节，都是文贝鲁特太太的杰作，她不停地与远在美国的虚拟的人物和法庭做斗争，以博得民众的信任，特别是那些债主。一方面她期待打开保险柜，另一方面又强烈遏制了这种想法，拉锯式的过程牵着人们起伏的内心。

我们不得不敬佩文贝鲁特太太的超强能力，就连当时巴黎著名的法律专家都很难想象，她是怎样将有关法律的这些细节表述得既清楚又合理的。

5

官司热火朝天地进行着，村妇特勒莎·文贝鲁特的贵族生活也逐渐达到高潮。1897年，文贝鲁特太太在高端服装上的消费达到5180英镑，她是巴黎顶级服装店东赛和沃路兹的忠实顾客。她在另一家店铺购买礼帽的消费也达到850英镑。一无所有的她，依靠自己的头脑和欺骗技巧，博得别人大量的借款来挥霍，真是难以置信。

最早对于文贝鲁特太太这套说辞产生怀疑的是一位名叫德拉托的金融家，他也是文贝鲁特太太的债主。借助赴威勒库西欧作客的机会，他随口问了一句："那位富翁的侄子现在仍然在美国吗，他们住在哪里？"

"波士顿附近的某地。"文贝鲁特太太答道。

几天以后，德拉托亲自远赴美国，在波士顿当地雇用了私家侦探进行调查。当然，无论这位侦探如何找寻，都没有任何关于克洛弗德家族和他们后裔的消息。

不久之后，文贝鲁特太太的债主之一——建筑商安里·瓦萨东财务紧张，濒临破产。他手握收据，欲向文贝鲁特太太讨回 50 万法郎的欠款。当然，文贝鲁特太太没有答应他。而后，不幸的事情发生了，这位走入绝望的商人在博多·布罗纽向自己开了一最后枪。

不过这并不是文贝鲁特太太案件中唯一的染血的悲剧，先后有斯卡兹曼·波鲁、贝鲁拉路和基拉鲁德三个人因为欠款无法收回而导致无法继续自己的人生之路。

对于这场惊天大骗局的制造者文贝鲁特太太来说，好日子也总有到头的时候。那天，文贝鲁特太太与几位客人在格兰达路梅街的府邸里喝茶、谈天。其中一位金融界高管琼路·比萨随口问了一句："太太，您是否真的看见过保险柜里保存的那些巨额财富？"

文贝鲁特太太对这种随意抛出来的问题早已司空见惯，并没有放在心上，她只是微微一笑，说道："当然，是我亲手封存了这个保险柜，怎么可能没有见过里面的东西呢？"

"噢，它们是现金吗？又或者是债券？"

"当然是债券。"

"法国的债券吗？"

"对，一年期的。"

此时，文贝鲁特太太也并没有意识到自己的失误，事实上她还稍微感觉轻松了一些。

但对于比萨来说,事情可就没有这么轻松了。他心里的疑问越来越多,越想就越觉得惊讶,他几乎已经有了答案,但表面上还是极力维持镇定。

正是这几句简单的对话,让文贝鲁特太太的欺骗暴露无遗。

按照法国的规定,一年期的债券必须在当年兑成现金。也就是说,如果文贝鲁特太太保险柜里真的存放有大量的一年期债券,那么她必须每年兑换一次。所以,所谓由于法律问题而长时间不能打开保险柜的说法显然是不成立的。

在这里,我们不得不对琼路·比萨表达敬佩之意,当他发觉这一起惊世大骗局的时候,尽管也感到阵阵寒意,但是他完美地控制了自己的表情和神态,在文贝鲁特太太面前表现出并不在意的样子。也因为如此,文贝鲁特太太没有意识到自己的失误,很快他们就将谈论的内容转移到了别处。

时间的确已经过了太久,文贝鲁特太太的债主们渐渐也开始不想再继续等下去。他们联合起来,试图通过法律来强制文贝鲁特太太开启保险柜,偿还他们的债务。

1901 年的某天,债主们聚集在一起,商讨了相关事宜。根据他们粗略的计算,二十年来,文贝鲁特太太的借债以及花费在大洋彼岸的那个官司的诉讼费用,合在一起已经变得非常惊人。据估计,即使文贝鲁特太太继承了保险柜里的所有财产,恐怕也很难还清所有债主的钱。彼时,债主当中的很多人都对文贝鲁特太太所继承的遗产抱持不信任的看法,于是他们开始加紧动作。

瓦鲁德克·卢松先生被选为债主的代表,他一方面向巴黎的报纸透露文贝鲁特太太的骗局,一边与法庭交涉。艾米路·泽拉与预审官波鲁森则帮助卢松搜罗证据,寻求支持。如此一来,法院当然也必须要有所作为，才能给受害者们一个交代。

1902 年 5 月 9 日，法院最终判决要文贝鲁特太太打开保险柜，听到风声的特勒莎·文贝鲁特以及罗曼和玛丽·德鲁尼克兄妹，在案发前一天夜里逃之天天。

打开保险柜的过程吸引了整个巴黎人的关注，在场的有艾米路·泽拉、瓦鲁德克·卢松、新闻媒体、警察、债主代表等等。

他们的愿望终于实现。当保险柜被强行打开之后，摆在里面的东西令人瞠目结舌。经历过事件的巴黎人都还记得，那是两粒贝壳形状的纽扣。

没错，在这个偌大的保险柜里，就只有两粒互相陪伴了二十年的纽扣而已。这样的结果真是让人忍俊不禁。

起先有人料定文贝鲁特太太已经顺利逃往英国，并且在斯卡特兰多·牙德过着惬意的生活。后来有人追踪到一张里昂银行的支票，变现提点是在西班牙的马拉，签名人是罗曼·德鲁尼克。警探们以此为突破口，将马德里生活的文贝鲁特太太以及罗曼、玛丽·德鲁尼克兄妹都找到了。那时他们声称自己是美国人，并且正准备逃往下一个落脚点。

1903 年 2 月 6 日，文贝鲁特太太诈骗案的审理在塞尔鲁县巡回法庭开始。这一惊世骇俗的案件，经历了较为复杂的审理过程，整整持续了八个月。没有人能切实计算出文贝鲁特太太的诈骗总金额，但是，能够找寻到确切来源的金额，已经超过了 500 万英镑。她肆无忌惮地骗取身边的每一位朋友，特别是那些上流社会的名人。

最终，那个夸张的大型保险柜成为布兰修街古董店的一道独特的风景，很多民众会跑来参观这个曾经引起人们强烈好奇心的物件。但人们翘首期盼的、文贝鲁特太太的巨额财产，不过是两粒纽扣而已。

战云中的蜘蛛女怪

1

故事要从 1911 年的夏天说起。

首先出现在画面里的，是疾驰在波兰山野中的火车，它来自俄罗斯，正朝着德国柏林的方向行驶着。

驶出俄罗斯国界之后，视野变得开阔起来。透过窗户向外望，可以看见大片碧绿色的草地，吹进车厢的风，都夹杂着泥土和青草的芬芳。

头等舱的其中一个房间属于俄罗斯人露奥普·梅里科夫，他正悠然自得地享受着窗外的风景以及沁人心脾的夏季微风。几个月之前，这里还是一片荒凉，如今已经长满绿色的植被，山间不时有村落出现，红色屋顶的可爱小房子，正是西欧的风情。

但是，此时的梅里科夫并不轻松，他关注着火车的速度，因为他要尽快赶到巴黎去。

火车很快抵达波恩站，稍作停留，便再次出发。

不一会儿，来自走廊的吵架声吸引了梅里科夫的注意。他警惕地坐起来，仔细听着外面的动静。

争吵的双方分别是一位列车员和一位贵妇。听上去，列车员的态度不够友好，而贵妇自然也是不甘示弱，两人便吵了起来。从两人的对话来判断，这位贵妇似乎买了一张无法兑现的车票，包厢已经没有空位了。

"你看，这张票是在波恩买的。"贵妇用一贯的任性又嚣张的口气向列车员发难，"就在三个小时以前，我的管家特意叮嘱车站的售票处，要给这辆车打电话预留包厢。你好好看看，车票上明明写着车次和包厢号的，不是吗？"

"看起来好像是这样的，不过车上的确已经没有多余的包厢了。"列车员似乎并不打算讨好这位贵妇，"对不起，我帮不了您。"

显然这位贵妇并不罢休，她气冲冲地质问："那你打算怎么安排我的位置？你要给我一个稳妥的解决办法，总不能把我丢在这儿站着。"

"噢，当然，当然。若是您一直站在门口的话就会妨碍到别人，我看您还是在下一站打道回府吧。"

"啊？凭什么！"

"既然没有空置的包厢，您就得下车啊。"

"那我的旅程怎么办？你怎么能这样对待我？把你的工牌拿来给我看看，我一定要去投诉！"

很快，走廊里变得混乱起来。列车员固执地坚持自己的处理方式，态度粗暴。而那位无助的贵妇似是从来不曾受过如此委屈，竟然号啕大哭起来。

此时的梅里科夫再也无法忍耐了，列车员的态度已经挑战了他的底线，他走出包厢，决心解救这位贵妇。

刚刚来到走廊上，他就看见了这位 25 岁左右，衣饰华贵的女子。

"先生，你对这位女士的态度简直太难以容忍了。"梅里科夫挡在贵妇面前，怒气冲冲地看着对方道，"即使是车站弄错了票，那也是你们工作中的失误，您怎么能赶她下车呢？难道您不应该在旅途中竭尽全力帮助乘客解决困难吗？"

这一幕英雄救美演绎得如此动情，恰好在某些人的预料范围之内。

2

事情还要从四天前说起。

富恩·林登伯爵夫人是柏林·多洛特街有名的贵妇，也是当局在间谍活动中的杀手锏之一。当她收到上级的一份密令时，便盘算好了关于火车上的行动。

根据密令里的表述，在四天之后，从俄罗斯开往柏林方向的火车，会有一位肩负着重要使命的男士，行业内称之为"外交邮递员"。在相关高层机构，总有些秘密文件是不能简单地通过邮寄的方式来传送的，外交邮递员就相当于是一个秘密送信人。当谍报中使用的密码一次又一次地更换时，替代旧密码的文件是不能随便作为普通邮件的，通常都会选择一位外交邮递员来传送。

这一次的邮递，是将俄罗斯外交部的文件送到俄罗斯驻巴黎的使馆。需要特别说明的是，外交邮递员并非是专属的职位，担任这一角色的或许是政府机构的办事员，或者是低级别的外交官。总之，什么样的身份都是有的。

富恩·林登收到的命令是来自德国外交部门的，命令中提到，俄罗斯的外交邮递员将从尼古拉·罗曼诺夫宫廷接到密信，然后乘火车到柏林，再辗转送到巴黎的使馆。

经验丰富的林登伯爵夫人当然知道自己的任务是什么，她最擅长的也是此类工作。

很快，伯爵夫人从侦探部门的主管那里得到了一份文件，行业内称之为"文字肖像画"，顾名思义，是对一个人特征的详尽的文字描述。

关于那位邮递员的描述是这样的：露奥普·梅里科夫，男，年龄32岁，白俄罗斯人，近乎狂热地信奉希腊正教，且精通英文、德文、法文等多国语言，甚至还因自家兄长在缅甸做生意的缘故，懂一点缅甸语。他担任过近卫军的中队长，是颇为有名的反德派，对于英美也极其厌恶。只是对自己的信仰颇为疯狂，不管是宗教还是主义，或者是主张，都绝对坚守。在行业内，人们都觉得他是英勇、正直、坚毅且绝对不可能被收买的人。然而他唯一可以称得上弱点的，是比较容易动情，喜欢美丽的女人。

以上都是德国相关部门进行细致调查之后得出的结论，他们一向很严谨、很细致，得出的结论自然也都是很准确的。而对于富恩·林登伯爵夫人来说，这些信息完全够用的了。

她做了些许准备，然后摇身一变，成为一位被娇宠坏了的贵妇，出发前往波恩车站。

火车停靠波恩车站之后，走廊上发生的那一幕，当然是预先设计好的。

列车员看到一脸正义的梅里科夫，立刻就改变了态度，他表示自己此前的确是有点过分，既然有人出来替这位女士说话，自己也就没什么好计较的了。

风波很快就平息了，当然贵妇也不再需要寻找包厢了。富恩·林登伯爵夫人简直不敢相信自己会有这般好运气，她带着夸张的惊喜表情，高声说道："您真是我的救星，真没想到，我居然能在这样黑暗的地方遇到光明。您就是为我带来光明的神！"

"想必您也是去往柏林的吧。"伯爵夫人以一副优雅的姿态将印着家族徽章的名片一直递到梅里科夫手中，"请您务必在柏林停留期间来我家中作客。我先生要是得知您的仗义之举，一定也会想要见您一面的，请允许我们再次表达谢意。"

两人在车厢中共进晚餐，期间伯爵夫人恰到好处地表现出自己的优渥家底，还频繁地提及她的丈夫。一位忠于丈夫的美丽伯爵夫人，让梅里科夫产生好感，又格外放心。只是，对于伯爵夫人的好心邀约，他并没有立刻答应。

事实上，火车上的德国间谍并不只有富恩·林登伯爵夫人，还有其他人在窥视着梅里科夫，这个人，就是与伯爵夫人争吵的列车员。当然，那场惊心动魄的争执，不过是一场事先安排好的戏。

梅里科夫需要在柏林转一趟车才能去往巴黎。到站时，他热情地与美丽的伯爵夫人道别，准备去另一个站台搭乘去巴黎的火车。

等车时，他的大脑开始不安分起来。尽管他在车上时没有明确表示接受伯爵夫人的邀请，但稍作停留去拜访一下，也无可厚非。何况，对方再三提及自己的丈夫，想来不会发生什么意想不到的桃色事件。一想起自己只是匆匆地在站台上的人群中与夫人道别，梅里科夫便心有不甘。他反复地在内心深处试图说服自己多留一晚，并不会耽误送信的时间，最后，感性占了上风，很快他便离开车站，找到一家不起眼的旅店，开了个房间，放下个人物品。

随后，这个英俊的白俄罗斯人、多情又极富正义感的男士，正热情满满地站在柏林·多洛特街的一栋房子门外，这里便是林登伯爵夫人名片上的地址。

出门迎接的富恩·林登伯爵夫人依旧美貌，只是脸上泪痕未消。这完全出乎梅里科夫的预料，他不仅露出吃惊的表情。

夫人先是表示了抱歉，然后详细说明了事情的原委。原来，由于斯图加特市的某个亲戚得了急病，伯爵只好临时启程，赶往当地去探望。夫人边说边拿出一份加急的电报，展示给梅里科夫看。

这位英勇的骑士并没有引起警惕，尽管只有伯爵夫人独自在家，但如果自己转身离去，似乎也不太礼貌。

这样想着的时候，梅里科夫已经跟随夫人走进了大门。

晚餐十分丰盛，女主人还特意准备了两种酒——葡萄酒和伏特加。能与美人举杯同饮，梅里科夫的兴致很高。不一会儿，林登伯爵夫人就发现这位勇士的酒量不容小觑，看起来并不那么容易醉倒。

期间，夫人试探性地从桌子底下将手慢慢地伸进了梅里科夫的外套，她摸索到了他的腰部，感觉到有一条类似腰带似的硬物。与此同时，她明显地意识到了梅里科夫警惕的反应。

伯爵夫人不禁暗暗佩服梅里科夫的海量。她眼神一转，与守在房间门口的管家用目光交流了一番。

擅长察言观色的管家立刻明白了主人的意图。想要灌醉梅里科夫，还真得需要加把劲儿才行。接下来，仆人频繁地往桌上端着伏特加，再加上伯爵夫人施展的小技巧，所有伏特加都进了梅里科夫的胃。

半个小时后，梅里科夫终于乖乖就范。

他径直被抬去了伯爵夫人的卧室。在另一个房间里，等候已久的专家们即刻开始行动了,他们以职业化的眼光和速度对梅里科夫进行搜查。

首先映入眼帘的是他随身带着的公文包，看起来里面有很重要的东西，因为他即使在享用晚餐时也不忘将它搁置在脚边。然而，专家们都清楚，看起来吸引人的公文包其实并没有什么秘密，他们甚至都懒得将它打开，里面无非是放了些杂物或者废纸，这是他们这一行一贯用来吸引人注意的伎俩。

在伯爵夫人的示意下，他们迅速搜索梅里科夫的腰间，发现了那个皮带上的暗袋,精致的暗袋上还挂着一把精巧的小锁。专家们以最快速度，在不破坏小锁的前提下打开了暗袋，取出里面放着的秘密文件。而后送到地下室，给专门负责拍照的工作人员。

几分钟之后，拍完照的文件再次被完整地放回了暗袋中。专家们将现场恢复如初，就好像从来不曾有人动过一样。

整个过程中，梅里科夫一直睡得很沉。

3

梅里科夫传送的秘密文件究竟是什么，没有详细的情况公之于众。有传言说，那份文件是俄罗斯与法国之间达成的秘密协议。但究竟是真是假，很难做出判定。

截获文件的当晚,还有一位留守在梅里科夫身边的间谍，名叫艾雷璐。他是在伯爵夫人家里待命的众多人员之一。其他负责搜查梅里科夫的人，都将主要精力放在了他腰间的那份秘密文件上，看守醉酒的梅里科夫的艾雷璐则有空检查起了放在桌上的零碎物品。那些小物件是从梅里科夫的身上搜出来的，它们被一件一件地摆放在桌子上，以便等地下室的工作结束之后再恢复原貌。

艾雷璐看着熟睡中的梅里科夫，一时间闲极无聊，就戴上手套翻看这些小物件。很快，他被一只很有特点的钢笔所吸引。在他看来，这支略粗的钢笔与市面上常见的那些很不一样。他试着拆开它，而后在里面找到了一个小纸卷，纸卷的纸质很薄，字体很细小，看起来同样像是一封秘密文件。

他立刻召唤周围的同事，将小纸卷也送到地下室去拍了照。那时，他们还不知道这个纸卷的价值，事实上，它与秘密文件是相辅相成的，如果想读懂梅里科夫腰间的那份秘密文件，没有这个小纸卷是办不到的。

艾雷璐无疑成为这次行动中最大的功臣。

达到目的后，间谍们迅速撤离了房间。

不一会儿，梅里科夫晕晕乎乎地醒来，意识到自己躺在陌生的大床上。站在床边的伯爵夫人露出迷人的微笑，向他打招呼。

"您终于醒了，大概是在晚餐时候喝得太多了，您竟然倒在了餐厅里。我叮嘱仆人带您到房间里来了，这里更舒适。您现在感觉怎么样？"

震惊之下，梅里科夫立刻就清醒了。他甚至顾不上找一个合理的借口，就赶忙跑进洗手间，挨个检查随身携带的东西。那个暗袋的位置没有变，且仍然好端端地锁着，小锁没有被破坏的痕迹，也没有指纹，其他东西也没有被翻动或者破坏的痕迹。没有任何迹象表明，他曾经遭遇过危险的事。

他的心稍微放下了一些，重新回到房间里，此时富恩·林登伯爵夫人穿着极具魅惑力的睡衣，含情脉脉地看着他的眼睛。

其实，此刻的梅里科夫并没有完全放下心来。无奈，事情已经走到这一步，而且又没有确切的证据，他只得硬着头皮按计划继续踏上去巴黎的旅程。在大使馆，他将秘密文件交给指定的人之后就离开了。不过，他并没有原路返回俄罗斯，究竟去了哪儿，没有人知道。

战争时期，俄罗斯当然不可避免地卷入其中，但关于梅里科夫的事件，最终揭开谜题的还是富恩·林登伯爵夫人本人。

伯爵夫人，本名玛塔·哈丽，在被捕之后，于牢狱中逐渐坦白了一些事情。

4

玛塔·哈丽是战争期间，活跃在国际舞台上的著名间谍之一，她以舞蹈家的身份被世人所熟知。

彼时，欧洲大陆到处肆虐着枪炮声，轰炸机在天空中划过，留下足以铲平大地的一枚枚炮弹。各个国家的间谍机构都格外关注玛塔·哈丽的消息，一时一刻都不能放松。不知何时，她已经成为世界顶级的女间谍，送出的每一份情报足以震惊全世界。

玛塔·哈丽拥有传奇的成长经历。她声称自己拥有东洋血统，在印度出生，生性具有魅惑的能力。曾经，她在一个隐秘集团里学习如何做一个浪荡的女人。然后，她恰到好处地在欧洲现身，凭借倾国倾城的容颜、婀娜多姿的身形和讨喜的性格，让许多国家的高官沉迷于她的美色之中无法自拔。战争期间，她无疑是强有力的杀手锏，不管对方军队的实力多么强大，只要她的情报及时送出，就能颠覆一切，反败为胜。

那时，人们将玛塔·哈丽视为一个极具魅力的神秘人物，令很多人感到既爱又恨。实际情况是，玛塔·哈丽只是个平凡的女人，她引以为傲的只有能迷倒男人的容颜和身体。除此之外，再也没有什么过人的特长。当然，平凡给她带来的好处，是可以长时间地活跃在国际舞台上。

后来在狱中，玛塔·哈丽为自己撰写了一本书。

依据她的描述，她的出生地是爪哇井里文市。她拥有一位荷兰籍的父亲，是小有资本的银行家，而母亲是当地著名的绝色女子。14岁那年，家人将她送到印度，担任秘密教会的巫女。根据教会的要求，她必须始终维持贞洁的处女身，还要为神跳舞。当地的修行者也欣赏她的美，给她取名叫玛塔·哈丽。当地人的语言里，这是"清晨眼睛"的意思。

可惜好景不长，16岁那年，在神坛起舞的玛塔·哈丽偶遇来自苏格兰的贵族强贝鲁·玛库。当时玛库是印度的驻军，他爱上了玛塔·哈丽，并悄悄地将她带离神坛。自此，玛塔·哈丽嫁给强贝鲁·玛库，成为玛库夫人。他们在印度过着逍遥自在的奢靡日子，玛塔先后为丈夫生下了一儿一女。

后来，玛塔的美貌吸引了一位年轻而疯狂的园丁，他设计杀死了玛库夫妇的儿子。这一举动激怒了玛塔，她毫不犹豫地选择复仇，用丈夫的枪结果了对方。如此一来，身背人命案件的玛库夫妇只得被迫离开印度，返回欧洲大陆。返回欧洲之后的生活不像在印度那么自在，夫妻俩在生活方面的分歧越来越严重，最终玛塔不想再继续这段无望的婚姻，她将女儿送到尼姑庵托人照顾，与玛库先生离了婚。

当时，欧洲的战争尚未开始，民众的生活还算比较平静。玛塔·哈丽决定重新开始自己的人生，她需要找到适合自己的谋生办法。

关于这段经历，玛塔·哈丽在自传中表示："我仍然热爱着跳舞，我想将年轻时在印度神坛上的舞蹈传到欧洲，让更多人了解具有神秘色彩的东方之灵。"

从那以后，玛塔·哈丽进入柏林剧场，重操旧业。也正是在剧场跳舞的这段时间，她结识了某位政府机构的上层官员，进而有机会成为一次酒会的主人。那次，她盛情招待了来自俄罗斯的大使，给对方留下了深刻的印象。在此之前，她已经被精心包装成了富恩·林登伯爵夫人。上层官员特意为她安排了坐落于多洛特街的豪宅，且允许她以此为家，过着奢侈的生活。也因此，玛塔·哈丽得以逐渐接触到间谍机构的种种内幕。随着时间的推移，她越陷越深，已经再也没有办法置身事外了。

"起初，我只是喜欢富恩·林登伯爵夫人的身份和它给我带来的生活，我并不热衷做一名间谍。可是在一次又一次的工作中，我发现自己在这条路上可以游刃有余地走下去，这份工作很适合我。"

玛塔·哈丽在监狱中以撰写自传来打发冗长而无聊的生活。当然，人们期待能从她的讲述中得知一些事情的真相，期待她能为自己的罪行忏悔。然而，根据她个人的喜好与特质来推测，她为德国间谍机构工作并非是因为对国家的热爱，只是为了过上奢华的生活，或者说是为了得到更多钱，才甘愿周旋其中。

毫无疑问，撒谎对玛塔·哈丽来说已经成为一种习惯，或者说她天性就喜欢说谎。工作期间，她几乎每天都在面对各种各样的人时，讲着各种各样的谎话。所以，那本名叫《传说玛塔·哈丽》的自传，其实是编造出来的。更有人大胆猜测，就连她本人的死刑，都是一场骗局。所有的所有，都是不真实的。

但玛塔·哈丽作为一代美人，她的存在的确是真实的。

世界上真的存在过这样一个令人神魂颠倒的女人，她拥有接近6英尺的身高，身形窈窕，四肢修长。按照西方男人的审美来看，她无疑是就像游弋于深海中的美丽人鱼。她自称有东方血统，也有黑人的血统，这使得她的肤色略黑，呈一种琥珀色。她的眼睛则是褐色的，目光带着娇媚与慵懒，唇角露出的勾人魂魄的笑，多数人都难以抵挡。她魅惑的能力可以说是炉火纯青，很容易引起男人的欲望。可以说，她的身上贴着性感的标签。

玛塔·哈丽专注于吸引各式各样的目标男士，尽管她并没有什么特长，只不过是普通的风尘女子。也因此，我们不得不佩服德国的间谍机构，他们隐藏在玛塔·哈丽的身后，将这位除了拥有美丽容颜与身体之外一无是处的女人，发挥到了极致。战争期间，她以高傲性感的姿态游走在各个国家的政要之间，为自己谱写了具有传奇色彩的经历。

5

彼时，土耳其正在筹备改革现有的教育制度，他们成立了改革委员会，并决定选派 150 位国内的后起之秀，各方面能力都尤为出众的学生到别国学习。

成员很快就确定了，但究竟去往什么样的国家，国内官员之间还没有形成一致的意见。经过多次讨论，仍然没有结果。

德国、英国、法国都是欧洲有名的发达国家，他们当然都盼望能接收土耳其的这些优秀学生。他们频繁地与土耳其高层交涉，宣传他们独特的优势，给出各种诱人的条件，以期能尽快达到目的。他们就像彼此竞争的商人一样，为抢夺这一重要的资源进行了激烈斗争。

从表面上看来，土耳其的留学生并不是什么特别重要的资源，他们究竟去哪个国家学习，对整个欧洲来说无足轻重。但若是从长远的角度来考虑，他们都是国家挑选出来的后辈当中的精英，尽管尚且年轻，但经过几年海外求学，将在法律、政治、经济、技术等方面成为专家。未来，他们回到国内，必然会逐步走向土耳其的高层，成为左右国家政局的重要人物。因此，这些学生现在的走向，关乎土耳其今后很长一段时间里究竟是更倾向于德国，还是英国、法国。他们的外交重点是哪个国家，现在就已经埋下了伏笔。三个国家都希望能得到土耳其的配合来推行自身的东扩计划，包括一系列的投资、产品的外销，等等。他们可以以土耳其为纽带，做更多有利于国家的经济扩张，因此三个国家在拉拢土耳其方面，可以说是不遗余力。

德国因其不稳定的局势，让英国和法国占了先机，抢走了不少资源。于是，政府高层立刻着手想办法挽回局面。这不仅关系到德国文化的颜面，更关系到德国的未来。

经过某些间谍的活动，高层很快得知，身在巴黎的一位来自埃及的皇室成员阿巴斯·鲁尼殿下在土耳其的教育改革中拥有相当的决定权。据说，他与埃及总督的关系十分亲密，在英国和法国也得到了相当周到的"服务"。因此，土耳其在派遣留学生的问题上，更喜欢选择英国和法国。

1912 年 3 月，150 名出国学习的后备人才已经逐渐被分到英、法两国的几所知名的高校，他们正收拾行囊，准备踏上异国的求学之路。

与此同时，来自德国的间谍秘密报告显示，阿巴斯·鲁尼殿下将在某日抵达柏林，稍作停留之后，他将转车去康斯坦丁堡，为留学生的到达进行最后的交涉。

这位殿下停留在柏林的时间无疑为玛塔·哈丽提供了机会，她以最快的速度接到了上峰的指令，尽可能地接近这位重要的殿下。

此类任务对于玛塔·哈丽来说已经轻车熟路，她镇定地沐浴更衣，坐在镜子前精心装扮着，她很清楚应该以何种姿态来面对鲁尼殿下。

阿巴斯·鲁尼并未想到当自己到达柏林的时候会引起如此轰动。德国政府出动了军乐队、仪仗队，仿佛一次正式访问的场面。尽管内心感到不解，但他还是礼貌地接受了政府的接待仪式。毕竟，人人都喜欢被迎接，被关注。

傍晚的欢迎宴会上，富恩·林登伯爵夫人适时地出现在鲁尼殿下的视野里，并且从周围人的介绍中得知，这位有着东方血统的绝色美女，还是位对舞蹈艺术有着执着追求的贵妇。

阿巴斯·鲁尼殿下似乎对富恩·林登伯爵夫人一见钟情，在夫人的盛情陪伴下，他们共同度过了一个难忘的夜晚。鲁尼殿下不仅光临了夫人在多洛特林街的豪宅，还在那里留宿了一夜。

第二天清晨，阿巴斯·鲁尼殿下似乎已经舍不得玛塔·哈丽了。他请她多陪伴在身边一些时间，两人可以同去康斯坦丁堡。

如此一来，玛塔·哈丽算是初战告捷，按照上峰的计划，她应该尽可能与殿下保持密切的关系，让殿下充分了解德国女人的魅力。然后她再趁机劝说殿下，让事态向有利于德国的方向发展。于是，当殿下提出同行的时候，玛塔·哈丽只是象征性地说了几句客套话，就开始准备行囊了。

只可惜，这一次德国的计划并没能如意。一份来自巴黎的电报让事情的发展陷入了僵局，电报中明确要求，因为一些突发状况，请阿巴斯·鲁尼殿下取消康斯但丁堡的行程，即刻返回。

关于这件事情究竟是哪里出了状况，有两种完全不同的版本。其中一种的说法，是这一指令来自长期与德国间谍对抗的神秘的"二号人物"。没有人知道他究竟是谁，只知道他是法国间谍机构的高层人员，且颇具智慧、果断、勇气等优秀品质。他从柏林事件中嗅出了围绕在阿巴斯·鲁尼殿下身边的危险信号，随即选择了将他召回来。还有另一种说法，是阿巴斯·鲁尼殿下并不是什么埃及的皇室成员，而是为法国间谍机构服务的工作人员。他在柏林的一举一动都是为了演一出戏，好接近传言中的多洛特街的豪宅。

一位坐拥豪宅的伯爵夫人，一位活跃在交际圈里的美女，以及那个从未出现过伯爵的家。事实上，自从那位俄罗斯骑士在这栋房子里沉迷一夜之后，这里又不断地发生一些匪夷所思的事件，所有的一切不能不引起俄罗斯和法国间谍机构的注意。

魅惑鲁尼殿下的计划失败之后，高层迅速关闭了多洛特街的豪宅。从那以后，玛塔·哈丽成为四处奔走的间谍，她自由地去往各个国家，像诸多外勤间谍一样，开始了真正的职业生涯。

其实，她真正的身世，远没有自己的自传中那么幸运。

她出生于1876年8月7日，出生地是荷兰的伦瓦德街。她的父亲只是一个小商人，叫亚当·泽利；母亲是平凡的女人，叫安切·范·德·默仑。她当然不是什么具有魅惑力的"眼睛"，名字也很普通，叫玛嘉蕾莎·吉尔特鲁伊达·泽利。少女时代，她的生活看起来没有什么起色，与巫女无关，也没有什么神坛。她想出家做尼姑的时候，曾在荷兰的首都阿姆斯特丹读过一段时间的宗教学校，这是她与神之间最近的距离。

不久之后，她遇到去荷兰旅行的军官，英国人玛库里。或许在当时的玛嘉蕾莎眼中，玛库里的军服是帅气而高贵的。她轻易被俘获，草草结束了青春女孩的身份，嫁给了玛库里。当玛库里接到命令，赴印度驻军的时候，玛嘉蕾莎·吉尔特鲁伊达·泽利，也就是后来的玛塔·哈丽，跟随丈夫一同启程。

如此看来，玛嘉蕾莎·吉尔特鲁伊达·泽利的确曾在印度生活过，但并不是什么难忘的经历。两人生活一段时间之后，各自的性格与特质就不断地暴露出来了。玛库里还年轻，工作不多的时候，他爱好饮酒、斗殴、买东西等等，像个不谙世事的孩子，丝毫没有做丈夫的责任。军队支付的薪水不足以满足他的生活，他开始利用玛嘉蕾莎·吉尔特鲁伊达·泽利，让她在军队里想办法借钱。说是借钱，其实与卖身并没有什么区别，因为按照丈夫的说法，只要有钱，她做什么都行。

在军营中，年轻的士兵和军官们多数都是单身，再加上周围女人很少，当地的女人无法与美丽的玛嘉蕾莎·泽利相比，所以她在军营中相当受欢迎，很多人愿意借钱给她，以换取他们想要的。日复一日的生活里，她已经分不清自己的身份，究竟是一位太太，还是游荡在军营中的风尘女子。玛嘉蕾莎·泽利逐渐适应了自己必须面对的生活方式，这为她后来的间谍工作打下了一个不错的基础。撰写自传时，她隐去了自己的真实经历，编造了所谓的巫女、神坛等情结，无非也是想要美化一下自己的过去。

在印度生活时，她也的确学过跳舞。当然不是出于对艺术的热爱，或者像她编造的那样，是为了在神坛舞蹈。当时她似乎已经做好了回欧洲的准备，想要凭借一技之长，在市井间讨生活。她给自己起了玛塔·哈丽的名字，让自己看起来更神秘，更具东方特质。

回到欧洲，她便摆脱了玛库里的掌控，按照自己的计划找到一份舞女的工作。她频繁地演出，并渐渐小有名气。尽管她的舞技并没有什么突出的地方，只是裸舞的方式颇为吸引人。剧场还特别强调她拥有东方血统，所以引起诸多人的兴趣。为她捧场的人络绎不绝，从最初的普通人到后来的王公大臣，都为她倾倒。在荷兰，她不仅得到了诸多高层官员的青睐，还被首相和皇太子所喜欢。而法国也有很多大臣、高官拜倒在她的石榴裙下，其他各地的那些曾经向她示好的名人或者官员，她都已经忘记了。

成为多洛特街豪宅里的富恩·林登伯爵夫人是后来的事情，她住进那里之后，引起了周围人很多的注意。至今仍然有人记得那里曾经住着一位生活奢华的贵妇，房间里的装修、摆设、家具都颇为时尚，每个房间特定的位置上都有一面落地镜子，房间里的人可以通过各处镜面看到原本无法窥探到的角落。也因此，只要有人在房间里走动，就会觉得四处都有人在暗处盯着自己。华丽的落地灯背后，是一条连接到隔壁的电线，用来窃听的。豪宅的地下室里，还存放着琳琅满目的酒，货品十分齐全，葡萄酒、白兰地、威士忌、朗姆酒、伏特加各种品类，应有尽有。它们来自不同国家、不同产地，生产年份也各不相同。玛塔·哈丽曾在这里招待过数不清的官员、贵族，或者是向梅里科夫那样的重要角色。

6

此时此刻，玛塔·哈丽正坐在一辆开往索菲亚的火车上。按计划，她要去见埃里克·亨达森少佐，据说这位少佐是来自英国的间谍。上峰需要玛塔·哈丽从他那里探听出更多的讯息。

身为间谍，玛塔·哈丽也有自己的代号——H21。

在与埃里克·亨达森，这位老奸巨猾的英国间谍接触过程中，玛塔·哈丽感到了困难。亨达森算得上是英国间谍机构里的高层人士，脸上总是保持一种职业性的微笑。不过他的作风并不像军人那般雷厉风行，他更像是某家媒体的编辑或者记者之类的文化人。因此，对于多数情况下与军人打交道的 H21 来说，这个人物的性格很奇特。倘若玛塔·哈丽能从亨达森对自己的态度上，或者从此次行动的失败中看到自己正走向暴露边缘的事实，她就不会肆无忌惮地投入活动了。而对于平民出身的玛塔·哈丽来说，她热衷于自己的工作，并毫不畏惧地置身其中，她不甘心失败，也不甘心放弃优厚的待遇，所以她始终被德国间谍机构玩弄在股掌之间，直到生命的之后时刻都无法解脱。

埃里克·亨达森是德国大使格鲁兹"无意"间介绍给玛塔·哈丽的。玛塔·哈丽计划从对方身上打探关于英国和阿富汗之间的一个秘密协定，但亨达森显然并不是容易接近的男人，他做事利落，方法也颇为犀利。德国间谍机构从其他渠道很难接触到核心的情报，于是玛塔·哈丽由此出现。她即使不能直接探听到情报，也可以用来吸引亨达森的注意，起初德国方面是这么考虑的，玛塔·哈丽可以为其他的同行争取空隙。如果玛塔·哈丽本身可以起到更大的作用，再探听些关于英国和阿富汗交涉的更多秘密，无疑是一件锦上添花的事情。当然，这需要付出更多努力才行。

埃里克·亨达森个子比较高，带着笑意的褐色眼睛很容易辨认。玛塔·哈丽以惯用的嗓音开口道："噢，原来是亨达森少佐呀？我想我们是不是曾经在哪里见过面，我觉得少佐的面容和声音都十分熟悉，似乎已经是老朋友了。"

她标志性的笑容里带着些许东方气质，令人沉醉。而举手投足间表露出的暧昧、诱惑的姿态，一目了然。

只是，少佐看起来对她没有什么兴趣。

"嗯？我们在哪儿碰过面呢？"亨达森的声音听起来冷冰冰的。

"啊，您可真健忘。"玛塔·哈丽仍然笑着，"如果我没记错的话，是在孟买吧。"

"大概不存在这样的偶遇吧，我一点儿也不记得。"

"是吗？可的确遇到过啊，是在哪儿呢？"

"难道不是柏林多洛特街的豪宅吗？"

"啊，是的吧。"面对亨达森的态度，玛塔·哈丽一度感到绝望，可当他提及多洛特街时，她又恢复了一些精神，"您瞧我这记性。因为时常四处游历，结识的人太多了，记错某个人或者某个地方是常有的事。我喜欢在欧洲到处游玩，我梦想在东方的神坛上跳舞，关于艺术，我有很多自己的看法。"

"依我看，欧洲的某些人才是你的梦想之源吧。"

亨达森的脸上露出笑容，但这笑容绝不是友好的，他直白地讽刺了玛塔·哈丽的"东方梦"。

这是一场不欢而散的谈话，显然亨达森并不买玛塔·哈丽的账。他嘲讽了她，便不再搭理她。失败的玛塔·哈丽一点办法也没有，只能眼睁睁地看着亨达森与其他人谈笑风生。

而后，她将这次行动如实报告给了上峰。

神坛上的舞者、女间谍、贵妇——玛塔·哈丽的名头看起来颇具浪漫和神秘色彩，尽管她的确是会跳舞的，但她的舞蹈与真正的艺术无关。不过是赤身裸体的搔首弄姿，完全上不了台面的荒诞之举。

玛塔·哈丽的接近引起了埃里克·亨达森的警惕，他意识到德国间谍们已经开始活动了。如果说玛塔·哈丽已经来到了自己身边，试图有所动作，那么她的同事们肯定也在四处谋划着什么。

于是，埃里克·亨达森决定一步也不耽搁，趁夜色立刻赶往阿富汗。

积极在阿富汗活动的埃里克·亨达森是德国间谍机关的一块心病，有好几次，他们想要致其于死地，都没能成功。亨达森也意识到了，自己的周围充满着各种危险的气息。不过，德国的那些头脑睿智的精英们对这么一个天生红发的英国男人并不会看在眼里。

当时德国政府高层一直在试图与阿富汗的王族谈判，想要签订一份机密文件。经过不懈努力，对方终于同意可以签署一份临时文件。这份文件的内容，只有德国外交部的高级官员才能知晓。文件中还包含着一份由凯撒大帝亲自批复的手书。

当然，这些都是绝密的。这套文件由某个独立的间谍机构选派人员，来担任传送的任务。

在外交活动中，担任"送信"角色的人，依然是"外交邮递员"。几位邮递员同时出发，以普通人的身份混在人群中，从柏林前往阿富汗。这套文件中既包含文本的德文版本，也包含了专门给阿富汗王族审阅的阿富汗语的翻译版本，尤其值得一提的，是阿富汗语的译文版本。

译文版本与原文稍有差别是常有的事，但此文件的译本却出现了比较多的失误。与德文的原版相比，阿富汗语的译文看起来内容更加符合阿富汗方面的需求。当然，那些王公贵族是看不出其中端倪的，他们觉得德国给他们的条件相当优惠，签署文件的时候也很痛快。也就是说，阿富汗方面并没有想到，他们开开心心签署的文件，其实是一个陷阱。

如此做法尽管看起来不太地道，但这是欧洲有实力的大国经常会采取的策略，不只是德国会使用这样的方法。为自己的国家争取利益，是再正常不过的了，这都快成了国际惯例了。

秘密文件的内容，据说是关于战争期间铁路的警备事宜，具体是什么不得而知。文件签署之后，德国就立刻将其收存起来。

两份文件（德文版和阿富汗语版）由专人护送，它们装在一个普通的白色信封里，加盖了特制的印章作为标记。护送信件的间谍始终保持警惕，文件一直被他牢牢地掌控在手中，一刻也不离身。在他周围，还有至少两位护送人员。他们彼此之间都不认识，只是各自做好上峰委派的工作。邮递员按照事先设计好的路线踏上旅程，不知道身边还有第二层的保护。

其实，德国间谍的这种工作方式是非常常见的。秘密机构里挑选的都是业内精英似的人物，这些密探平日大多是互不干涉，谁也不认识谁。接到工作之后，按要求完成分内的事情就可以。用间谍来监视或者保护其他间谍，是惯用的手法。这也是因为，从事间谍工作的人本身就不够安全，被敌对方收买的情况也时有发生。所以，让彼此并不相识的同行互相在暗中监督，也有利于事态的控制。

这份秘密的文件是由三个看起来毫不相关的人护送的，到达目的地的过程还算比较顺利，中间并未发生什么意外。驻阿富汗的德国领事馆收到秘密文件之后，便将其存放在安全区域。护送文件的三个特工，也才首次明白对方的身份，感到十分惊讶。

"啊，原来你是……"

"看来你也是承担这次任务的啊，难怪一路上我都感觉有人在跟着我。"

"像我们这样的职业，这种安排也是很正常的嘛。即使没有这样的安排，也是会随时警惕着的。"

"是啊。时刻都要有危机感。"

"可整个行动看起来并不算很完美啊。"

"算了吧，工作本来就是这样的，也不能要求太高啊。"

很快，领事馆里的其他工作人员也参与到闲话中来，大家都显得很轻松、很愉快。

不一会儿，门被打开，走进来一个陌生人。他们并没有听见敲门声，也没有任何人事先来报告。精明的特工已经从这个人的外表、身形，以及明显的红发看出来，他便是原本按计划要在索菲亚"结识"H21同志，并被其迷惑的来自英国的埃里克·亨达森少佐。

人们的惊讶程度可想而知。

亨达森像魔术师一般，踩着梦幻的舞步，慢慢地靠近桌子，然后从身上的某处"变出"两封信，猛地甩到桌子上。

"对不起，各位。我想说明的是，条约文件的阿富汗语版本的翻译是有问题的，很显然，其中有不少错误的之处。这样做真的是太不厚道了，好在我当时碰巧也在阿富汗，请求与国王见面。当然，国王得知你们的行为之后很气愤。不过我想，这应该怪不得你们，德国人真的应该好好学习一下阿富汗语了。"

被德国间谍小心翼翼送到的秘密书信，一转眼就摆上了面前的桌子，这让在场的所有人都感到无地自容。同时，他们也不得不佩服埃里克·亨达森出众的工作水准，即使是彼此竞争的关系，也让德国间谍十分钦佩的。亨达森的确是个真正的、正直的男人。

只是，此时H21同志应该在哪里呢？

H21，此时正被叫往柏林市格尼格鲁古拉街70号——德国国事侦探基地。

7

厚重的乌云层层挤压着，天色昏暗得像乌鸦的黑得发亮的羽毛，空气中弥漫着浓重得直窜鼻子的血腥气味。战争的号角终于吹响了。那钟声虽然息微，如同午夜的蜘蛛的吐丝声，却是从未有过的清晰。所有人都屏住呼气，但气氛此刻仿佛冻住般，虽然早有准备，但面对真正的战火纷飞，却是不一样的。

战争犹如一声惊雷，打破了国家以往的平静，巨大的轰动让凯撒大帝自身大吃了一惊。如同时针总是按照人们的安排往规定的方向走，事件也按着计划走向。一颗颗爱国的心在燃烧，全国上下被鼓动起来。

伴随着召集令出现，一列列军队前赴后继地奔赴战场。所有参战人员，不论是银行家、木工还是教授、屠夫，都穿上了本国的军装，戴上了硬实的头盔，伴随送别时车站的吻别保卫家园。惨烈的炮火声成为战场的主旋律，成批的轰炸机的轰鸣不绝如缕，每一次的轰响重重地打在战乱地区的人心上，留在难以抚平的伤痕。

此时，"H21"玛塔·哈丽正从柏林市格尼格鲁古拉街的间谍总部赶赴巴黎，因为她接受了迫在眉睫的命令。无论采取哪种手段，她必须获得法国内阁的某位阁僚的充分信任。由于这次任务的紧急性和重要性，玛塔·哈丽对这位人物做了一个极为全面的剖析。她就像一个处心积虑的蜘蛛女妖，除了预谋好接近前面这位人物的方法外，甚至还谨慎小心地计划了如何吸引其他也处于高位的人物，期望海军陆军、民间海运的高位人物被她的美人丝缠住，无一例外掉入她张好的烈焰红唇里。

她采用自己最擅长的方式，将美丽的身体吸引他们，从沉迷于温柔乡的他们的口中挖出有用的资料，然后就此进行详细的汇报。

在这刻不容缓的命令中，总部另外还对任务增加了一个禁锢，下达了必须遵守不能忘记的提醒：

"H21，请必须记得，不管任何情况下，均不可透露出对某阁僚打听的迹象。勿忘！"

对于这个提醒，但玛塔·哈丽深深叹了口气，她根本不能理解这不符常理的要求。生命是美好而又脆弱的，她就像一个亡命的赌徒，将自己唯一的性命作为了重要的赌注。追加的提醒，就像是让你跟人交流，却又不让你跟人说话，这无疑极大地增大了任务的难度。而如果任务失败，后果又将难以想象。

和以往一样，玛塔·哈丽默认地点了点头，接受了上方下达的命令。

作为合法的荷兰市民，玛塔·哈丽冒着战火纷飞，就像在跌跌撞撞的孩子，磕磕绊绊地穿越了看守严密的国境线，到达了目的地——巴黎。

她之前也曾在巴黎活动过，作为脱衣舞者，接近过在这些法国首府政商界的大人物们。这些大人物都是些什么人呢？他们在后方无所作为，却恣意妄为地发布指令的大资本家，肆意决定着抱着强烈的爱国心奔赴前线的战士的生死。

此时，寂寞的他们对迷人的玛塔·哈丽翘首以盼。

在纽林，她拥有着一所精致漂亮的公寓，就算在晚上也如同夜明珠般闪闪发光。即使是在战争时期，它的灯火仍摇曳着魅惑的舞步。随着玛塔·哈丽的到来，许多巴黎人就像一群肥胖的蜜蜂遇到鲜花，为其倾倒。于是，以玛塔·哈丽美人花为核心，而上演了一场场追逐游戏。在这位美人面前，她的裙下之臣谁也不肯低头让谁，疯狂地追逐美人。谁又会想到，这位迷人放荡的女人，背后其实隐藏着这么大的秘密呢？

法国宫廷里的实际掌权人，在法国内阁中处事的某阁僚，正是她这次任务的最重要的目标。他自然也没能逃过这朵美人花，毫无意外地也成为玛塔·哈丽的裙下之臣和庇护者。

等内阁会议一结束，这位阁僚便急不可耐地赶回温柔乡，驱车前往纽林。但是他却也是一个对工作极为负责的人，有关内阁的所有工作内容被他完美地藏了起来。玛塔·哈丽只能默默地等待着，为了不让他起疑心，她从不主动问什么，他也从对她不说什么。因为在交往的接触中，如果一旦谈论战争的事情，只会打草惊蛇，所以两个人的话题点很少落在战争方面。

可是这样该怎样完成任务呢？玛塔·哈丽不得不另辟蹊径，从其他人那里获取情报。

这一次，她瞄准了那些热血方刚的盟军的将校们，这些愣头青一样的猎物，让她不费吹灰之力就收集了足够多的信息。玛塔·哈丽对这些愣头青说，她曾经与一位英国士官结婚，并共同在印度生活——但这却也不是谎言。她在热血方刚的军官面前表现出天真烂漫的一面，让这些紧握军事机密的军官对她毫无戒备心。在她单纯的笑容的掩护下，她就像土里暗地挖泥的老鼠，挖掘着那些在军事上有着至关重要作用的问题。

即使在她的恋人们中也有是从前线回来休假的军人，但他们都认为自己才是这位天真动人的女性的唯一庇护者，向她真挚地倾吐他们的心声，讲着不一的情话，根本不会对她产生怀疑。这位看上去天真迷人的单纯女人，常常不动声色地会向军官们提出些令人觉得她可爱但又无知地令人发笑的问题，有时候还会谈到敏感话题。但是这时候的军人们完全放下了防备，一把抓住在这位可爱的情人面前显摆的机会，滔滔不绝地倾诉着那些秘密。第二天，所有的谈话中所涉及的机密内容都被收集成密报，快马加鞭地被送到了柏林。

玛塔·哈丽的行为非常显眼，虽然引起一些有心人的注意，但在战争时期的巴黎，炮火纷纷，没有人在意一个舞女的放荡行为。而在玛塔·哈丽看来，将男人玩弄于自己的股掌之间，比做间谍更让她享受满足，她甚至将其视为一份不错的事业，一份既可以享受受人追捧的乐趣而又能得到报酬的事业。在这时间地点人物相交的经典历史点上，玛塔·哈丽似乎遇上了最好的时机，在混乱的历史间谍战中随心所欲地舞蹈。

夜晚，麦其林餐厅里正举办这一场红十字慈善晚宴。香槟色的灯光显得浪漫迷人，绅士们和淑女们正觥筹交错。

玛塔·哈丽穿着时下流行的露肩装下，露出大片古铜色的肌肤，显得异常。还是那个光彩夺目的美人，她那性感香艳的微笑，电力十足的眼神，修长的双腿无一不撩拨着诺曼·雷。

除此以外，她还优雅地摇着羽毛扇，向这位绅士送来阵阵带着她独特香气的风，这魅惑的女人香瞬间就迷倒了这位绅士。

"漂亮的女士，最近很少有机会一睹你的芳容呢。"真是无趣而又谄媚的寒暄。

"最近喜欢上西班牙产的青蛙，正忙着全巴黎地毯式搜索呢，真是烦死了呢。"

"嗯？西班牙的青蛙？这个是你最近的新爱好吗？"

诺曼·雷的眼神突然散发出耀眼的光芒，面前这位心情不太愉悦的玛塔·哈丽女士平时可没这么好说话，现在因为芝麻绿豆大小的麻烦，居然会撒娇似向自己提要求，这机会可是难得啊！他把因为兴奋而微微翘起的嘴角放下，认真却仍不失谄媚地说："亲爱的女士，我马上通知巴塞罗那的特派员，让人坐下趟船把青蛙从西班牙寄过来。"

"真的吗？那真是太棒了！什么时候能到呢？"

"稍等，让我想想……"他仔细计算着，"克罗拉号会在星期四的午夜从巴塞罗那启程，预计下周的星期三就能到达圣那扎路港，我保证，星期五一定可以送达你的手上！"

诺曼·雷还在喜形如色地为面前迷人的女士讲着青蛙的事，而玛塔·哈丽虽然表面上摆出一副认真的模样，只是嘴角带着狡黠的令人难以察觉的笑意。

都拿到想要的信息了，谁还对那该死的青蛙感兴趣？

第二天，位于布列斯特的玛塔·哈丽的"哥哥"接到了神秘的长途电话。

"有一个亲戚在星期四夜晚突发肺炎，下个星期三要转入医院治疗，希望能够前去探望。"

电话另一头，玛塔·哈丽熟练地说出了披上"伪装"的情报。

消息立即通过电报快速地从电波传达到荷兰的鹿特丹，电文的内容则再次改头换面，套上小酒店订购鱼罐头的外套：数量、抵达时间、运送方式。

至此，情报悄然传达，而后沉入了海底。

三天过去，正是星期五的午夜。

比斯开湾，一艘悄然无声地在翻滚的船海面上行驶，仿佛转眼间就要被大海淹没。从船桅上远远完全望去，风起云涌，乌云密布，云层厚重地压着，海与天空仿佛被压缩成一团，视线被完完全全地阻碍。

这正是前晚从巴塞罗那湾驶出的克拉罗号，船上载满了盟军所需的粮食，为了掩人耳目，船员们不得不把所有的窗户用厚重的毯子盖住。

不远处的波峰中，趁着没人察觉之际，一个望远镜的镜头探出了小巧的身影，威力巨大的众多鱼雷已经准备就绪，布置完毕的炮塔露出了狰狞的面孔。一艘艘潜水艇轰然浮上水面，船舷上的海水不停掉落，如同瀑布一般，还伴随着如同锁魂铃的可怖的声响。

克罗拉号船内瞬间响起了警报声，但这已经太晚了。这死亡的声响后，便是震耳欲聋般不绝于耳的炮声。十几分钟后，全体船员永远地留在了汪洋之中。

因为没有拿到西班牙青蛙，诺曼·雷有些担心，他担忧玛塔·哈丽会不会因为希望落空而失落不已。但这时玛塔·哈丽却早完成了她的任务，得到真正想要的了，哪里还想起什么青蛙呢？

8

玛塔·哈丽除了拥有令无数人羡慕的条件，还有神秘而精彩的人生经历。比如此时，她正坐在咖啡厅和被她瞄准为目标的男士士悠闲地交谈着，她的魅力早已让对面的男士陷入陷阱，不自觉地吐露出军事信息。中途，她下单了一瓶品质优良的葡萄酒，她的要求多如牛毛，服务员只好拿纸记录下来以后，才按照她的要求去地下室拿，这也充分显露出她对葡萄酒的了解。

认真的女人总是最美的，她那丰富的知识储备显得她更具魅力，让对面的男人更为她着迷。要知道，熟悉所有葡萄酒产地和年份可不容易，但是这位美人却仿佛对不同时期的葡萄酒了如指掌。

五天以后，在非洲的法国领土，一艘扶着运送黑人殖民兵的船正准备加速前往至阿尔及利亚海岸旁近时，被德国潜伏的航艇击沉，消失于海底。

在整个二战时期，像这样被击翻的船只数量不计其数。在当时的人的眼中这个事情显得很奇怪，为什么地中海附近的船只常常受到莫名的攻击？最有可能的，就是船只航行时间表提前被敌人通晓。

其实，这个猜想是正确的。

玛塔·哈丽在咖啡厅和被选中的商船的工作人员聊天时，发挥自己的魅力，将对面的男士迷得团团转，打听到船只运输时间表的信息后，和伪装成服务生的其他间谍来个里应外合。她就会将暗中打听到的船只运输时间以葡萄酒的年号传递出去。在战时，像这样为了扩大组织的联络网获取更多的信息的情况并不少见，高层领导人常常会让特务佯装成服务生在咖啡厅、酒吧或者餐馆工作来掩人耳目，传达信息。

后来，据玛塔·哈丽承认，她用这种方法成功地击败了十八艘船。

有人说，女间谍是不适合被长期任用的，难道是因为女性特别善于撒谎吗？其实并不是。真正的原因其实是女间谍相较于男性更感性，她们更容易被各种感情所左右，容易爱上她们作为目标的男性。管理层担心，一旦女间谍陷入疯狂的爱情，别说从中打探信息，甚至可能会为了爱上的男人叛变成别国间谍。

但是玛塔·哈丽却是个例外，管理层并不会担心她会叛变。她的心仿佛是石头做的，很少会因为爱情乱了方寸。而她曾经因为搜挖情报杀死了众多爱她爱到死去活来的男人，但却丝毫不会因此伤心或者内疚，这简直让人难以置信。

不过，人有失手，马有失蹄。玛塔·哈丽在她漫长的间谍生涯中，也不是没有心动过。

那时候，战争的号角才刚吹响，玛塔·哈丽的芳心被一名法国义勇军的年轻俄罗斯人所俘获。这位幸运儿的身份还有点神秘，因为还有人说他根本不是俄罗斯人，而是一位名叫大普汀·马勒维的英国将校。

可是，这位帅小伙在前线奋战不久，就因为严重受伤而退位后方。在他被安排住在威特路的尼僧医院里的日子里，双目失明。就在这个身心俱疲的时候，他时常会得到玛塔·哈丽的饱含她的爱意和关心的信。后来，暗藏私心的玛塔·哈丽选择出发去往巴黎，这个选择，既有任务的因素也有情感的因素。她借助飞机越过战线，来到了信中提及无数次的威特路医院。在这里，她见到了她的俄罗斯爱人，仔细照顾着他的一切衣食。

与此同时，她再次发挥自己的优势，和飞行队的将校们熟络地交往起来。可是，离奇的事情开始发生了：所有载着密探的飞机总是神秘地失踪。更恐怖的是，飞机无论在任何地点着陆，都会遭到收到风声的德军埋伏射击，飞机也通通被掳走。

不久，玛塔·哈丽开始对这个失明的恋人失去兴趣，最后就像丢掉一件不喜欢的衣服般舍弃了她的恋人，独自一人回到了巴黎。

刚下车，玛塔·哈丽就被接上了专车，准备将她送回纽林的那个灯火通明的公寓。

玛塔·哈丽望着窗外熟悉的街道，脑子一团糟，一会儿想起刚结束的恋情，一会儿又想起她之前做过的任务，还有其他藏在记忆深处的回忆，完全没有关注车行驶的路线。

正当她深陷回忆的时候，车突然停住了，被打断思绪的她抬头一望，才惊讶地发现窗外竟然是陌生的景象，她的手有一丝难以看出的颤抖。

这时，车外有人打开车门让她下车，下车后，五六个男人从四面八方向她走了过来。

"女士，这边请往这边走！"

玛塔·哈丽握紧掌心，试图强装镇定，极力用脸上的冷静来在武装自己，丝毫不让别人看出她的害怕。

最后她被带到了一间昏暗的房间，房间里的桌子堆满了密密麻麻的书籍，后面坐着眼光敏锐犀利的老绅士，他身着贴身的西装，一副指点江山的将军范，老谋深算的眼神让人不寒而栗。

看着眼前蛮横模样的玛塔·哈丽，这位老人略带嫌弃地说道："真是烦人的贵妇！"

这位眼光跟嘴巴同样毒辣得不留情面的绅士，就是历史上著名的"二号人物"。

"你和那个常常厮混在一起的德国人多次碰面，所为何事？"

"二号人物"在迅速地翻阅桌上的众多报告的同时，用极其有洞察力的眼神观察着玛塔·哈丽。玛塔·哈丽感觉到自己在被审问，转动起眼珠子，利用以往的技巧，成功地逃开问题。

但是这个长官显然很有经验，一下子就能抓住她话里面的漏洞，并利用强烈得吓人的气势逼迫她回答。

玛塔·哈丽此刻就像一个亡命的赌徒，紧握手中的最后一个筹码。

"好吧，你想得没错，我们都被盟军控制，为它卖命，收集各种情报。所以我也认识很多英国密探，我的丈夫是英国士官，我与盟军很多身处要位的高官也有很深厚的交情。其实，我一直在伺机而动，我手里有很多能使德国受到致命攻击的信息。所以，如果你们认可我，愿意和我做搭档，那么我可以帮助你们。"

看着面前这个狡猾的女人终于露出马脚，"二号人物"心里不由一声嗤笑。

她竭尽全力地解释着，希望能让眼前这班人放过她。按以往而言，在间谍极其积极配回答每一个问题之后，交代好法国想得到的信息，应当马上被"解决"掉，以绝后患才对。但是，正如刚刚玛塔·哈丽所说，她的好友都是军部和外交部的高官，这就令"二号人物"有些发愁。如果贸然将她处死，可能会引起轩然大波。

怎么办呢？大家围着"二号人物"展开了激烈讨论，而此时的玛塔·哈丽则是用她妩媚迷人而透露出点点可怜的双眼望着他们，希望融化这群人的冷心肠。

激烈的讨论结束以后，"二号人物"转身，用他冷得吓人的双眼望向玛塔·哈丽。

"女士，我给你一个证明自己清白、洗脱自己嫌疑的机会。现在，你被任命为法国特务机关的正式编制人员，我们将交给你的一个至关重要的任务：去比利时将我们已经打入敌军内部的三十名间谍所收集到的重要情报给传出来。因为那边对于间谍的监察异常严格，经常出现打击间谍行为的活动的行为，所以我们派出的间谍搜聚到的信息难以汇报，现在你就负责搜集信息送回巴黎。"

玛塔·哈丽听到任务的安排长吁一口气，果断答应了。

这不就是自己最拿手的间谍行动，太容易了。

9

处理安排好所有事情后，她就开始她的任务，出发前往比利时。

这次她没有选择飞机，因为法国和比利时的局势严峻，她决定坐船从英国入境。但是英国入境看管极为严格，即使玛塔·哈丽用女儿生病急需探望作为申请的理由都被驳回了。

现在她连荷兰和比利时都没办法进去，对于任务可谓无从下手。

玛塔·哈丽的行为太可疑了，伦敦警视厅特高课长贝基路·汤姆斯马上就发现了她的行为中的疑点，所以在经弗路马斯港口时就将这个可疑的女人弄到西班牙去了。

按理说，玛塔·哈丽是现在是法国的特编人员，英国出于情面上应该给盟军法国的间谍提供一定的帮助。那贝基路·汤姆斯为什么会做出这个不合常理的举动呢？

其实，这是法国之前就和英国方面说好的了。心思缜密的"二号人物"其实并没有打算放过这个疑点重重的女间谍。这次，玛塔·哈丽插翅难逃。

伊戈内修丝·维特力欧，一位法国间谍，长期活跃在德国领地比利时。这个男人的外表就像一棵矗立的松柏，一举一动透露着正直的气息，这个谨慎的男人的伪装迷惑了无数人，如果怀疑这个男人，无疑是对他的一种亵渎。

然而正是这样一个看似无懈可击的人，却被巴黎的火眼金睛的"二号人物"察觉到了蛛丝马迹。那他到底是怎么被暴露的呢？因为"二号人物"发现自己的绝密情报竟然被人无声窃取，这其中必定有内鬼。他悄然观察身边人的一举一动，然后恍然大悟，伊戈内修丝·维特力欧竟然是个双重间谍。

什么是双重间谍呢？"双重间谍"就是在两边虚假地示忠，获取两国信任，再利用这两份信任以获取双方的重要情报，将两国的信息相互通报。而这个精明的男人在德国和法国独立军都拥有特务的身份，如果将两国比作大河两岸，他就是一个狡猾的商人，趁着夜色浓重将运输买卖两岸物品，赚取中间差价。所以，伊戈内修丝·维特力欧一直扮演着中间商的角色，把情报从法国和德国之间相互通报，大发横财。由于他双重间谍的身份，获取两国的情报实在不费吹灰之力，所以速度也就惊人，这份惊人的速度也让他迅速得到两国重用，成为双方最信任的间谍。在巨大的金钱动力驱使下，他的活动日益频繁，在双方阵营里都扮演着越来越重要的角色。直到"二号人物"察觉到他的不对劲后，对他的行为深入追踪，最终才暴露了伊戈内修丝·维特力欧的真实身份。

"二号人物"向来是个满腹计谋而奸诈的家伙，他决定来个一石二鸟，设下阴险的圈套，揭露玛塔·哈丽的真实面目的同时，惩罚这位表面正直的伪君子——伊戈内修丝·维特力欧，剥掉他们的伪装，让世人见识他们的真面目。

玛塔·哈丽想入境比利时的请求不被批准，只得又被送抵与英国毫无关联的西班牙，正一步步落入"二号人物"的陷阱。

正如"二号人物"所设想的，她果然只是伪装着答应成为法国间谍，前脚刚接下法国的任务，后脚就将"二号人物"交予她的法国间谍的名单尽数交给了巴黎当地的德国间谍们，将间谍善于说谎这一点表现得淋漓尽致。她潜入比利时后，立马又将名单上交给了德国秘密侦探部，以期一一处决名单上的 30 名法国间谍。但因为受到英国当局的严格监管，她无法前往英国，无法亲自动手。

秘密机构在收到玛塔·哈丽上报的关于这 30 个人的诸如姓名住址等详细信息情报后，立马热火朝天地忙活开来。这可省略了不少的搜查时间，而且可不能小看这 30 个人的信息，各国都在间谍的培养上花了不少资本，每一个间谍都是一笔珍贵的财富。如果能抓到这 30 个人，法国不就受到了难以想象的沉重打击吗？

特工们根据上报的信息分头行动，潜入 30 人的住所内进行暗杀工作。

即使他们动作迅速，但 30 人中的 29 人仿佛能够预见天灾的动物一般，早就逃得没影了，最终德国特工只抓获一人。但其实这一切都是人为操纵的，"二号人物"早就猜到玛塔·哈丽的心思，于是他就将计就计，将作为双重间谍的伊戈内修丝·维特力欧放在首位，然后虚构了其余的人的信息，来一个"借刀杀人"。

伊戈内修丝·维特力欧被捕的消息同时震惊了德国、法国当局。毫无意外，关于这位伪君子的各种各样的猜想也如雨后春笋般冒了出来。在名单被送达比利时的一小时后，在一排士兵严格拷问下，伊戈内修丝·维特力欧的双重身份很快就暴露，随后就被直接击毙了。

两天后，在仔细读着手中的消息过后，"二号人物"露出了笑容，并开始等待着玛塔·哈丽的出现。

10

太阳之城马德里坐落在沙漠般的高原地带，一向会享受的玛塔·哈丽住进了当地的格兰德酒店。

年轻的英国士官斯坦雷·兰德鲁夫住在她旁边的房间，这位炮兵大尉正享受着战争时期难得的休假。

玛塔·哈丽在到达马德里后稍作休息，她的同僚——格鲁布博士，便作为当地德国秘密侦探部的代表前来与之会晤，并讲述了任务的大致情况。

"最近，在英国中部埃塞克斯州的乡村，一座公园模样神秘而奇怪的广场拔地而起，打破了乡村的宁静。远远看去，这广场显得十分奇怪。广场是用 20 英寸高的石头围砌围墙起来的，严密异常，在外面根本看不见里面在进行什么活动。这实在太可疑了，里面肯定在进行一些不能为人所知的事情，因此为了一探究竟，我们的间谍不得不去探索一番。目前收集的信息显示，围墙内建造物以近代战场为模本，战线依照实际情况被细细地划分，而战壕、铁丝网、炮弹留下的大坑、机枪射击的掩盖物以及山包、树木、溪流、稀疏排布的房屋，完完全全都是依据实物而布局的。更重要的是，围墙之中，不时传来巨大的发动机轰轰的声音。这里面肯定是在进行军事演练，这难道还需要怀疑吗？正如我们所料，附近的人们声称，这里正重复进行着新型运输车的实地实验，这种装甲运输车名叫坦克，是英国陆军最新发明的强大武器。因此，为了获取这个新型武器的信息，我们必须从英军入手，获取第一手资料，揭开这个神秘怪物的面纱。"

据上级指示，住在她隔壁的斯坦雷·兰德鲁夫，就是唯一对坦克怪车有所了解的人。

与从战场归来休养的年轻士官交往，这是玛塔·哈丽再熟悉不过的事了。果然，还没使出浑身解数，她就撬开了这位军官的嘴，获得了他所知道的关于坦克的信息。

英国方面发现这位年轻士官似乎泄露了机密，便迅速采取了措施，将这名士官送往巴黎，并对士官进行了处理。

惊闻变故，玛塔·哈丽有点手足无措，但无计可施的情况下，不得不随同前往巴黎。她正是在巴黎被"二号人物"逮捕，上一次，她好不容易才从"二号人物"的严刑逼供中逃脱，她可不想再被逮捕第二次。

间谍如果不接受任务，就会受到组织机构的威胁。威胁一直是德国秘密侦探部的常用手段，若是间谍不愿意服从命令，他们将会买通地方官吏，利用相关的势力，让间谍孤立无援，最终在黑暗境地里悲惨地死去。玛塔·哈丽对这种手段可谓是了如指掌，她见过太多这样的间谍，那些想要脱离组织不在机构下工作的间谍，无论使用何种方法，无论想要逃往何处躲避追查，最后大多数都落得个悲惨死去的下场。玛塔·哈丽比谁都珍惜她的生命，无可奈何之下，她接受了命令，低下了头，认命般地前往了巴黎。

当然让她做出了这个选择的，不单单是上头的胁迫，也因为她的那些巴黎政府部门的朋友们的劝说和保证。其中最热心的一位官僚的庇护，让玛塔·哈丽放下了内心的恐惧，因为这位官僚的身份可不一般。她将所有的赌注压在了自己的强运上，只不过这次她的运气似乎用光了，她最终没能出来。

此次进入巴黎，玛塔·哈丽虽然有靠山，但上次的经历给她带来了教训，这次她异常警惕，四处留心，以防留下任何蛛丝马迹。另一方面，她给某大臣和她的重要恋人们一一写信，阐述"二号人物"事件给她带来的"困扰"。

在信中得知原委后，为了安抚忧虑的美人，各位身处要职的情人们纷纷给她回信，并拍着胸脯保证，以后不会再发生类似事件，他们会为她解决各种麻烦。

她与士官斯坦雷·兰德鲁夫大尉约定在巴黎碰面，而后道别。

玛塔·哈丽抵达巴黎时，兰德鲁夫早已落脚多时，并安排好了一切。依照两人的约定，兰德鲁夫早已在车站等候多时。在德国间谍团的守卫下，他们沉醉于情欲整整七天。陷入温柔乡的兰德鲁夫不知不觉间被套出了关于坦克的其他的秘密，玛塔·哈丽微笑着收集好这些信息。

不久后，兰德鲁夫就被命令返回英国。

然而，这次任务里，她打听到的消息并不属于核心部分。不得不说，英国保密做得是极其森严，所以斯坦雷·兰德鲁夫对坦克一事也只是略知皮毛，核心部分一无所知，玛塔·哈丽自然也就没套出她想要的核心资料。

此时，坦克在英国官员的万众期待下研发成功。虽说玛塔·哈丽没有获得关于坦克的核心知识，仍是却起到了一定的作用。但当试验成功的坦克首次出现在战场上时，德国方面并没有乱了方寸，还准备了新型的大炮，发射出了经过改造而效果惊人的炮弹，这反倒让拥有新怪物而洋洋自得的英军乱了阵脚。

面对如此难以置信的情况，英方的间谍倾城而出，对这匪夷所思的结果进行了线索追查，公众也第一次知晓了斯坦雷·兰德鲁夫大尉和玛塔·哈丽的爱情故事。

11

在巴黎的一所公寓中，正上演着如同电影画满般美丽的场面。两名男女正坐在客厅上深情地拥吻着，仿佛忘记了这个烽火连天的世界，沉迷于只有他们两人的世界。正是这一吻，发挥了惊人的威力，西部战线上的巨型坦克被特制炸药炸毁，这个被给予巨大期盼的巨型怪物就这样失败了。

这种出乎意料的情况，正是近代刑侦部组织巧妙的手笔。

在 1917 年 3 月，玛塔·哈丽突然收到了一则来自柏林本部的密报。

"不用再继续执行任务和打探某阁僚了，目前计划已经做了更改，敲定为对法国首脑总部的全线总攻，并确定了方式以及时间。"

玛塔·哈丽接到这个密报的时候，没有一丝惊讶，因为这早在她的预想之中。

玛塔·哈丽的身份似乎暴露了，这样下去就只有死路一条。

1917 年 4 月 9 日，天刚刚亮，在夏帕纽旷野中，等待着玛塔·哈丽信号的尼维由元帅急得像热锅上的蚂蚁，张望不停，收到某种信号后，倾尽全力攻击。

德军表面看似毫无准备，但是私下已经做好全面严密的防备，所以当尼维由元帅发动战争后，德军按照早已准备好的计划强劲回击，杀了对方个措手不及，尼维由元帅的军队在极短的时间就溃败不堪。

过了七天，三名男子直接闯进了玛塔·哈丽的房间。

"请穿上衣服跟我们走一趟。"

玛塔·哈丽此时就像一只慵懒的猫，躺在椅子上沐浴阳光，脸色平静地看着眼前这一切。她把像波浪一样的长发拨撩到赤裸的背后，看向了看似是首领的那个人，用她依旧迷人的嗓音说："我可以先去隔壁穿上衣服吗？"

他们并没有理会这个看似普通的要求，只是死死盯着眼前的女人。

玛塔·哈丽只好在三人的监督下更衣。表面上，她顺从地听从他们的命令，但是她的心思已经思考了无数个逃脱的方法。其实她明白，他们一进来，就说明她的身份已经彻底地暴露了，她的间谍生涯走到了最后。

玛塔·哈丽感到非常难过，她从来没有受过这样的屈辱，这个监视她穿衣服的人，眼神冰冷，显然对她的身体毫无兴趣。一向以自己美貌为傲的玛塔·哈丽心里悲愤交加，难过的怪兽撕咬着她作为美女的骄傲的心。

着衣后，怒火支撑起她的腰杆，她就不再那么柔弱了。

"我的房间都臭烘烘的，都是你们这群臭男人的到来，让开，我要点支香！"她蛮横骄纵地对他们说，语气中的嫌弃扑面而来。

玛塔·哈丽点了火柴，一只手护着火，火花有一丝微弱，就像暴风雨中飘零的柳树枝条，她连忙将火柴扔进了桌上的印度香炉里点燃。不一会儿，这个外面装点着金饰的绿色香炉里有缕缕的白烟飘出，带着巨大的秘密飘向远方。

那个法国特务看到白烟后，就像一匹受惊的马，赶忙拿起香炉的盖子检查，果然发现果然有一封信在烧着。他急忙扑灭了火，阅读起信的内容，写信人的名字是"M.Y"。

能够看得出，这是某位成熟男士写给她的情书，但是还不能确切知道是谁。抓住这条线索后，特务有些激动，厉声质问玛塔·哈丽。但玛塔·哈丽就像一个哑巴，无论如何逼问，都不肯透露一丝关于男士的信息。

虽然后来根据署名的笔迹，目光如炬的"二号人物"推断出此封情书的作者，但是还不敢肯定。玛塔·哈丽原本是为了在特殊时间可以凭借这封信当作逃出生天的筹码，但是现在她却选择烧掉这个筹码，用生命守护对方的秘密。

后来，玛塔·哈丽被收押在圣拉萨尔监狱。

军事法庭对玛塔·哈丽的罪行进行了审判。这次审判最终经过报纸的宣传报道，成为全球热议的焦点，这位将无数人玩弄在手掌心的女间谍瞬间声名大噪。

虽然玛塔·哈丽完全不承认自己是德国特务，但1916年7月25日，她还是被判处了死刑，迟日执行枪决。

看到各方都在积极努力地营救她，她想起了当初来法国时候的那些情人们的保证，信心突然膨胀起来，开始相信自己能够从中逃脱。她安心地等待着结果，无聊的时候，甚至开始瞎编起自传打发时间。

执行枪决的那天很快就到了，那天天气很好，阳光不算毒辣，还吹了微风。

早上5点，在玛塔·哈丽的牢房门口，行刑者的眼神里带着一丝悲伤。

"在过去你都是为别人起舞，最后一次，你就为自己而跳吧。"

玛塔·哈丽听了也没有拒绝，她还没有意识到这是她最后一支舞。

她就这样跳起了她过去最常跳的东洋舞。过去她跳这支舞的时候，总是将自己最好的容颜和姿态展示出来，就像一只美丽的花蝴蝶，而今天她跳得随性极了，虽然舞蹈有点杂乱无章，但看上去还是很迷人的。

很快，行刑的时刻到了。有人开始向她的牢房走去，准备羁押她上刑场。

今天的她就像过往参加晚宴时一样，梳妆精致，模样迷人。

在送上刑场的整个过程中，她始终微笑着，没有露出一丝恐惧的神色，她还是那个傲人的她。因为在她上刑场前，有一个热烈爱慕着她人对她说："按军规要求，必须对你执行死刑。但这只是一个流程罢了，不要担心。到时候执行枪决的枪是空弹，有声而无物，不会真的杀死你。在'枪决'以后，有人会将你的'尸体'运输出去，到时候你就自由了，放心吧。"

可能这个男子只是单纯地想安慰她，也或许是有着其他目的。但是玛塔·哈丽终究还是选择了相信，因为她的内心始终相信着会有人救她出去的。所以她走上刑场的时候自然而端庄，看起来神采飞扬。

可是在行刑时，听到子弹脱壳的清脆的一声，她才顿悟，原来那是真枪。在枪响那一刻，她还没来得及悔恨自己的幼稚可笑，只发出了一声绝望的呐喊，让在场的人都唏嘘不已。

就这样，一代绝世女间谍就这样在暗算中死去，带着最后的悲哀和无奈。

在死刑场上，玛塔·哈丽的骑士团来了很多人，比如比路·德·莫路待萨克。玛塔·哈丽生前，他们对她说尽世间的甜言蜜语，但是当验尸官们团团围住已经死去的玛塔·哈丽，用脚尖踢了踢她不再鲜活的身体并叫人认领时，四周寂静得只听见呼吸，却没有哪位骑士发出一声。

美人已逝去，红颜已不在，多情又怎么寄托呢？

玛塔·哈丽逝去了，却给大家留下了永远的疑问，究竟那封情信上的"M.Y"是谁？这个能让美女间谍为之付出生命的到底是谁？内务大臣路易斯·马路维被认为是最大的嫌疑对象。

很快，马路维就被审押了。

就这样，无辜的马路维的人生被这个不属于他的罪名毁了。直到两年之后，一个女记者揭露了一个令人震惊的真相：玛塔·哈丽的情人"M.Y"的真实身份，竟然是大战时担任陆军大臣的梅西米元帅。

命运似乎跟马路维开了一个玩笑，原来，这个让他背了一辈子黑锅的人，居然是他的手下。

幼女奸杀案

1

在美国密歇根州，有一个名叫曼特·莫里斯的小镇。树林历经人们的采伐，变得残缺不堪，周围的住户不太多，已经有地产公司在公开的广告牌上打出"转让"的标识。

莱斯利·修纳易达太太的家就在这里。

1928年1月12日，星期四。此时正是隆冬季节，户外正吹着刺骨的寒风，冰雪肆虐。远处延绵起伏的山丘上，土地都已被冻住。

家中的7岁女孩儿桃乐丝去学校时，需要经过附近的迪克西国道，这条国道是通向镇中心的必经之路，也是这片新开发地带的交通要道。

让一个7岁的小女孩儿独自去上学，本非莱斯利·修纳易达太太的意愿。然而每天清晨，她还是要勉强自己将桃乐丝送到离家200米之外的迪克西国道入口处，之后就由桃乐丝独自去往位于小镇的学校。看着桃乐丝小小的背影，修纳易达太太感到很担心，尤其是遇到比较糟糕的天气，她的担忧就更重。

那天，修纳易达太太紧紧抓着桃乐丝的手不放，直到走上国道。桃乐丝·修纳易达在曼特·莫里斯镇合同小学读书，她还只是幼年部的学生。

学校距离住处大约有一英里，母亲只能陪她走过最初的 200 米。

修纳易达太太并不是不愿意送桃乐丝去上学，只是家里桃乐丝的弟弟克雷斯尚在病中。克雷斯只有 3 岁，需要母亲的悉心照料。可想而知，与桃乐丝分别的时候，这位母亲的心境有多么复杂，她不想放开桃乐丝的手，双脚也像被钉在地面上似的，不想立刻返回。

后来，这位母亲对参与调查的亨利·蒙吉尔警探说起了那天的感受："桃乐丝似乎已经习惯了独自步行，她一边快步向前走，一边回过头向我招手。我的神情有些恍惚，就这么看着她的背影，一直站在路中央。有那么一瞬间，我很想把她叫回来，想带她回去，但是我的声音很小，不足以让她听见。慢慢地，她走出了我的视线范围，但我还是久久不能平静。"

桃乐丝的父亲是一个漆工，他在弗林特市的一家车行工作。早上，他会像往常一样从格林街 712 号的家中开车离开曼特·莫里斯镇，去公司开始一天的工作。针对桃乐丝的上学问题，修纳易达夫妇考虑过是否再增添一辆车。这样，修纳易达太太只需拿出比较短的时间，就可以保障桃乐丝安全地往返学校与家两地。只是，修纳易达家的经济状况并不是很好，支付两辆车的费用会稍显力不从心。也正因如此，这个想法暂时只是提一提，没有付诸实施。

修纳易达太太忙碌了一上午，时间 11 点 30 分。以往到了这个时间，桃乐丝欢快的声音就已经在门口响起。而这天，门口一直静悄悄的。

修纳易达太太不放心，便走到窗户前面。透过玻璃窗，可以清晰地看见迪克西国道的转角处，只要桃乐丝走过那个拐弯，其身影就可以映入母亲的眼睛。不久之后，修纳易达太太望见一辆行驶速度并不快的车忽然停在转角附近的路边。车身被道路边的树木遮挡了一部分，看得不是十分真切。她只觉得车停了一小段时间，仿佛只是开了门又关上门这么简单。

这一幕画面始终停留在修纳易达太太的记忆里，她习惯性地认为是住在附近的好心人让桃乐丝搭个顺风车，很快就可以到家。然而那辆车没有向格林街这边开过来，而是向南开到不远处的斯坦雷街，然后继续向南，并且越开越快。附近没有别人的车，迪克西国道的转角处也是空空的，一个人也没有。

失望的修纳易达太太再次返回弟弟克雷斯身边，精心照料他，心里又惦记着桃乐丝。

正午了，桃乐丝还是没有回家。太太重新回到窗户旁边焦急地张望，马路上仍然不见桃乐丝的影子。

如此等下去并不是好办法，太太走到电话机旁边，拨通了学校里的 B.B. 福克斯先生的电话，询问桃乐丝的情况。福克斯先生告诉修纳易达太太，桃乐丝像往常一样按时放学回家了。

也就是说，早在 11 点左右，桃乐丝已经踏上了回家的路。

2

时间退回到 1927 年，桃乐丝的父亲修纳易达先生工作的弗林特市，有位名叫林伊娃·邓肯的美丽姑娘，年龄永远定格在了18岁。她遭受了匪徒的暴行，而后被自己衣衫上撕下的碎布条勒紧脖颈而死。案发现场没有找到什么可疑的线索，因此凶手始终都没能找到。

不久之后的12月26日，刚刚过完圣诞节的日子，奥克希尔镇又发生一起案件。那里与弗林特市有相当一段距离，一位名叫马塞·伽兹的女孩在墓地附近被袭击。凶手个子比较高，身形健壮，他刻意用口罩遮挡着脸部，抢下女孩随身带的物品和衣服，所幸马塞·伽兹得到上帝的眷顾，得以逃出魔掌。她被发现的时候，身上只有一件披着的外衣和脚上穿着的袜子。凶手用鞋带将她的两只手反向捆绑着，因此她行动不便，逃得很狼狈。但不管怎么说，她还是在路边遇到了好心的行人，逃过一劫。

几天以后，案件再次发生。在临近的卡兰德镇，年仅7岁的弗洛里亚·麦克法登遇到了袭击。这个天真的小女孩轻易地中了凶手的圈套，被三氯甲烷弄昏迷，而后，凶手在她身上发泄了自己的欲望。同样值得庆幸的是，凶手并没有杀害她，只是将她随意丢在路上。路人找到她时，她尚未从药物的作用中清醒过来。

那段时间里，人们都在议论，密歇根州一带出现了一个大胆的色魔，他时常在附近的人家出没，偷窥女孩更衣，或者打听年轻小夫妻间的私密房事。

1927年年末至1928年年初的时间里，整个密歇根州发生过案件的地区都弥漫着一片阴影，人们的心情很复杂。

修纳易达太太一想到类似的事件，心中就更加不安，她的脑子里一片乱麻，脑子里已经列出了桃乐丝没有按时回家的种种原因。

时间一点一滴地流逝，桃乐丝的身影始终没有出现。在此之前，桃乐丝从没有晚归的习惯，何况都已经到了下午。修纳易达太太不想再坐以待毙，她走向邻居麦卡锡一家求助，请求麦卡锡夫人帮忙照料生病的克雷斯，又向麦卡锡先生讲述了自己的担忧，希望他能帮助自己去找桃乐丝。

于是，麦卡锡先生陪着修纳易达太太踏上了寻找桃乐丝的路。他们从布伦特·克里克格林街 712 号的家中开始，按照桃乐丝上学时行走的路线走到迪克西国道，又沿着国道一直走向学校的方向。

桃乐丝拥有金色的头发，碧蓝色的大眼睛，是个乖巧的女孩，从不会随意走去陌生的地方。然而，大路上并没有她的踪迹。他们又转向周边的区域，包括商铺、邻居家、同学家等等，询问所有人是否见过桃乐丝，得到的答案都是否定的。

事情变得愈发棘手，已经超出了他们所能掌控的范畴。所以他们立刻将事件经过告知小镇的代理警官海利·D·格里森，希望他可以协助寻找。

得知这一情况的民众，也很快加入到搜索的团队中来，商铺的老板、同情修纳易达一家的邻居、路人，都自发地加入了寻人的队伍中。

搜索的重点在迪克西国道周围。人们沿着国道，在每一个村、每一条街上寻找。遇到两旁有住户的街道，人们便前去向主人打听情况。

时间一点一滴地流逝，依然没有有价值的消息传进人们的耳朵。修纳易达太太十分焦急，不知道该怎么办才好。忽然，她想起自己在窗户旁边眺望的时候，看到过一辆可疑的车。就是先在迪克西国道转角处稍作停留，又一直向南开走的那辆。

与此同时，桃乐丝在放学路上失踪的消息也传遍了整个曼特·莫里斯镇合同小学。桃乐丝所在班级的负责老师安娜小姐与之前已得到消息的福克斯先生进行了简单的沟通，而后，学校高年级的孩子们也开始出动，帮助其他人一起寻找桃乐丝。

事实上，前文提到过的那几起变态的事件，并不是那段时间发生的全部案件。自1926年秋季至今，还有两个人遭遇非命：她们分别是消失的爱德华·希克曼以及被残忍杀死的马里安·帕克。后者还只有14岁，是个活泼开朗的女孩子。马里安·帕克的死曾在加利福尼亚州引起轰动，而后传遍全美。因为帕克的死状十分凄惨，任何正常人都难以想象，这么一个如花般的女孩，居然被凶手用极其变态的方式残害致死，只要一个人还存有哪怕一丝的良知，也不会在她身上施以如此暴行。凡是了解这个案件的人，都难以抹去恐怖的记忆。现如今，修纳易达太太提及那辆很可疑的车在附近短暂停留的这一细节，让人有一种不祥的预感。

搜索团队的人们认为，桃乐丝也许并不只是简单的走失而已。

修纳易达太太被巨大的悲伤和焦虑侵袭，已经无力支撑。人们将她送回邻居麦卡锡太太那里，而后开始重点调查那辆可疑的车。因为它碰巧在桃乐丝回家的时间，在她的必经之路上了停了那么一小会儿。

桃乐丝就读的学校至国道的位置之间有一个与车辆有关的地点，那是一家规模很小的加油站，老板是希德·霍奇斯，一位勤劳的男士。前去打听情况的是之前陪伴修纳易达太太的托马斯·麦卡锡先生和小镇代理警官格里森先生。

希德·霍奇斯思考了一会儿，说道："我知道这个小女孩，她步行上学和放学时会从我这儿路过，所以我时常会见到她。当然，我也不是每次都会看见她，毕竟我也有很多工作要忙。比如早晨我就没有看到她。但临近中午时，我的确看到她了。我想，那刚好是放学的时间，她独自一个人向布伦特·克里克那边走着。"

根据希德·霍奇斯后来的表述，可以了解到桃乐丝失踪前的诸多细节。

小女孩刚刚路过加油站，霍奇斯这儿就迎来一位客人，那是一辆驾驶灰蓝色道奇牌商务车的男人。他也是从曼特·莫里斯镇那边过来的，要往南去。他要求希德·霍奇斯给车添 10 升汽油，还曾一度忘记了付钱。按照这位加油站老板的推算，既然车是向着桃乐丝行走的方向驶离的，那么简单思考一下他们的速度和桃乐丝家的位置，可以得出一个结论：当桃乐丝走到迪克西国道转角处附近的时候，正好可以遇到这辆车。

"那个司机没有什么让人能过目不忘的特点。"希德·霍奇斯说，"不过关于他的形象和服饰，我还是有一些印象的。原本我不会跟客人们讲太多话，但他急匆匆加完油之后，忘记了结账。我只好追上去拦住他，向他提出付账的要求。对于自己的疏忽，他向我道了歉，表示自己并非有意如此，而后立刻付了账。也正因为这一点，我与他面对面的时间更多一点，与他讲的话也比一般客人要多。"

按照希德·霍奇斯指明的方向，麦卡锡先生与格里森警官决定沿着可疑车辆的踪迹寻找桃乐丝。修纳易达太太从窗户上看到，那两灰蓝色的商务车不是沿国道一直走下去的，而是驶入了斯坦雷街，然后继续往南行驶。

斯坦雷街是一条还未修缮完毕的新道路，路面上仍然覆盖着暗红色的细土，土上还落着薄薄的一层雪。附近很少有人会走上这条路，开车经过的人更是稀少。

麦卡锡与格里森来到这儿时，轻易就发现了汽车留在地面上的痕迹。这对于他们来说无疑是个好消息，只要沿着痕迹寻找，总可以找到些有价值的线索。他们跟随车辙继续向前走了 1 英里左右，眼前出现了一个三岔路。

无须仔细分辨就可以看出，商务车在这里想要开向其中一条偏僻的小道，并且在拐弯时还曾用力打方向，来躲避转角附近的一处洼地。他们不明白为什么车会朝着如此荒凉的地方开过去，附近看不到有住户的迹象，到处都是苍茫的林地以及厚厚的干枯落叶与树木，毫无生气。

两人彼此对望了一眼，不约而同地决定下车寻找。

空气里弥漫着一股怪味，令人感到不舒服。他们各自朝不同的方向探索着，心中隐隐有些不安。

很快，地面上的一处明显的印记引起了两人的关注。很容易便能看出，那辆车行驶到这里时，车轮不小心陷进了松软的泥土里。两人不禁感到有些后悔，从一开始，他们就在那段桃乐丝的必经之路上耽搁了不少时间。而这辆车，显然在不久前才刚刚摆脱困境。也就是说，如果他们能早一些到这里，应该可以遇到它以及它的主人。

时间已经来到午后 2 点半。两人明白，如今已不能再耽搁，他们迅速向更偏僻的林中跑去。不一会儿，路边出现散落的木桩组成的略显残破的围栏，栏杆上有满是灰尘的积雪，而附近的地面上留有很深的大尺寸脚印，看上去就像是一连串的大坑。

"你瞧，那个人到这里就放弃了他的车。"格里森指着地上的脚印，"可他究竟是要去哪儿呢，他走到这里做什么？"

随着脚印，他们来到一片野地里，杂草上的残雪不多，很难再看出痕迹，也就没法再做出判断。当然他们没有放弃，继续在这一片区域里寻找，一直走到空旷地带的对面。积雪重新出现，并且脚印也重新显现。

看来，那个人穿过了荒野，一直走到了这里。

他们继续向前，跨过栏杆之后，更深处是比较浓密的杂草、灌木和林地。留在栏杆积雪上的脚印，其中一个与此前一样，尺寸大，痕迹深。看得出，这个男人体型应当是尤为健壮，另一个看上去比较小巧，痕迹浅，像是孩子留下的。

两人穿过附近的数个栅栏，寻着脚印的方向，经过不知是谁家的种植土地以及低矮的灌木林，最终到达一条小河的旁边。

这条小河便是后来有名的布伦特湾，不过在当时，它还只是一条不起眼的小河，仅有8英尺宽、3英尺深。河两岸的土地松软，脚印清晰可见。附近的树丛中，一件鲜红色的外套映入眼帘，正是桃乐丝当天穿的衣服。

如此景象，使人明显地感觉到事态的严重性。或许最终的结果比所有人预料的还要可怕。

麦卡锡与格里森对视时，彼此已经心照不宣。他们在河岸边搜索了一会儿，没有再发现其他的痕迹。格里森认为，凶手应该刚刚离开不久，他们要尽快将他们找到的线索告诉其他人，以便有更多的人帮助他们继续搜索。

3

事情紧急，他以最快的速度回到斯坦雷街，寻找附近的住户借用电话。最终，他在距离河边不远的布伦特森林找到一户人家，主人名叫阿奇·培根。

电话直接打给了弗林特市的县级警官弗兰克·格林。格里森尽可能简短而清晰地讲述了事情的过程，在一旁听着的当然还有阿奇·培根。

当格里森放下电话听筒的那一刻，阿奇·培根忽然高声嚷起来："我的天啊，先生！我应该刚刚见过那个人！我想应该是他没错！"

"真是个凶残的魔鬼！"他继续说，"他的车轮不小心陷进了泥地里，是我帮他解困的！"

这无疑是个意外的发现，格里森急忙请阿奇·培根详细讲述了事情的经过。

"当时正是中午，我正在休息，眼睛看着窗外的景色，脑子里一片空白。忽然，一辆商务车出现在斯坦雷街与这条小路的拐角处，显然它想开进来。我了解这条小路，它像沼泽地一样难走。所以，当我发现这辆车突然不见的时候，并没有想太多。我以为司机发现路况不好之后就放弃了。过了挺长一段时间，一个男人的背影出现在我的视线里。看起来他像是扛着一个什么袋子，向着丛林里面走去，脚步很急促。不过，这并没有什么值得留意的问题，我也没有在意。直到下午2点的时候，有人来敲门，是一个男人，他是来求助的，因为车轮陷进了泥地里。我觉得他应该就是之前我看到的那个想将车开进来的男人。当时，碰巧旁边的邻居威廉·劳伦斯也在这儿，我们一起带上工具，去帮那个男人把他的车轮从泥地里面挖出来，然后把车推到硬地上。尽管车轮的确是陷入得非常深，但这也并不是很困难的事情，我们处理起来得心应手。男人对我们的帮助表示了感谢，然后开上斯坦雷街，又拐到克里奥大街的西部，才离开我们的视线。拐弯之前，他还透过打开的车窗向我们招手。在当时的我们看来，他很有礼貌，也挺有风度，看起来是个性情平和的好人。"

"那你还能记得他的相貌吗？还有车的品牌和号码。"

"嗯……我需要仔细回忆一下。"一时间，阿奇·培根感到了无形中的压力。如果这次事件最终被证明是犯罪的话，他的话将成为重要的证据。

经过仔细的追忆，培根一点点地在脑海中拼凑出了凶手的相貌特征，并加以表述。后来的事实证明，他所做出的叙述是非常贴近实际的。对于一个美国的警察来说，培根恐怕是最擅长对嫌疑人特征做出准确表述的证人。

凭借培根的表述，警方很快对外公布了嫌疑人的画像，各大报纸杂志争相传播。民众都将他视为恶魔，内心满是厌恶和恐慌。找到凶手之后人们才发现，这一画像与凶手的真实相貌已经十分接近，只是在胖瘦和年龄方面稍有出入，但这也是很细微的差别了。

培根对嫌疑人的表述如下：

"那个男人的年龄在50岁上下，身高在173到175厘米左右，体重86公斤左右。他的肤色比较白，讲话一点儿口音也没有。他的外衣比较有特点，布料由湖蓝色、深紫色、墨绿色的圆点混合而成，看起来略有些旧。在他左边的肩膀上有一块污渍，很显眼。他还戴着一顶帽子，是那种咖啡色毛皮的款式，帽檐压得比较低，脚上穿的靴子是深灰色的。还有，从侧面能看出他的背有点驼。"

按理说，培根对陌生男人的记忆已经比较详尽了。可这些看起来可以作为特点的地方，其实并没有想象中那么有用。警方在寻找嫌疑人时，也发现其实有很多人都可以说与目标很相像。凭借他的表述去识别一个人，实在是太难。

培根对于那辆商务车也有描述，他说那是一辆灰蓝色道奇牌的四门车，是，或许是1924年的款式。关于车牌，他并没有看清楚，因为当时车身深陷泥潭，车牌完全被烂泥挡住了，一点儿也看不清楚。

这些重要的信息，格里森都在第一时间向上司弗兰克·格林警官做了详细的汇报。随后，整个密歇根州都发起了针对这辆车的搜寻。弗兰克·格林警官则带领一队警察以最快的速度赶往布伦特森林，以那条小河为中心，开始更大范围的搜寻工作。

桃乐丝的父亲，威廉·莱斯利·修纳易达也及时从工作岗位上撤下来，回来参与女儿的搜寻。

寒冬季节，白天的时间比较短。傍晚来得也比其他季节要早一些，温度也在不断地下降。河中的水也在逐步减慢流速，河面上结起一层薄薄的冰。

人们还在艰难地搜索着，河的两岸以及更深处的丛林里，都能看到搜寻者的身影。

弗兰克·格林警官带来的人中，有一位叫弗雷德·杜马易的警察。他以发现桃乐丝那件红色外套的地点为起点，沿着河岸继续向前走，忽然，他发现，在岸边泥土与水的交界处，飘着一片蓝色带花纹的布。拾起来，才发现是少女的文胸。

他立刻意识到什么，顾不上寒冷刺骨的河水，光着脚走入水中更深一些的区域，用脚底试探性地搜索。很快，他就触电般地停止了动作。他挽起袖子，伸手从河中捞出一具尸体。

是的，人们最不愿意看到的结果发生了。

这是一具泛着冰冷白光的少女的尸体，全身赤裸着，伤痕累累。

西方人的发育通常比较早，7 岁的桃乐丝，身形看起来与 14 岁的青春女孩无异，她的肤色白皙，曲线流畅，已经有了一些女人的柔媚。她的短发是深棕色的，双乳稍平，腿部修长。

岸边的修纳易达先生看着这一幕，内心已完全崩溃。

当然，杜马易的内心也很痛苦，后来他对媒体描述自己的感受时说道："我感觉到自己的双手在微微颤抖，直到将她放到草坪上，我都不愿睁开眼睛。虽然我是警察，也曾无数次面对这样的场面，但这一次，我觉得自己需要很大的勇气去承受。尸体被摧残得很厉害，周围的人都像我一样，不愿去面对这样残忍的现实。"

从尸体的情况来看，桃乐丝毫无疑问遭受了残酷的暴行，而后又被殴打惨死。并且她在死后，尸体依然遭到无情的残害。她的身体从腋下到肋骨、肩胛骨的中央位置以及小腹的部位被人切开，切割的刀口很深，仿佛凶手与尸体有什么深仇大恨，整个场面惨不忍睹。此外，尸体的鼻子也被切除了，只留下两个令人战栗的洞。肋骨像是被精心分割，每一根都单独被剔出来，皮肤与骨头表面的薄膜分离。而且，尸体的内脏还被凶手取走了一部分。

而后在媒体的报道中，文章在涉及尸体损伤时，只是谨慎地写着"尸体的某些内脏器官被凶手取走"，而没有详尽地描述尸体的惨状。当时，案件发生之后，负责尸检的法医是介雷西县的布拉赛博士，他与"底特律时报"的拉尔夫·格蕾通信时，小心翼翼地叙述和说明了事件的过程。只是这样的程度，已经可以充分向世人表现出凶手的变态了。

根据警察的结论，凶手杀人毁尸的目的是显而易见的——强奸杀人，满足自己的欲望。

事实上，在 1927 年 8 月 28 日的深夜，布伦特·克里克和弗林特市交界的曼特·莫里斯镇，曾经也发生过两次与此相似的案件。当时被杀的是年仅 22 岁的美丽女孩桑德拉·G·巴克斯特，她同样遭到凶手的强暴，而后尸体被切割得不成样子。凶手就像是在进行一场盛大的解剖，每一处都不放过。这个恐怖的案件在当时引发了非常广泛的关注，当地的警察局全力投入调查，却没能找到关于凶手的任何蛛丝马迹，因此这个案件就暂时被搁置下来。

而现在，桃乐丝的案件同样显示出凶手拥有独特的对尸体残酷迫害的嗜好。他切割的方式很精准，也很到位，就像为病人做手术的医生。他能准确地判断器官的位置，很好地分离皮肤、肌肉和骨骼，由此可见，无论从专业理论还是技术方面，他都比常人高出许多。

检察官格林无意间将这两起案件联系到一起，不知道为什么，他忽然感觉到，这很可能是同一个凶手犯下的案件。

4

警方仍然在布伦特湾附近的凶案现场进行大面积的搜索，格林警官在树林与灌木中，及雪地里发现了一系列有用的物证，包括残留着三氯甲烷的瓶盖、桃乐丝右手的拇指与小指、一些残破不堪的人肉片、某个品牌香口胶的外包装、残留着血渍的男用手绢等等。其中，那块男用的手绢没有任何独特之处，尽管它镶着金色的边儿，但仍然不可避免地让人看出它的廉价。

当夜晚来临时，格林警官与其他参与搜索的警察重新聚集在案发现场附近的河堤上，他们进行了简短的碰头会，将各自发现的线索汇集到一起，以证据为出发点，逐渐推理出凶手行凶前后的场景。

按照他们的推论，小姑娘桃乐丝在放学时在路边遇到刚刚从加油站出来的那辆车，司机对小姑娘产生了兴趣，用香口胶将她哄骗上车，而后带走。车子开到斯坦雷街道的那个三岔路口时，很难再前行。他便用随身携带的三氯甲烷让桃乐丝陷入昏迷，然后抱着她向树林里走去，一直走到河岸边附近。他找到一处洼地，借助周围树木和灌木的掩护，对桃乐丝实施了强奸，之后又残暴地用刀捅她，直到她死去。最后，凶手脱光了尸体的衣服，并用难以置信的残忍手段凌虐了尸体的各个部分，丢进河里。从阿奇·培根的讲述来看，凶手的作案大约持续了两个小时。为了让车子摆脱泥潭，凶手不得不寻求附近住户的帮助，也因此他清理了自己的手和可能沾上血渍的衣服和其他物品。培根与邻居威廉·劳伦斯好心地帮助他摆脱困境，然后他就快速走上斯坦雷街道，又行至克里奥大街，再向西跑去。

结合最近发生的所有类似案件，可以得出以下结论：

1927年8月28日，22岁的桑德拉·G·巴克斯特的尸体被人从曼特·莫里斯镇的公共墓地里挖出来，凶手先是奸尸，又对尸体进行解剖。

1927年11月1日，18岁的少女林伊娃·邓肯在弗林特市的公共墓地被凶手强暴并勒死。

1927年12月26日，马塞·伽兹在墓地里被人强暴，这次是在奥克希尔镇。

1928年1月5日，在卡兰德镇的路上，年仅7岁的弗洛里亚·麦克法登被强暴。

1928年1月20日，桃乐丝·修纳易达在放学路上被骗走，进而被人强暴、杀害和毁尸。

这一系列残酷的案件究竟是不是同一个凶手犯下的，并不是最重要的。从案件发生的频率来看，仅仅是四个月的时间，就有五起不同寻常的性暴虐案件，而且还有两起发生在7岁女童的身上。一时间，整个国家都被恐惧缠绕着。

布伦特·克里克之前不过是一个小地方，没有什么人知晓。如今，因为桃乐丝·修纳易达事件的发生，成为全美国尽人皆知的地方。警方的搜索以迪克西国道为中心点，辐射到周边的各个州。许多可疑的人都被详细地调查或逮捕。

　　一位医生在纽约州布法罗市的一处停车场休息的时候被警方抓捕。原因是他随身携带的医疗器具和毛巾上有大面积的血渍。在调查的过程中，警方还发现他到过密歇根州的布里顿镇，因此更加怀疑他。经过再三调查与核实，才发现他的确拥有不在现场证据。于是，这位医生经过连续几日的审讯折磨后才被放走。贝县也有一位拥有类似经历的医生，他在平日里的名声不是太好，受到了警方详细的盘问和调查，只可惜，他也不是警方要找的那个人。

　　不只是密歇根州，整个美国都在发生着此类事件。凡是引起警方怀疑，或者看起来很可疑的人，都会遭到严密的调查或审讯。

　　密歇根州南边的城市里，警方将当地一些有名的不良少年与性变态者集中到一起，让加油站的老板希德·霍奇斯，及阿奇·培根、威廉·劳伦斯进行辨认。三位证人四处奔走，这样的程序每天都在进行。底特律的警察局还特别委派了两位经验丰富的警官，到介雷西县的搜查部协助调查。

　　案发当地的警察也从未懈怠，弗兰克·格林警官带领着弗林特的警察们积极投入工作。他们多次去往现场，着重对商务车轮胎的痕迹进行调查。他们从泥土留下的痕迹提取样本，然后在整个美国范围内进行比对。最后他们终于发现，这辆的两个前轮的轮胎与两个后轮的轮胎不一致。前轮是古德里奇的金刚石胎面，后轮是古德亚的更大众化的胎面，这种轮胎因其适宜不同气候的特点，深受人们的欢迎。

　　不管如何，调查始终还是有所进展的，线索越来越多，嫌疑人的范围也越来越小。只是介雷西县的民众对这个异常残暴的凶手感到无比的痛恨与气愤，他们希望当凶手被抓到时，可以立刻被执行死刑。所有人都想看到凶手被烧死，或者用他惯用的作案手段，先对他进行毒打，然后再用刀杀死。弗林特市与曼特·莫里斯镇的各个地方，都有临时组成的小团体在商量如何对凶手进行报复。看起来，人们迫切地想要使用私刑来惩罚凶手。这并不是危言耸听的事件，一直以来，美国人的激情就特别容易在此种情况下爆发。

由此，令警方感到头痛的事情，除了抓捕凶手之外，还要考虑如何在抓到凶手之后阻止群情激愤的民众，以防止他真的被处以私刑。任何触犯法律的人，都应当公开地接受法律的审判。尽管他惨无人道，但法律仍然赋予他为自己辩护的机会和权利，这是法治的文明国家所必须具备的素质。

格林与弗林特的警察日夜不停地工作着，他们下定决心要找到杀死桃乐丝的凶手。某天，在弗林特市城区外面的拉赛路街，他们发现一个男人正面对着一辆抛锚的商务车，车的特征与案发现场出现的那辆有点相似。执行排查任务的警察很快留意到这个男人，并且毫不犹豫地将他"请"进了警察局。

按照规定，该男人应当被临时关进县级监狱。那时的美国小镇的监狱都分为县级和市级。格林警官考虑到弗林特市的县级监狱介雷西县监狱有些破旧，如果有大批民众前来抢人，恐怕难以招架。所以他不顾规定，坚决要求将这位犯罪嫌疑人送到条件更安全、更稳固的市级监狱里去。

事实上，从那时开始，警方的调查活动就已特别保密。倘若镇上有人听说某个嫌疑人被抓捕，关在拘留所里，便会引发不必要的暴乱。空气里漂浮着危险的气息，人们按捺不住自己的情绪。既然他们决定要以私刑的方式来解决问题，就一定会坚持自己的做法。假如事态失控，就会引发其他不必要的冲突。

格林警官无疑是一位正直、勇敢的好警官，面对群情激昂的民众，他大胆地说出了自己关于嫌疑人的想法。

"如果嫌疑犯被民众执行了私刑，倘若日后证明他是无罪的，又该怎么办？"他说，"只要一想到这种情景，我就感到脊背发凉。法律代表着公正，不能因私刑而毁掉合众国、法治国的声誉，嫌疑犯不能交给民众，这也是身为警官、身为执法者的责任。"

5

桃乐丝的尸体由介雷西县的法医布拉赛博士负责进行解剖检验，博士证明了此前警方推测的凶手的残暴行径，也对警方的调查方向给予了肯定。他特别提醒和强调了一点："凶手在对尸体进行侵害的时候，手法娴熟、老练，没有一丝犹豫和怯懦。这是非常令人感到震惊的。"

事件发生之后，修纳易达太太始终处在昏睡的状态，医生说她受到了过度的惊吓和打击。与此同时，威廉·修纳易达则像一只愤怒的野兽。他待在家里，日夜都处在一种暴躁的状态之中，盲目地走动，大声地咒骂，又不时地祈祷上帝。亲朋好友们都相聚于此，为桃乐丝的葬礼做出细致安排。

格林警官适时地向民众发表了说明，声称犯罪嫌疑人应当是住在弗林特市或者周边某个地方。种种迹象表明，犯罪嫌疑人对密歇根州十分熟悉，这里就像是他的家一样。又或者，他曾经在这里生活过。

弗林特市的警察署长、搜查本部以及民众都赞同他的观点，犯罪嫌疑人不是偶然从外地来的，而是始终待在这里。

调查工作开始以来，一大批犯罪嫌疑人被关进拘留所，大约有 132 个人。他们每个人都或多或少有嫌疑，但有的人嫌疑重一点，有的轻一点。阿奇·培根作为对凶手印象最深的证人，在弗林特市警察局对诸多嫌疑人进行了指认。其中不乏多次骚扰少女、拥有犯罪前科的来自拉比亚县的村民。当阿奇·培根从他们面前走过的时候，并未有任何有价值的发现。他对自己的记忆力很自信，凶手的相貌特征正清晰地印在他的脑海里，但面前的这些人显然都不是警方要找的人。

格林警官在一旁焦急地等待着。培根是重要的目击证人，对警方来说有着十分重要的作用。他多么希望培根能大喊出"是他，凶手就是他"这样的话，只可惜，培根经过一个又一个嫌疑人的时候，一直都在摇头和摆手，空气里弥漫着令人窒息的紧张气氛。

培根对于凶手形象的表述始终在不断地进行修正，特别是一些细微之处，每天他都会有不一样的回忆。针对这一点，有一些人认为他是乱说一气，骗取信任。但实际上，后来当凶手被抓到之后，人们才发现培根所描述的基本无误。他正是通过不断地修正，使得凶手的形象越来越具体，他的每次回忆，都会比之前更加贴近凶手本人的特征。

警方还决定提供一千美金的赏金，对提供重要线索或者对破案提供帮助的人进行奖励。

随着时间的流逝，整个气氛变得愈加敏感。人们在议论桃乐丝被杀的时候，仍掩饰不住内心的恐惧。此前人们认为，凶手可能就藏身在这里的某个角落。但是面对如此严密、细致的搜查以及社会舆论的压力，凶手不太可能还躲在原地。出于这样的考虑，很多人更倾向于认为凶手已经逃出本州，甚至已经逃出美国。

面对一无所获的警察，民众也开始失去耐心，开始讥讽和指责。

以往，乡村的星期日总是平静、安宁的。此时，教会的钟声正在吸引着越来越多的信徒。信徒们跪下来祈祷，愿残暴的罪犯尽早接受神的裁决和人们的惩罚，愿风波早日平息，愿本州早日恢复平静，愿有子女的父母都能安心。

这个星期日，所有人都郁郁寡欢。

距离曼特·莫里斯镇大约 30 英里的地方，有一个名叫奥沃索的小镇。它既是希瓦县的政治中心，也是名人詹姆斯·奥利弗·柯伍德的家乡。

欧蒂教堂，是小镇唯一的基督教会。每到星期日，镇上的所有家庭，不管是商人、工人、农民还是家庭主妇、孩子，都汇集在这里，参加礼拜。

教会只有一位年轻的兼职助理，叫哈罗德·洛思里奇。平日他以木工为生，教会有活动时他才前去帮忙，主要负责招呼信徒，并协助牧师处理教会的日常事务。

星期六的深夜，洛思里奇竟然失眠了，平日里他很少会有这种情况出现。他在床上不停地翻过来又翻过去。他紧紧地闭着眼睛，希望自己能尽快睡着。不久，他就像忽然进入状态，一下子就睡着了。他睡得很沉，似乎是因为实在太累了。又过了一会儿，他尖叫着一下子坐起来，好像遇到了非常可怕的事情。

身边的洛思里奇太太被惊醒，看着丈夫满脸因恐惧渗出的汗水，感到十分不安。

"亲爱的，怎么回事？"洛思里奇太太小心地问。

"原来是一场梦。"洛思里奇试图让自己平静下来，"我梦见一个小女孩被残忍地杀死了。整个过程，就像是小说中设置的情节一样，很残酷，很血腥，凶手的身影好像就在我眼前。"

洛思里奇太太似乎放下心来，一边拍着他的肩膀，一边笑了笑说："还不是因为你经常关心那个叫桃乐丝的小女孩的案件，才会做这样的梦。"

"不，不对。"洛思里奇思考了一会儿，否认道，"在梦境里，我能清晰地看到凶手的样子和她被杀的过程。或许我真的看见了也说不定。"

"那你说凶手是谁？"

"嗯……现在还不行。"洛思里奇决定守口如瓶，"是我们身边的某个人。但这毕竟是梦境里的事情，哪怕再清晰，看起来也是毫无道理的，所以我不能随意地说出口。"

洛思里奇再次躺下的时候，在心里默默地思考了很久。他不曾想到，那个出现在梦境中的残暴凶手，居然是与自己十分熟悉，且被许多人敬重的人。

第二天的星期日，人们照例聚集在镇上的基督教会里。奥沃索镇的居民都是淳朴、善良的乡下人，他们常年守在这一小片土地上，过着传统的生活。他们继承着祖辈的宗教信仰，毫无背叛之意。他们将自己与外面的花花世界隔离开，坚守着按部就班的生活和宗教仪式。也因此，这里的基督教会虽然不大，却是村民生活中神圣而不可或缺的存在。

最早一批到达教会的信徒里，有一位名叫阿道夫·霍特林的先生及他的妻子和孩子们。霍特林先生是教会里的名人，虽然他的外貌实在有些太过平凡：脸是扁平的，眼窝很深，嘴唇不只厚，还略有点歪斜。他将自己的身体塞在一套黑色的礼服和青灰色的外衣里，显得笨拙不堪。很明显，这身衣服不太适合他的身形，更何况他还有些驼背，身侧的两只胳膊向猿人一般。

但不可否认的是，霍特林先生是个很和善的人，喜欢做善事，他长期担任教会的管家，凡事都积极参与，付出了很多辛苦。于是，在教会会员们的推举下，他很有可能会在晚间的集会上升任长老一职。也因此，这天他和家人们看起来都很高兴，与陆续来到教会的信徒打招呼、握手，脸上挂着发自内心的笑容。

常年与霍特林先生打交道的同伴并不在意他的外表，对于他不协调的身形、不合体的服饰以及略显丑陋的相貌，他们完全不关心。他们认为，他完全有资格被提升为长老，长久以来的交往中，他都显得那么沉稳、善良、真诚。加之他对于信仰的忠诚度，有什么理由怀疑他的能力呢？在人们的印象中，阿道夫·霍林特虽然其貌不扬，但并不妨碍他拥有谦卑、礼貌和沉稳的绅士风度。

来到奥沃索镇之前，他在圣苏马里堡居住，彼时的霍特林亦尤为热衷宗教，他不仅是教会成员中的忠诚人士，也是竭尽所能为教会工作的活动家。据说他还曾在卡尔卡斯卡镇居住过一小段时间，而后才来到奥沃索定居。如今，他已经在这里居住了九年的时间，并始终为教会奉献着自己的能量。由于他的热情，以及讨人喜欢的好性格，这里人都认为他是个值得让人相信的人。

奥沃索镇的周围布满茂盛的树林，因而其鲜明的特色是木材。它是本州重要的木材主产区，也因此在家具制造行业颇为有名。这一得天独厚的条件，使得镇上以木工为生的人很多，可以说，整个奥沃索镇便是一个木工聚集的小城，它同样代表了美国乡村都市化进程中的典型。当地基督教会中的成员，大部分都以木工为职业。当然，阿道夫·霍特林也是他们当中的一员，他称得上是小镇中出色的木工之一。他十分热爱这个职业，就像热爱他的教会事务一样，一直都做得很高兴，很尽心。

已经46岁的霍特林共有5个孩子，其中年纪较大的两个女儿，已经出嫁。一直以来，他都是一位很看重家庭的父亲，他始终乐于给孩子们更好的生活，陪伴他们长大成人。对妻子来说，他也可以称得上是优秀的丈夫。而在外面，他总是和颜悦色。有工作的时候，他全身心投入，没有工作的时候，他宁可待在家里。

霍特林唯一的一个怪癖，就是他不能认同非信徒的木工，不愿与他们一起工作。不过，对那些没有基督教信仰的人来说，与一位忠实的、不愿接纳他们身份的教徒一起工作，也是很困难的一件事。坚守信仰的教徒总是会做出某些令人感到不快的、激进的举动。比如，如果与之共事的木工稍有瑕疵，他们就会非常诚恳地反馈给雇主。霍特林在非教徒的木工中相当不被认可，也从未受到欢迎。

那天，对于霍特林来说是尤为重要的日子，他将会被晋升为教会的长老。与平日一样，他带着严肃又亲近的神情走进教会，此时，距离礼拜正式开始还差 15 分钟。

安顿好家人的座席，他立刻走到那群正在边围着炉火取暖，边聊天的男人们中间，面带笑容地问候大家。

"早安，霍特林管家。"

向霍特林热情地打招呼的是哈罗德·洛思里奇，在霍特林升任长老之后，空缺出来的管家的位置很可能会交到他手中。

洛思里奇还很年轻，只有 25 岁，住在镇上的东康斯托克街 406 号。关于之前的那个奇怪的梦境，他自然守口如瓶。

"啊，是洛思里奇，我亲爱的兄弟。"霍特林也已同样热情的口吻回应洛思里奇，但看上去也像是在自说自话，"真是一个天气晴朗的星期日呢，不过气温仍然不容乐观……"

与天气有关的话题没有立刻停止，近期的奥沃索小镇洒满阳光，但冰冷的低温也同时侵袭而来。另外一位木工先生也适时地插话，于是，原本是霍特林与洛思里奇的话题转而变成三个人的话题，主题也由天气情况变成了工作中的一些事情，以及教会的日常琐事。

三个人漫无目的地交谈着，气氛很融洽。不一会儿，詹姆斯·W·弗莱，教会的牧师也走过来，话题小组的成员又很自然地成为四个人。礼拜开始前的闲聊是轻松而愉快的，围着炉火的等待也显得不那么漫长了。

不管是此时，还是往后的时间里，似乎没有人愿意在教会谈起桃乐丝被杀害的案件，所有的话题都未涉及这一点。

礼拜的时间一到，大家各归各位。原本闲散的氛围变得安宁而庄严。牧师弗莱照例在圣坛中央带领大家唱赞美诗，洛思里奇专注地跟大家一起合唱。悠扬的声音响彻整个教堂，在这个看似平和、传统又冰冷的教会活动现场。霍特林作为管家，决心站好最后一班岗，他比以往还要细致承担着圣餐助司的工作。

晚上的信徒集会要更加热闹一些，基本上所有的信徒都到场了。

大家聚集在一起，做出了两项重要的决定。一是霍特林要从管家晋升为长老；另一个则是管家的职位交到洛思里奇手中。两个人是私交甚好的朋友，也深受信徒喜爱。因此，两人的晋升丝毫没有遭到任何人的反对。信徒们由衷地为两个人的晋升感到高兴，并欢迎他们走马上任。两个人的心中升起满满的荣誉感，新的岗位带来新的挑战，他们都踌躇满志地走上了回家的路。

年轻的洛思里奇抑制不住内心的喜悦之情，一路上，他幸福地牵着妻子的手，开心地笑着，冰冷的空气丝毫没有让他感到不适。

可走着走着，他心中的喜悦逐渐消失，转而生出些许惶恐的情绪。也因此，他的脚步越来越慢，身体变得沉重，甚至在寒风中瑟瑟发抖。

妻子立刻感觉到他的变化，好奇地问："哈罗德，你有什么不舒服吗？怎么突然变得如此沉默？"

"噢，没事。"洛思里奇小心翼翼地答道，"可能是天气太冷了。"

思绪一旦产生，便没有那么容易消逝。一整个夜里，洛思里奇都没有睡安稳，他始终在思索着、焦虑着。

终于，第二天与妻子一起吃早餐时，他鼓起勇气对妻子说："有件事情，在我心里徘徊了很久，怎么也挥之不去。我很担心，甚至有点儿恐惧。"

"究竟发生什么事情了？"

"还记得上次我跟你说起的那个梦境吗？它真的是很清晰，我清楚地记得每一个细节，所以很难当成什么都没有发生。"

"原来是这件事。"妻子笑了笑，完全没当回事，"我真是想不通，你怎么会对一个莫名其妙的梦境如此认真，还思索了这么长时间。"

"或许是因为小女孩被残忍杀死的画面太真实了吧。"洛思里奇解释道，"一闭上眼睛，好像就在眼前似的。"

"我记得你说起过，你梦到的那个凶手，是咱们都知道的人。"

"是啊。我跟你讲，那个人不只是咱们都知道，他还是很多人眼中的绅士。"

"是吗？可即使是我想了解得更详细，恐怕你也不会轻易告诉我吧？"

洛思里奇眨了眨眼睛，不置可否。他玩弄着手中的叉子，继续思索着。

"你直截了当地告诉我吧！"妻子佯装生气，说话的口吻也严厉了些。

"我也觉得，还是向你坦白比较好。"洛思里奇似乎松了一口气，"是我们在教会认识的人。"

"啊？"妻子露出惊讶的表情，"教会里怎么会有这样残暴的人？你可不能乱说啊。"

"我哪里有乱说。"洛思里奇急忙辩解，"我只是告诉你梦中的情景，并没有说现实就是这样的。梦境中出现的人也不是我自己来掌控的，我不清楚自己为什么会梦到那个人。在我的梦里，阿道夫·霍特林的行为……"

"怎么是他？"妻子因紧张而将手中拿着的食物掉在桌子上。

"嗯，是他。新任的教会长老……"洛思里奇小声嘀咕着，"不过这也没什么，只是一个梦境而已，又不是真实发生的事情。"

"是啊，要说霍特林先生能做出这样的事情，无论怎么都是想不通的啊。如果是别的什么人，倒还是有可能的。"

"做了这样一个梦，还真是很抱歉呢。"洛思里奇有点不好意思，"之前，我根本不会产生任何联想，可是当昨天，再次与他见面的时候，我的脑海里又冒出了那个场景。我想，这是因为……你不觉得哪里有问题吗？"

"我没看出来，哪里有问题？"

"你还记不记得媒体描述的桃乐丝杀人案件中，犯罪嫌疑人的相貌特征？难道你不觉得，那样的描述与霍特林很接近吗？"

妻子歪着脑袋想了一会儿，由于近期媒体不断地通报案件详情，关于凶手相貌的描述已经深入人心。

忽然，她像是发现了什么重要的事情，双眼瞪得圆圆的，认真地看着洛思里奇，说道："没错，还真是一样的。"

"你瞧，我也并不是乱想。"

"单纯从外貌特征的方面来看，的确非常像霍特林先生。"

"这真是不可思议的巧合。"

"是啊，不可思议的巧合。"

"尽管看起来这不过是一个巧合，然而现在警方正在到处寻找可能的嫌疑犯，我们也不能没有丝毫的怀疑吧。可如果仅仅是凭借一个莫名其妙的梦境，可真的是很难让人相信。到底应该怎么办呢？不如去报告警察？"

"可警察怎么会相信你的梦境呢？"妻子继续说，"倘若你告诉他们这是你梦到的情节，他们不但不会当真，反而会讥笑你的幼稚吧！何况，霍特林是教会的长老，是人人尊敬的绅士。如果没有证据，随意将这件事宣扬出去，有损基督徒的声誉，也不是你作为管家应该做的，我觉得你还是不要轻易给自己惹麻烦比较好。"

年轻的洛思里奇没能与妻子商量出妥当的处理办法，只好去请教父亲。他的父亲同样以木工为职业，当洛思里奇急匆匆奔向法拉盛的工地寻找父亲的时候，工地上已经开始了一整天的忙碌。

最终，父子两人是在脚手架上碰面的。洛思里奇毫不犹豫地向父亲坦白了自己的梦境和想法。

"父亲，我几天一直在思索关于桃乐丝被杀案件的事情。起因是我的一个梦境，它看起来莫名其妙却又很真实。我知道我的想法让人很难相信，所以我特地来找你，想跟你讲一讲我的猜测……"

慌张的洛思里奇是很容易引起旁人注意的，站在父子俩身边不远处的来自曼特·莫里斯镇的木工谢尔登·S·罗宾逊便是其中之一。他借助于工作的便利，听到了父子俩的交谈。

对他来说，这真是一个无意中的重大发现。他佯装工作，默默地听完洛思里奇的猜测，便漫不经心地结束了脚手架上的工作，收拾了自己的工具，转身走开。

起初，洛思里奇的父亲跟普通人一样，对他的梦境并不感兴趣，也不曾当真。可看到自己的儿子颇为认真，不像是在随便开玩笑的样子，随即决定报告警察。即使被所有人嘲笑，他们也在所不惜。

做好了心理准备的父子两人坐上了洛思里奇的车，打算尽快返回奥沃索镇。

那个早先走掉的木工罗宾逊则立刻返回到弗林特市，然后直奔介雷西镇的警察署，找到一位在那儿担任代理警官的好友马克·贝尔索普。他将听来的洛思里奇的那段梦境以及关于霍特林的猜测，都告诉了这位朋友。

贝尔索普并不相信世界上还有如此巧合的事情。自从案件发生以来，几乎每天都会有人来报告各类所谓的线索。所以，仅仅是每天应付诸如此类的事情，已经令警察们颇感头痛。目前案件仍然没有什么头绪，大家都忙碌在破案一线，贝尔索普实在不愿意花时间关心这样一件莫名其妙的小事。

不过他转念一想，即使是浪费时间，也比闲坐在办公室里要好些，索性还是去奥沃索走一趟。

"这个难以置信的线索，我们还是去瞧瞧吧。"他稍微收拾一下，站起身，"托马斯·卡林、亨利·孟吉尔，咱们外出活动活动吧。"

马可·贝尔索普、托马斯·卡林、亨利·孟吉尔三位警察组成的小团体首先向法拉盛市的那个工地出发了。他们刚好是经验丰富的警察，是格林警官的众多部下里比较出众的。他们在工地找到了哈罗德·洛思里奇，向他询问了那个莫名的线索。

可想而知，面对突如其来的警察，洛思里奇有多么紧张和害怕。他完全不知道应该如何表达自己的想法，讲话也是毫无逻辑，又结结巴巴。他是教会新上任的管家，面对教会里人人都敬重的霍特林长老，这位口碑毫无瑕疵的绅士兼朋友，他竟然仅凭自己的梦境就将他与十恶不赦的残暴凶手联系在一起。他在心里默默地自责，在梦境与现实之间徘徊不定，他完全乱了阵脚。

"你确定自己的梦境是有事实根据的吗？"贝尔索普问，"梦里的情节是否足够真实？"

"我当然能确定。"洛思里奇回答得很认真，"梦里杀害桃乐丝的凶手，的确是奥沃索基督教会的新任长老阿道夫·霍特林，连案发现场的细节都很真实。"

毫无疑问，洛思里奇遭到了警察们的嘲笑。

6

"嗯……还是感谢你能告诉我们如此精彩的一个梦境，但只可惜，梦境代替不了现实。警察也不能循着梦境追求真相，所以，恐怕我们没有办法相信你的说法。"

整个调查的过程里，很自然地会出现各种匪夷所思的事情，有些会成为警察们日常的笑柄。面对洛思里奇的梦境，三个人觉得他们真的是遇到了特别经典的一个笑话，被当成嫌疑犯的竟然还是教会里的新任长老。还没有走出工地时，他们已经在心里盘算着，回到办公室之后，如何添油加醋地跟同事们讲述这个事情，让他们开怀大笑一番。

踏上回程的路途时，托马斯·卡林想起一个不错的提议："嗨，伙计们，咱们去那个被当作嫌疑犯的教会长老家拜访一下怎么样？"

"好啊，好啊。"首先回答的是亨利·孟吉尔，"反正咱们也不赶时间，不如去见见那个人人敬仰的长老，看看他究竟是怎样一个人物。"

"好吧，我们就去一趟奥沃索。"

警车及时掉转方向，朝着奥沃索的方向前进。

警察能来到霍特林的家的确是纯属偶然，从一开始他们就抱着一种打发时间的心态在处理。

车子停在奥沃索北希科里大街 908 号，三个人走下车，露出一副警察特有的职业笑容。

霍特林长老家的房子并不大，就像他本人一样保持低调。

门铃响起之后，不一会儿，出门迎接的霍特林太太便带着三个人穿过院子，进到装饰典雅的客厅。

阿道夫·霍特林本人也在家，他随意地坐在沙发里，似乎没有什么重要的事情可做。

"你们好。"他立刻站起来，走上前打招呼，"请问你们为何到这儿来？"

直到现在，三个人才意识到自己的尴尬处境。他们像小孩子似的并排站着，为了掩饰内心的不安，只得不停地玩弄着手中的帽子。

还是贝尔索普率先打破了平静："您好，霍特林先生，我们是弗特林市的警察。"

在内心深处，他们三个人都很敬重面前的这位教会新任的长老。毕竟他在当地颇受爱戴，是众多信徒心目中的绅士。此时此刻，他们实在无法解释，自己竟然是因为一个年轻的教会管家的梦境而站在这里。

"请您不要误会，我们前来，只是例行公事而已。"警察们拿出惯用的说辞，"我们对每个人都需要询问一下近期的活动情况。"

"噢，当然，没关系。"霍特林讲话时带有长老应有的平和与尊严，

"近期因为没有什么特别的工作，多数时间我都待在家里，或者四处去转转，看看有什么工作可以做，失业的日子可不太好过。"

霍特林的回答很流畅，也很坦然，看不出任何刻意编造的迹象。从他脸上的表情，也看不出什么异样。

"真是很不好意思。"亨利·孟吉尔感到很抱歉，便点了一支烟，继续闲聊，"您家里有商务车吗？道奇牌的。"

"没错，的确有一辆。"

霍特林很诚实，但三位警察的心里还是不免想到那辆蓝灰色的车。

"平日里，那辆车是您自己使用吗？"

"对，没错。"霍特林仍然很诚实。

"那辆车还在您家里吗？"

"当然，它就停在车库里。"

"能问一下车的颜色吗？"

"当然，它是黑色的。"

与凶手有着相同款式的商务车并不是什么稀奇的事情，任何人的家里都可能有一辆这样的车。很显然，霍特林的车的颜色与他们要找的那辆不同。三位警察悬着的一颗心，也慢慢落下来。已经在长老的家里耽搁了很多时间，添了不少麻烦，三个人都觉得有点难为情，他们也就没有继续追问下去。

"非常感谢您的配合。"贝尔索普与霍特林握手致谢，"我们成天跑来跑去，为了所谓的例行调查，上面交办的任务又不能不完成，真的是耽误你们太多时间了，还请您原谅。"

"别这么说，你们的工作也是保障这里的民众能过上安稳、快乐的生活，我是很敬重你们的工作的，也要对你们的敬业表示谢意。只可惜，我没能帮到你们。但是，我了解到的所有的事情，都会毫无保留地告诉你们。"

"再次感谢您，先生，我们要回去了。"

刚刚走到门口，年长的亨利·孟吉尔忽然说道："既然我们都已经来了，不如就让我们去瞧瞧那辆商务车吧。"

"好啊，请跟我来。"霍特林几乎没有思考就答应了。

他们在霍特林的指引下，来到后院的车库。

看得出，这是一个主人家自己搭建的简易车库。车库里停着两辆车，其中一辆就是他们的目标，那辆黑色的道奇牌商务车。

警察们从心底里认为这辆车不是他们要找的那辆，但在查看的时候，还是要摆出一副职业性的习惯，认真地检查每一个角落，又拉开车门仔细地看了看内室。

三人心照不宣地"表演"了很长时间，都感到有些脸红。贝尔索普下意识地将手握在左侧车门的把手上，来掩盖内心的不安。

"就这样吧？"卡林提议结束调查。贝尔索普松了一口气，赶紧松开门把手。一行人正准备动身返回时，贝尔索普回头瞥了一眼门把手，发现刚刚他手指握住的地方，有一个戒指留下的痕迹。

应该是他握紧门把手的时候，手指上带着的戒指划到了车门的油漆。然而，正是这样的一点点印记，激起了他作为警察的警觉。他重新回到车门旁边，用手摸了摸油漆，又试着用戒指划了一下。而后，他像是发现了什么，开始用戒指刻意地摩擦车门上的油漆。

很快，黑色的车漆被戒指划开，露出一小块灰蓝色的颜色。

这种颜色很特别，不是市面上常见的颜色。它像知更鸟的鸟蛋颜色，混合着蓝与青灰的颜色。当戒指将表面的黑色蹭掉时，便显露出车子原本的颜色。

大家都清楚，桃乐丝被杀案的嫌疑犯所开的车，不管是颜色、款式还是品牌，都与眼前的这辆车一模一样。

当时，霍特林正站在车库的门口，面朝车库外面的院子，所以他并没有及时看到警察的发现。

站在车子周围的三个人，此时心里已经不再那么轻松了。如果说梦境的事情根本是无稽之谈，那么现在他们面对这辆车，已经没有办法解释了。即使是面对霍特林这样的绅士，调查也必须严格按照程序进行。

贝尔索普抑制住内心的冲动，对着霍特林的后背，装作若无其事地问道："麻烦再问个问题，请问您上个星期去过弗林特市吗？在星期四。"

"啊，是的。"霍特林转身回答，"我记得是去了一趟，为了找工作嘛。"

霍特林看似很轻松，他对自己的行程丝毫不加掩饰。但对于三位警察来说，他的承认无疑意味着嫌疑的加深。

接下来，托马斯·卡林继续待在车库里，寻找一些看似平常的问题，与霍特林闲聊。贝尔索普和孟吉尔则找了个借口走出车库，他们径直回到房间里，那时霍特林太太还不清楚究竟发生了什么。

"太太，我们想问一下，你先生的那辆商务车是什么颜色的？"

"你们怎么会突然问起这个？是灰蓝色的。"

"是吗？"孟吉尔露出思索的表情，"可它现在是黑色的啊，是后来被什么人刷成了黑色么？"

"我也不知道，但肯定是灰蓝色的。"

在两位警察的要求之下，霍特林太太拿出了丈夫的衣物，包括帽子、外衣等等。

几乎毫不费力，贝尔索普和孟吉尔就找到了符合目击证人阿奇·培根所讲述的凶手所戴的帽子以及一件外衣。

现在，帽子和外衣就好端端地被两个警察拿在手里，它们的细节特征几乎完全符合培根的描述。只是，外衣上的污渍已经被洗得只剩下一点印痕。

与此同时，外衣的衣角还有破损的痕迹。

原本只是一个荒唐的梦境，现如今却可能变成现实。面对被人为改变颜色的商务车，被仔细清洗过的外衣，以及那顶帽子，警察们完全有理由相信，霍特林先生或许正是他们一直在找的凶手。

7

事不宜迟，房间里的贝尔索普和孟吉尔回到车库，他们担心自己的同伴无法拖住霍特林，因为他尚不清楚这些惊人的发现。如果让嫌疑人跑掉，那麻烦就大了。

霍特林太太面对突然返回家中并提出要求的警察，也感觉到些许害怕。她努力地让自己镇定地回答他们的提问，积极地配合他们的行动，而后任由他们戴着帽子和外衣，急匆匆地返回车库。

贝尔索普开口道："我们很抱歉地告诉您，霍特林先生，您恐怕不得不跟我们回警察局，不过我想，这大概不会占用你很多时间。"

贝尔索尔的话一说出口，霍特林并没有太过明显的反应，倒是一直与他闲聊的托马斯·卡林露出异常震惊的表情。他不敢相信，眼前的这位长老居然真的与案件脱不了干系。

"嗯？你们是什么意思？"此时的霍特林已感到惊讶，但仍然保持平稳的语调，"我为何要跟你们回去呢？"

"桃乐丝被杀害的案件，我们已经有所发现，希望你能配合我们的调查。"贝尔索普已经不想再拐弯抹角。

看得出，霍特林长老开始有点慌张了。尽管他没有为此做任何的辩解，也没有反抗，只是从口袋里掏出一条棉质的手帕在前额上来回擦拭着。谁都看得出，这条手帕与当时在布伦特湾的灌木丛中的雪地里找到的那条棉质的、廉价的、带着血渍的男用手帕款式相同。

孟吉尔眼疾手快，一下子就把手帕抢夺下来，他可不想错过又一个鲜明的证据。

霍特林在警察的陪同下，回到房间去跟妻子道别。他雕塑一般地站在那里，不知道该如何开口。

贝尔索普干脆利索地说："太太，我们要带你先生回警察局协助调查桃乐丝被杀的案件。所以，他可能不会很快回来。"

霍特林太太没有说话，她只是默默地看了看自己的先生，然后点了点头。当然，警察们也不愿意相信，霍特林是五个孩子的父亲，可能还做了祖父，又是镇上教会中虔诚的信徒和德高望重的长老，可是现在居然成了凶杀案的嫌疑犯。这么一个戴着双重面具生活的人，该是多么恐怖和变态。

霍特林太太和两个女儿一直跟到大门口，他们很难接受与自己朝夕相处的绅士，受人敬重的男主人，会与当下最棘手、最残暴的杀人案件有关。

"阿道夫，别紧张。"霍特林太太对他说，"将你知道的事情都告诉他们吧。不要隐瞒，说明白就好了。"

道别的场面触动了警察们的内心，为了掩盖尴尬，他们急急忙忙将霍特林带上警车。自始至终，霍特林都没有回头，他显得像往常一样平静，没有表现出丝毫恐惧或者狼狈。开车的是托马斯·卡林，贝尔索普和孟吉尔在后座上，一左一右地夹着中间的霍特林。因为事件爆发地比较突然，他们谁都没有想到要去检查一下霍特林的身体。一路上，他们也多次向他提问，但霍特林只是以沉默来对抗，他们也就没有再试图采用其他方式让他回答。

三位警察的内心也并不平静，他们各自思索着，沉默着。狭窄的车厢里，一片凝重的气氛。假如霍特林不是凶手，那么他们三人或许会惹来些许麻烦。毕竟以霍特林的身份，当地的教会恐怕不会轻易罢手。

警车快速行驶在奥沃索通向弗林特的路上，行驶到中段的时候，霍特林突然有所动作。他瞅准机会从口袋里掏出了一个折叠小刀，毫不犹豫地向自己的咽喉部位刺过去。幸好贝尔索普和孟吉尔反应迅速，一下子将小刀抢夺下来，又立刻将他的双手铐住，真是惊心动魄的一瞬间。

自杀失败的霍特林似乎并没有将这件事放在心上，他很快就恢复了平静，整个人很松弛，没有多余的举动，且双眼发直，漫无目的地朝前看。

贝尔索普端详着手中的小刀，可以很清晰地看见刀刃上残留的已经发乌的血渍，刀刃与刀柄连接处的夹缝里，还能看到一小块破碎的布片，与桃乐丝被杀那天所穿的衣服颜色相同，上面隐约可见黑色的血污。

如此一来，贝尔索普认为案件应该已经毫无悬念了，他们身边的这位霍特林先生，就是残杀少女的狂暴之徒了。

"我说，霍特林先生，尽管我们从心底里不想将你当成凶手来看待，不过我劝你还是早点说出实情吧。"贝尔索普直截了当地说。

霍特林似乎不再有力气抵抗，显露出放松的神情。面对警察的摊牌，他目光变得茫然，喘息的声音明显加快了节奏。他就这样扫视着车内的三位警察，什么话也没有说。窗外风沙肆虐，孟吉尔让开车的卡林将车窗全都关闭了。孟吉尔的车开得很快，完全没有管什么交通法规。途中，他们还经过了修纳易达家门口的那条路，然后拐上迪克西国道，一直开往弗林特市的警察局。

霍特林被临时关押在介雷西县的监狱里，而且一直在找机会自杀。所幸他的目的没有能达成，锐利之物只是划破了他脖子的皮肤，血流到衣襟上。

弗兰克·格林警官在办公室见到了霍特林，他被几位警察严密看守着。此前格林警官已经派人去通知案件的重要证人，那位见过凶手本人，那个记忆力特别好的阿奇·培根先生。自从案件发生之后，他一直待在家里，随时等待警方的通知。

很快，桃乐丝案件的嫌疑人被逮捕的消息几乎传遍了整个弗林特市，得知这一情况的民众不顾冬日寒冷，全都涌到监狱门外来。当培根先生气喘吁吁地跑进格林警官办公室时，他差点因快速奔跑带来的惯性摔到地面上。而后，他抬起头，环视整个房间里的所有人，一眼就看到了站在警察中间的霍特林。那一瞬间，空气仿佛凝固了一般。

突然，培根眯起眼睛仔细打量着霍特林，当他再次睁开眼睛的时候，精神异常振奋，指着霍特林大喊："是他！就是他！他就是那个凶手！没错，就是他！"

培根边喊，边跃跃欲试，似乎是想要上前把霍特林揍一顿。

面对培根的指证，霍特林的精神彻底崩塌了。周围的警察立刻制止了他可能采取的任何行动，几个人围上去将他压在身下，动弹不得，很快他就放弃了抵抗。

"没错，凶手是我……"他喃喃自语式地讲道，"凶手是我……"

霍特林神经质一般地重复着自己的话，语调不断地升高，甚至越来越像嘶吼。他整个人特别激动，仿佛要告诉所有人他所犯下的罪行。反抗对他来说已经毫无意义，周围的人听着他犹如怪兽一般的嘶哑的声音，感到浑身都不舒服。

"我的车从加油站出去，开上迪克西国道不久，看到那个小女孩独自走着。看着她娇小的身影，我心生同情。这么冷的天气，她却一个人孤身在外。我家里也有孩子，我爱孩子们。所以我想载她一段路，让她安安全全地回到家里。然而，我身体里的那个恶魔，在看到这个清纯的小女孩时便开始失控了。它想要留下这个女孩，我拼命阻挡，但没能成功。我依稀还有印象，经过格林街的那个路口时，我原本想拐弯，可是不行，我的身体根本不听使唤。它阻止那个女孩下车，指引着我继续朝斯坦雷街道开过去。我也不知道自己究竟要怎么样，我完全不知道自己在做什么。看着身旁哭泣的小女孩，我无能为力。她哭着要找妈妈，要回家，她求我不要带她走……"

霍特林的表情逐渐变得狰狞，他下意识地摸了摸被自己划伤的脖子，手指抖动着。那一瞬间，他忽然不再说话，而是歪着头倾听。楼下大门口已经聚集了前来声讨凶手的民众，他们高喊着充满愤怒的口号，挥舞着手臂。

霍特林像是呼应般地举起手臂，声音中带着些许呜咽。

"我分明已经听见了那个女孩的哭声。是的，她的哭声清晰地传进我的耳朵，她想回家，她渴望回家。"

在场的人都保持着沉默，不管是警察还是记者。他们用心地看着霍特林的表演，他忏悔着，无望地挣扎着，就像一只走投无路的困兽，不知道接下来会经历什么样的结局。

随着声音的减弱，霍特林的唇角开始有白色的泡沫渗出，他无力地蹲下来，用双手抱住自己的头部。

格林警官缓慢地站起身，拿起一杯水，朝他走过去。

"霍特林先生，你的情绪实在太过激了。不过，按照你刚才的说法，是另一个你，也就是所谓的恶魔劫走了桃乐丝，然后又对她进行了残暴的虐待，然后用刀将尸体切割得残破不堪，之后将尸体丢进河里。当然，事实或许真的如你所言，不过，霍特林，你将为此付出应有的代价。"

霍特林渐渐清醒起来，露出讥讽的神情，他笑了笑，说道："当然，我明白。我已经无路可走，很快整个美国都会知道这个消息，你们不用再跟我说什么了。"

聚集在警察局附近的民众人数越来越多，当他们得知凶手已经承认了自己的罪行时，更加愤怒，局面变得紧张起来。房间里的一个警察面对霍特林忍不住吼道："听见楼下那些愤怒的声音了吗？你还能安稳地躲在这里吗？"

霍特林慢慢地站起来，越过窗户，看见外面人头攒动的场面。此时此刻，他的内心才真正感受到了恐惧。他小心翼翼地问格林警官，自己是否能继续待在拘留所。最终警察们打算先让一小队武装警察从侧门送霍特林上车，避开聚集的人群，然后直接将他送到总局。

门口声讨凶手的民众已经群情激昂。他们的人数仍然在增加，全市各个地方的人都暂时放下手中的工作，汇集到这里来。为首的头领与警方谈判，要求警方交出凶手。粗略估算，在场人数大约有 1500 人左右，其中不乏女人，特别是那些已经做了母亲的女人。他们在通向监狱的必经之路上摆开阵势，想要从警方手中抢夺凶手。在他们看来，对待凶手必定要以牙还牙，才能真正算是为桃乐丝报仇。

正在此时，那位贝尔索普警官以没有及时报告梦境为由，将那个名叫哈罗德·洛思里奇的青年也抓进了警察局。他给出的解释是，洛思里奇在被梦境纠缠的日子里，没有向警方反应情况，而是试图独自思索，或者掩盖这一事件。并且在警方找到他，询问梦境细节的时候，他还吞吞吐吐，没有立即表述清楚。

"我看你才应该被送出去交给那些愤怒的暴徒！"贝尔索普暴躁地吼着。

最终，经过抗争，洛思里奇还是被释放了。但暴徒们的斗志却丝毫没有减轻，相反还在继续升温。一块不知从何处飞来的石子敲破窗户，将拘留所里的平静打破。其他关在其中的囚犯似乎看见了曙光，他们与外面的暴徒里应外合，将拘留所的窗户玻璃一一砸碎。兰辛市州长官弗雷德·格林和保安科长奥斯卡·奥兰德的电话立刻被拨通，现场的警官简短地汇报了事态的严重性。

很快，军队开始出动，他们想要用催泪瓦斯来遏制局势的发展。然而丢向人群的催泪瓦斯不知道因为什么原因没有引爆，随后又被人扔进拘留所。这一下，拘留所内部可遭殃了。烟雾迅速在拘留所里弥漫，狭小的空间里到处都是烟雾。警察和囚犯都不同程度地受到有毒烟雾的影响，再这样下去，局面很可能会在瞬间失控。

留守的代理警官洛伊·雷斯不得不与人们谈判，他表示，霍特林目前已经不在拘留所了，如果他们不相信，可以派代表进去搜查。为首的群众带了两个人，进拘留所里四处查看了一番，才最终作罢。

军队也适时发威，举着枪与暴徒们对峙，总算控制住了场面。

与此同时，护送霍特林的队伍以格林警官为首，正在抓紧时间向州府的兰辛市靠近。为掩人耳目，他们没有选择走正常的大路，而是奔着崎岖的小路艰难前行。

自弗林特市出发上路时，天气就开始飘落星星点点的小雨，后来又夹杂着小雪，湿滑又布满冰的路面相当难走。为了赶时间，警车司机不得不尽量保持较快的车速，有好几次车子都因为打滑，差点翻向路边，车里的人也始终捏着一把汗。

8

关于桃乐丝被杀案，审讯过程大致如下。

问：被告，你遇见那个小女孩时，心生邪念，就将她拖上车了，是吗？

答：没有这回事。我只是将车停在她身边，问她是否愿意上来，是她自己打开门上车的。

问：能说明一下你为何选择将布伦特湾作为作案地点？

答：我没有刻意做什么选择，经过那儿的时候，想着要带她过去，就这样而已。

问：到那儿之后你做了什么？

答：丢进水中了。

问：讲一下你残杀小女孩的过程吧。

答：我要说明一下，事情不像你们调查的那样，我没有打她，我不可能打她。

问：不是毒打导致死亡的吗？

答：我认为不是。

问：讲述一下你施暴的情形吧。

此时，霍特林露出笑容，没有回答。

问：刀是致命的武器吗？

答：应该是。

问：捅了很多次吗？

答：一次就可以。

问：那你出于什么原因，将女孩的衣服脱光？

答：有脱衣服吗？我不知道，记不清了。

问：最后怎么处置的尸体？

答：只记得把尸体切开，然后扔进水里。

问：切割尸体的时候你是怎么想的？

答：记不清了，好像没想太多。

问：你能说清楚你为何要杀死桃乐丝吗？

答：说不清楚，我认为是恶魔掌控了我的身体。居住在奥沃索的人都了解我，他们都不认为我是个凶手。何况，我还是个虔诚的基督徒，我自己也不相信发生的这一切。

问：你看一下，这柄刀是不是凶器？

答：看起来似乎是的。

问：案发时，你是否有饮酒？

答：不，我没有喝酒的习惯，也没有吸烟的习惯。我不知道为什么会被恶魔控制，这不是出于我的本意，我对这一结果感到很意外。

问：案发之后的那个周日，你仍然在教会担任管家的工作，当时有什么感觉吗？

答：没有特别的感受。我专注于自己的工作，心里想的都是教义。

问：你从没有再回想起案发当时的情形吗？

答：是的。

问：不在教会时的其他时间里呢？

答：大概有想过吧。

问：你是否知道，前年在洛杉矶发生过类似的案件？当时被杀的女孩叫玛丽安·巴卡，新闻里有提到过。

答：是的，我知道。

问：这个案件对你有影响吗？

答：我不知道。当时我只是觉得恐惧，凶手犯下了不可饶恕的罪过。新闻报道里讲述的内容我一直都记得，没办法忘记。

这个看似温和而忠实的教会信徒、长老，却犯下了骇人听闻的案件。

之后，霍特林又被转移至格林警官的出生地，密歇根州艾奥里市的拘留所里。

到达那里的时候，已经是周二的上午了。紧接着，夏瓦基县的警官Q·洛卡克和J·A·芬克对他进行了询问，同时底特律那边的警察送来了在当地郊区发生的两个类似案件的调查资料，以便进行进一步核实。

最终经过严密的审讯，证明霍特林并没有在底特律犯下类似的杀害女童的案件。

另一方面，霍特林的家人们并不相信这些内容是真实可信的。一位名叫W·A·西格米拉的律师，也是霍特林与其家人多年的好友，正在着手为他进行辩护。然而在州府，民众高涨的复仇情绪仍然没有消解，弗林特市到处都有人捣乱，人们还是执着于想要对霍特林动用私刑，以确保他能得到应有的惩罚。当局高层经过讨论，决定要尽快为霍特林定罪，同时还要瞒着公众。于是，他们将介雷西县的上议院参议员彼特·B·列侬的一处别墅当作临时的法庭，用来审判这一系列案件。

那是一个深夜，霍特林以及他的辩护律师西格米拉在法官W·布伦南的带领下，与其他有关人士一起，被秘密送往审判地点。一路上，汽车都没有开灯，行驶缓慢。看来当局真的是不得已，才组织了这样一个秘密的小型法庭。

根据密歇根州的法律，不管是多么罪大恶极的凶犯，也只会被判处无期徒刑。也就是说，当地是没有死刑的。为了避免误判，当局还及时为霍特林申请了精神方面的司法鉴定，以便清楚地了解到他在犯案时是否存在精神障碍。

教会的牧师弗莱伊被允许可以单独与霍特林见一面，两人的见面可谓是令人动容，牧师为霍特林的遭遇感到悲伤，而霍特林则表示："我一直都想向神诉说，祈求原谅。在升任长老以前，有很多次我都想去见您，但是走到门口的时候，又失去了敲门的勇气。我为自己的懦弱感到羞耻，我应该向您坦白，应该是您将我送交警察和法庭才对。"

看起来，牧师弗莱伊并不认为霍特林真的有罪，在见面之后的记者采访中，他对媒体说道："尽管阿道夫·霍特林曾经是教会的长老，但我并不会因此感到羞愧，一丝一毫也没有。对他的遭遇，我深感悲伤。我所熟悉的他并不是这样子的，我认为他的精神可能出了某些状况，从而导致悲剧的发生。这不是出于他本人的意愿，他本人不会犯下如此邪恶的罪孽。"

随后，霍特林的儿子德沃尔也在西格米拉律师的陪伴下与父亲见了一面。见到儿子后，他忍不住像个孩子似的大声哭泣。而霍特林的太太看上去并不想为丈夫辩解什么，在她看来，如果霍特林的犯罪证据确凿，那她也没有什么好说的。她甚至觉得，如果民众想要对霍特林处以私刑，她也是可以接受的。连日来，她已经充分感受到了来自被害人家属的巨大压力。

最终，德沃尔以一句话来评价了自己的父亲，他说："在我的成长过程中，父亲从未用恶劣的态度对待过我。"

事实上，身处狱中的霍特林还交代了自己的其他行为，比如偷窥年轻女孩儿的浴室、偷窥女人的闺房、夜里在高处偷窥别家夫妻的卧室，等等。此外，他还坦白了其他两起案件：

1926 年夏季，他强暴了年仅 8 岁的艾斯特·斯金纳，地点是在奥沃索镇郊区的墓地；犯案不久，他遇到 27 岁的赫恩，又想要强暴对方，但最终没能成功。

这两个案件没有引起恐慌，也就没有被重视。但夏瓦基县的奥萨·J·汉彻德警官确实曾经接受过被害人的报案。也就是说，这两起案件是真实存在的，它们也是霍特林犯下的一系列案件中的一部分。

为霍特林做精神鉴定的法医来自底特律，名叫赛·欧菲露·拉法路博士，他最终得出的定论是：霍特林患有精神分裂症，他的身上有两种完全不同的人格。

作为虔诚的基督徒，他想要用宗教的力量来压制内心的欲望之火，也因此他总是小心翼翼，保持温和、受人敬重的状态。而在另一方面，他又的确是有着虐待女性特别是儿童的变态癖好。这两种人格都是他本人。当邪恶占据上风的时候，他便犯下罪行；之后，他又在宗教的力量之下保持平日里的绅士风范。

因此，这两种人格同时存在，才是一个真实的霍特林。

身心遭受重创的桃乐丝的父亲，在法庭上面对霍特林的时候，终于忍无可忍，冲上去揍了他一顿。警察及时制止了这一小小的骚乱，随即法官宣布，判处霍特林终身监禁。

阿道夫·霍特林服刑的监狱在苏必利尔湖畔的森林深处，那里是密歇根州的马凯特监狱。自始至终，他没有表现出有任何的精神疾病特征。负责看守的詹姆斯·P·寇根说，霍特林能积极对待监狱的生活，他很配合，也很听话，甚全还是其他囚犯的榜样。

至于那个年轻人哈罗德·洛思里奇，也就是那个奇异梦境的制造者，后来有心理学家对他的梦境进行了科学性的解读。按照当时的情况来看，不管是电视上的新闻还是报纸上的报道，都在大肆宣传凶手的特征。当他看到嫌疑人画像的时候，不自觉地将其与身边颇为熟悉的霍特林做了比较，二者在内心深处合二为一。梦境经常是潜意识的呈现，新闻的渲染，再加上他对这件事的过分关注，所以他会梦到如此真实的场景，也就不足为奇了。

跑腿小哥的百万美元

1

"嘿！小子，帮我把这文件给打印出来。"

"我渴了，快给我去买杯咖啡过来！"

在一个办公室里，总有一个负责跑腿的人。他们办事利落，出手快速，不像那些可以悠闲地坐在办公室里打字的资深白领，反而是服务于这些办公人员的旨意，拿着低廉的薪水，每天就在各种吩咐和要求中周转。招之则来，挥之则去，可以说，只要是最脏最累的活那一定都是他们干了。

没办法，因为生活的窘境，他们不得不早早就出来找工作，有的人要卖命照顾重病的老父亲，更惨的是，有的人还是家里的顶梁柱，一家大小都指望着跑腿小哥吃饭。不过，在办公室里四处穿梭，也比在外头风吹雨打的强。偶尔他们可以赚点小费，偷懒的时间还可以看看书。尽管各有各的烦心事，但这就是充实的人生啊。

其实，别看跑腿小哥这么不起眼，在办公室里头，最不可或缺的还就是他们。有时候，白领们也羡慕他们快活恣意的日子。

此时此刻，《芝加哥论坛报》的社会部夜班主编F.S.亚格布斯先生头疼欲裂，在他的眼前，是一篇刚刚新鲜出炉的热门事件——

在逃犯威尔·詹金斯劫走路堡银行的一百万美元现金，溜之大吉！

亚格布斯先生不停地对抢劫犯的这一行为提出假设，又推翻，再次反复质疑，可现在也解释不通，为什么一个普通的跑腿小哥会做出这般出格的行为。

一百万美元现金！这些现金出入本该被人严守看管，可现在竟然被一名不起眼的跑腿小哥给劫走了，这不是丢了路堡银行的脸面吗？

这件事情曝光之后，很多银行都加紧对资金的管理，还多派了些监管的人手。

不过这个事情已经是发生了，而且确切来说，是因为银行本身的看管不严谨，才导致这场闹剧的诞生，谁能想到就是这个叫威尔的跑腿小哥光天化日之下就轻易顺走了一百万美金呢？可以说，这也是他上岗以来遭遇的比较罕见的一次重大突发事件了。

对于从事新闻行业的美国记者们来说，只要有热点，他们总能第一时间到达现场，就算是没有意外发生，他们也有其他办法来制造话题，获得关注。所以，每次在现场，你不光能看到警官们忙碌的身影，也有些乔装打扮的记者躲在暗处偷偷观察。

说实话，警官与记者，一个为了快速办案，一个为了捕捉热点，两方都集中搜查力量，所以到底哪边会先找到人，都是说不定的事。不过对每天奔波于第一现场的记者们来说，这种事已经是家常便饭了。不得不说，他们拥有一种爱岗敬业的工作模范，擅长于采集周边的任何信息点，及时报道准确的新闻事件，提供丰富的趣事热料，就像一个永不满足的涉猎者，为了崇高及热烈的职业信仰，跋山涉水也是无所不及。

"喂，跑腿小哥，你要去干吗？"

想一想，被捕的逃犯威尔·詹金斯，一个胆战心惊的少年照片，和他手中金光闪闪的成捆的百万美元现金，完整的犯罪过程，所有的细节都会被放大，而且将完全铺满整个报纸版面的新闻文章……这事要是有哪家报社抢先做成了，那可成了一份不可多得的大功劳，足以让人们记住他们的报纸。因此，各家报社都下了死任务，记者们不得拿出浑身解数来捕捉任何可疑的信息点，只要看到一个毛头小子，就逮住人家问个不停，被突然点名的人总是心神慌乱，害怕自己就莫名其妙就成为他们口中的"犯罪嫌疑人"。

记者们的身心都完全投入到这件事情当中，可见这件事情有多么吸引大众眼球了，记者们蠢蠢欲动，已经有大干一番的架势和觉悟。

尽管跑腿小哥威尔率先点燃了这场大戏的导火线，可在编辑部内，这些媒体人还是随心所欲地使唤着这些不起眼的人。

"嘿！小子，帮我把这文件给打印出来。"

"我渴了，快给我去买杯咖啡过来！"

溜之大吉的威尔·詹金斯现在可是大家眼中的香饽饽，这要是谁第一个抓拿到了他，那这悬赏金可就会落入自己口袋里了呀！所以大家怎么会不着急呢，他们都迫不及待地要做第一个人。

2

而且在搜寻在逃少年犯威尔的期间，他们可不是什么事都没干。可以说，这场大战的前戏他们可都准备好了，为了让这个事件能够持续被人们关注和留意，他们都分别找来了当事人威尔·詹金斯的相干联系人。虽然那时候通络技术还不是很发达，可记者人肉搜索的侦探能力可不在话下。他们把威尔的家庭地址给找了出来，一直在门口蹲点，逮到机会就采访了威尔的母亲，剖出了他过去的家庭成长经历，以及展示了本人从小到大的照片。不仅如此，他们也找来了直接受害者——路堡银行的高层领导爱德加·萨弥尔森，从另一方来阐述这件事情的严重后果及影响等等。记者们把一切跟威尔有联系的材料都给准备好了，就等威尔落网了。

已经是深夜的时候了，还在上夜班的主编亚格布斯先生站在办公桌前焦急地走来走去，他背后的桌面上都是铺满了威尔的各种信息报道。前线的记者可都翻了个底朝天，什么花边都有，可就是找不到至关重要的那个人。

"这跑腿小哥去了哪里了呢，真是苦恼，咦……好像有点不对劲，这个夜晚也太安静得可怕了吧。"

冥思苦想的亚格布斯先生突然灵光一闪，事情久久没有进展，他内心心急如焚，但是此刻，他突然间感到了一丝可疑的迹象。

虽然他在芝加哥这座城市生活，可是他也不愿意承认这个要命的事实。媒体人都有各自的线人，只要有什么消息，第一时间都会积极地贩卖给各家报社，因此媒体比警官都能更早了解情况的现象也是常有的事。

可发生了这么大的事情，没道理，所有的线人全部无所作为吧。

亚格布斯先生会有这般怪异的感觉也是有根源。按以往，只要一有重大案件发生，当局警察厅就会派出人手追捕犯人，因此周围的巡逻警戒也会松懈了些。这无疑给那些罪犯们提供了良好时机，他们大可偷偷摸摸的，利用这个空当使出平常惯用的伎俩。大大小小的事故频频发生，噩梦般的犯罪行为波及整座城市，各地警方也会因此变得更加焦头烂额，忙得不可开交。但貌似威尔的劫走事件似乎对这群恶徒没有多大的感染力，黑恶势力怎么会甘心蛰伏，一点动静都没有呢？

"这太诡异了，这是暴风雨前的宁静吗？难道那帮家伙在策划着什么诡计，是不是跟威尔顺走百万美元的现金有关？恐怕只有这样的假设才能说得通了。"亚格布斯先生又开始喃喃自语。

此时他身后的时钟刚巧到了 12 点，空荡荡的编辑室里，突兀地响起了钟声。

就在这时候，有一个在外跑新闻的记者罗迪·霍尔姆斯拖着疲惫的身子走进了办公室。他低头不语，模样看起来有些不开心，看来，一天下来，他也没有打捞到有用的消息。

于是亚格布斯先生回了神，主动上前跟他打招呼：

"抱歉，罗迪，我晓得你在外头跑了一天了，不过可能有些事情我想打听一下。"

罗迪·霍尔姆斯带着困惑的眼神看向了主编，说："怎么啦，是不是又有什么事情发生？"

"别紧张，这不是新任务，只是问一些问题罢了。你先坐下来，休息一会。那件事爆发之后，你不是第一时间就赶过去了吗？然后有没有注意到什么问题，就是哪些人说了什么，又或者做了哪些事情，特别是那个跑腿小哥威尔·詹金斯，任何不对劲的地方你都可以说一下，就是还原一下案发现场。毕竟我们工作到目前为止，能收集到的素材都挺多的，但就是一无进展，所以我就打算重新听一遍你的完整讲述，看看有没一些细节是我们没有注意到，也许可以好好再理清一些从头到尾的事发过程。"亚格布斯先生亲切地说道。

罗迪·霍尔姆斯这人可是十分有来头，战绩赫然，用一句"最前线的捕风者"来形容是最为贴切了。

听完了主编的请求，罗迪·霍尔姆斯不禁放松了心情，一扫方才疲惫的神色，他先给自己抽了根烟，准备提提神，双手抱胸，展开了"跑腿小哥的百万美元"一长串的精彩故事，他全神贯注，仿佛又回到了那会儿的案发现场。

3

那是一个烈日洋洋的中午，我就跟平常一样蹲点在警察厅内的办公室，接着一个电话铃响起，听说是路堡银行打过来的，也没说什么事，直接就点名要让局长接听电话。我察觉这当中的古怪，怕是发生了一些不可告人的事，只能让局长来出面处理吧。没过多久，局长就从他的办公室神色紧张地走了出来，接着上了一辆警车，趁着他们人多，我混入了其中，跟着一行警官们来到了路堡银行。还好，他们也没把我认出来，都以为大家都是同事，所以我就一直待在车上。

平日里嘻嘻哈哈的人们此时都一脸戒备，谁都不敢吭声。

下了车之后，路堡银行的员工就把我们请进了高层领导爱德加·萨弥尔森的办公室。里头乌泱泱的都是人，有些是自己内部的人，还有刚被请来的私家侦探，他们的表情无一都很哀伤，不安地搓手、踱步、抱头，所见面容都是慌慌张张，大家都有一种死期临头的悲怆。

在他们包围的地方有一个中心人物，一个五十多岁的老头，有着深邃的眼眸，不怒自威的气势，这个人就是中午打给警方报案的爱德加·萨弥尔森。此时，他也深陷一种无力的恐惧感，一脸痛苦，看到所有人都到齐了，才一字一句地道出了事实：

"对不起大家，路堡银行刚刚发生了一起盗窃案，价值百万美元现金被人劫走了……"

在场的人听到这则噩耗不禁惊呼，天啊，那可是足足一百万美元，还是成捆的现金！到底是谁这么大胆，又为什么做出这种盗窃事，萨弥尔森不能解释当中的缘由。就在十一点半的时候，出纳员们还在地下金库核查昨天的现金流水账，所有数目都是能一一对得上的。才过了半个小时，也就是十二点过五分，一个叫贝喀尔的出纳员回来的时候，大吃一惊，那安稳地放在台面上的现金竟少了一大半，数了一下数目足有百万美元现金。这可是一大笔巨款啊，肯定不会无缘无故就消失了。那到底是谁会如此大胆包天，肯定是银行内部出了小贼，警方当下就做了这样一个判断。

可银行内部的人，包括高层领导萨弥尔森以及他的属下们，还有私家侦探都坚信银行的工作人员人品没有问题，是不会有人做出这般出格的行为。竟然没有怀疑到自己人头上，那不是给那句经典格言抹黑了吗？

"直到没有真正的证据指明凶手是谁，那么，任何能跟案件扯上关系的，不管他的身份高低，来自于何人何地，都值得被怀疑。"

因此，警方决定要从银行内部开始盘问，以高层领导萨弥尔森为头，一一仔细询问了各个部门的人，从经理、主管、小组组长、老员工到新来的实习生，众跨出纳部、会计结算部、营业部、业务部等各大部门。每个被叫过来的人都单独问话了好久，可大家都是做着正常的工作流程，并没有异常举动，真让人恼火。

"给我把所有跑腿的人都给找出来！"局长吩咐下属道。

大家都不敢相信，这一个做跑腿的小家伙怎么可能是盗走百万美元现金的人，这也太为难人家了吧，不过现在案情一无所获，还是不该把可疑的人给落下。

于是，6个被点名的跑腿小哥就走了进来，看着这屋子的一堆人，左顾右盼，一脸不知情的样子，唯唯诺诺地站成了一排，也是一盘问都是摇摇头，表示什么都清楚，就是跟平常一样别人吩咐什么就去照做了。等等，这萨弥尔森数了一下人头数，发现一共是7个人，现在却少了一个，而那个没到的人就是威尔·詹金斯。

不过，当时他们也没把这个不在现场的人放到心上，还在沉迷于案件的侦破中无法自拔，可是局长仍旧是提出要会见一下这个缺席的人，萨弥尔森一听笑了笑：

"威尔这人干事特别利索，一个小屁孩怎么会惦记那笔巨款……"

"但也不能将他排除，反正我必须得问一问他。"

后来有人说威尔方才出去吃饭去了，到现在还没回来。

"算下来，可是有两个钟头了吧，一顿饭怎么会需要花费这么长的时间，这就是您说的干事利索？"

这下萨弥尔森有些不安了,他赶紧叫人去周围的饭馆去找一找威尔。可反馈回来的信息是,威尔·詹金斯就没有出现过!试想一下,一个拿了百万美元现金的人怎么还会轻易地被大家找到呢?或许他可能先回了家,于是打个电话过去,接听的人是威尔的母亲,连她都很困惑:"我的儿子现在不是应该在银行吗?"显然,对于警官的询问也是让她感到莫名其妙,不知所以然。

随后又问起了门口的保卫师傅,"你有看到威尔出去了吗?"

"一到中午时间,他就出去吃午饭了啊。"

"有没有见到他手上的东西?"

"唔……我记得是一个用报纸包裹的物体,我以为是他今天带来的便当,所以也没怎么留意。"

自此,"跑腿小哥的百万美元"似乎可以定了锤。接着有两个出纳员也证实,他们告诉警官,因为安排座位的位置比较特殊,所以他们当时真的有看到威尔从地下金库走了出去。另一个会计员也提供了一条重要线索,他说那会威尔出去的时候把帽子压得很低,怀里还抱着一个报纸装着的物体。接二连三的目击证人都指向了威尔,而恰巧中午这段时间也是只有他有出入过,完全吻合他本人作案的时间和地点。

是了,顺走百万美元现金的人就是银行内部的跑腿小哥威尔·詹金斯。

不过,大家也不明白的是,这里的百万美元可都是整整成捆的现金,若是装进了报纸内,这个物体的体积应该是非常明显的,没理由不会有人看不出来。但警官还是做一个现场试验,要是成捆的现金被紧紧地扎实了,这个体积大小也就跟平常的便当一样大,所以也是方便夹在腋下出门携带的。这一看到试验结果,所有的目击证人都说这个压缩便当的大小完全跟威尔出去带的报纸包一模一样。

"他应该是一个人所为，没有被要挟，也没有怂恿其他人。"罗迪·霍尔姆斯补充道，"我想应该是跑腿小哥不小心进了地下金库，看到了放在台面上的美元现金，才动了欲念，把它们都顺走了吧。所以当时大家都特别悔恨，说是一定要加强人员的看守，就不该让这些孩子受了诱惑，做出这般出格的事。"

的确，这些总是活在角落里的跑腿小哥，有谁会真正注意他们呢？这些孩子提着别人的便当跑来跑去，都是平日见惯了的事。但就是这样不被重视的坏习惯，结果导致那个跑腿小哥威尔·詹金斯钻了漏洞，所以他如常拎着包包出去的时候，大家也没觉得有什么奇怪的地方。

"这就是要命的地方，现在这孩子拿着巨款逃之夭夭，有多少黑恶势力都在他背后盯着，伺机作恶。这要是被那帮家伙先找到了，可就成了银行、警官和媒体的巨大亏损啊。"亚格布斯先生严肃道。

罗迪·霍尔姆斯开始明白事情的严峻性，也认真地对待了起来，"是的，所以有风声说那个威尔怕是已经被解决掉了，对方很有可能就是黑恶势力下的手……"

"不过，我认为那孩子既然敢明目张胆地偷了这笔巨款，恐怕目前也是躲了起来，所以我们才至今为止都没有找到他的人。但有一点比较奇怪的是，你不觉得今晚太安静了些吗？警官那边也是出动了不少人力去搜查那孩子的下落了，这附近的警戒可是放松了不少，可那帮家伙竟然没有把握时机，出洞找猎物，这太不像他们的作风了。因此设想一下，那些人会不会也是在上演一场'百万美元寻踪记'？"

为了证实自己的猜想，罗迪·霍尔姆斯当下就往警察厅给打了电话，向他提及近日有没有其他刑事案件的发生。

对方只是简单回复了一句："没事，就是刚刚在'谷底'发生了一个小规模的枪击案，你们知道的嘛，那种地方，不是经常被你们抓着报道的吗？"

按警官的意思是，这个小规模的枪击案无伤大雅，都是常有的小打小闹。

为什么会这么判断呢，是因为俗称芝加哥'谷底'的那片区域，可不是常人能过去的。芝加哥的"谷底"，也就是传说中让人毛骨悚然的"魔鬼的金窟"，位于南霍路斯泰德大街上，集中了非法移民、落魄失业者、盗窃者、有着杀人前科的恶犯，各种黑恶势力的汇集，号称最灰色的地带，在这里的人没有谁的手都是干净的。这人也是罪犯们的天堂，也是有着像炼狱一般厮杀的残酷和凶狠。

听到警官的描述，亚格布斯先生的脑袋也像是瞬间被贯穿了子弹，一下子就站立起来。

那帮家伙终究是先下了手。

"罗迪，事出紧急，咱们赶紧坐车去'谷底'看看……"

他们随即就来到枪击战的案发现场，在一个公寓的第三层，有一个脏兮兮的屋子，走进去一看，里头都是打斗后留下来的碎片，所有的家具用品都被人搞得乱七八糟的，在客厅里还有一具男性尸体，一看这糟糕的场面就知道刚刚确实发生了一场恶战。亚格布斯先生询问了当场的警官，他们说那会有三个男人在家好好待着，突然外面就来了另外三个人，不由分说就开枪射杀了屋子里的当中一个，然后就开车逃跑了。那两个同伴一看这情况，也立马开了车过去追。

"这都是些什么事啊，那两方都是什么人，为什么要开枪射杀他，真是不懂。"

不过，警官在那名尸体上找到了一些信息，就在他的口袋里面，有一张被剪裁的报道文章，上面写的就是《跑腿小哥的百万美元》，其中还保留了在逃少年犯威尔·詹尔斯的照片。

4

就在这群人还在案发现场搜寻线索时，楼下突然响起了两辆汽车的启动声，随后就变成了一前一后在大街上狂奔、追逐。亚格布斯先生和罗迪·霍尔姆斯立刻赶往下去，也开了车上前追赶。

那两辆车的行车路径是从麦迪逊大街迅速转移到另一条霍鲁斯泰德大街上，为抄近路，他们选择了横穿林肯公园。虽说那时候还没有特效这种技术的加持，可现场激烈的飙车大戏可一点都不输任何动作电影，这真的是一场惊心肉跳的追踪竞赛。

不久，那儿就又再次发生了一场枪击战。

"砰"的一声，惊扰了深夜里沉睡的居民们，没有了睡意的他们都跑出来查看外面的情况。此时，战况依然十分紧张，抢先跑了的车从威尔逊大街直通谢丽登道，后面那辆车也不甘落后，加大马力继续追进。当人们还在张头观望时，只能远远地看见一溜烟的车尾气。

亚格布斯先生和罗迪·霍尔姆斯两个人可以说至今为止，体验到了一次疯狂的极速飙车经历了，心跳加速度，肾上腺素狂升，很久都不能平复下来。一眨眼，他们很快就到了德文街。这一路驶来都快出了城了，慢慢地，平坦的柏油路变成了泥泞的小道，住宅区淡出了身影，取而代之的是乡村里的绿色园地。这黑夜都快要过去了，可一下子又跟不上两辆车的踪迹了，这会是去了哪里呢？

接着，前面就是一个林牧场了，罗迪·霍尔姆斯放慢了车速度，从一条小径上缓缓驱车进去。里头被高大的树木所遮挡，看起来阴森森的。就在不远处，他们瞄到了停在旁边的汽车模糊身影，两个人对视了一下，放轻了自己的步伐，偷偷靠近，躲在暗处窥探。他们静候了很久，也没有继续再听到枪声。于是，两个人又鼓足勇气继续前进，轻轻地挪开了遮挡物，只见那里就是刚刚追踪的两辆车，想来，应该是被他们舍弃在这里了。他们打量着四周的情况，发现没有人在附近。人都逃走了？正想着，有一个个头高大的男人从另一条小径上步履蹒跚地走了过来，他身上穿的衣服都被灌木丛的树枝给勾破了，残缺不全，手上还紧握着一把手枪，怀里还抱着一个便当大小的报纸包。

那个人走路歪歪咧咧，脚步很虚，看着快要摔倒的样子。想来应该是身上受伤了，体力不支，每走几步就得歇一下，到最后，似乎所有的力气都用光了，只好靠着一棵大树，不停地喘着粗气，眼皮奋拉，感觉快要昏迷了过去。

别小看这群拿着笔写字的作者，这要是硬来，也是有两把功夫。

看到这人已经是放松了警戒心，亚格布斯先生和罗迪·霍尔姆斯觉得时机正好，就猛地向他扑了过去，一开始那人还会挣脱几下，可没了力气怎么也敌不过这两个身强力壮的大男人。最终那个男人还是被扣押在了地上，一蹶不振。

他怀里的东西也抖落了下来，亚格布斯先生上前打开一看，正是遗失的百万美元现金。这笔巨款一分不差，不过，钱怎么会转移到了这个人身上去？

带着疑问，两个人抓起脚下扣押的男人，立即赶往芝加哥警察厅去。

"嘿，警官，你们的领导在吗？"

"这不是发生了那个盗窃案吗？然后现在已经抓到了那个在逃犯威尔·詹金斯，局长到现在都没回家，正抓紧时间审问他呢。"

"啊？人是怎么找到的？"

"有人说看到威尔在威斯特·瑟依得德街附近出没，然后我们到的时候，就看到他本人晕倒在那里了，手上也没了那笔偷盗的巨款。"

于是亚格布斯先生请求要马上会见局长，他有重要的事情要汇报。

在局长的办公室内，一个瘦弱的男孩拘谨地站在角落里，他头上包扎着一个伤口，满脸的污垢和灰烬，一把鼻涕一把泪，一看就是不经世事的小屁孩。

一看那个被擒拿的男人，威尔激动地尖叫："你这个混蛋！就是你偷走了钱！"

这个同样被捕的人一听终于慌了，还在死命挣扎，想要找出口逃出去。"老实点！"见此，警官们拿来了绳索和手铐，牢牢地把他给捆绑住，把人摁住在原地。

那个男人也不敢再造次，只好认命自首："的确，这跑腿小哥的百万美元事情曝光了之后，我也动心了。然后就真的找到了他，给揍了一顿就把他手上的钱给抢了过去。接着我就和其他两个兄弟回去了'谷底'的房子。这百万美元还是祸害，一下子就又有人收到风，开门就进来抢这笔钱……"他抬头看了两个记者一眼，继续说道：

"然后你们也知道了，就是我们两方发生了枪击战，接着就开车去追了。那帮家伙还以为是警官追捕过来了，不要命地疯狂驱车逃跑。中途我就被枪打到腿了，所以就被你们给拿下了。"

那个男人刚还可怜兮兮地陈述完，突然神色一变，非常自豪地补充了一句："不过，这宝贝确实惹人嫌，可到底我也是有到过手了啊。试问在场的你们曾经拥有过百万美元吗？还是金光闪闪的现金啊！啧啧啧，真可怜，恐怕大家都没有这样的经历吧，哈哈。"

这个男人依然还沉浸在自己的杰作中，想来他也是说出了跑腿小哥威尔·詹金斯的心里话。

不得不说，人人都有贪欲。连身边不起眼的跑腿小哥也有做出让人大跌眼镜的骇人举动，可真不能小瞧了这帮小孩。